0,2

06. 12. 2014

1. Auflage

© 2014 Heike Datzko/bar-verlag

Alle Rechte vorbehalten

Autorin: Heike Datzko

Verlag und Vertrieb: bar-verlag Lübeck

Printed in Germany

Gemeldet bei der Nationalbibliothek Deutschland

ISBN 978-3-944515-46-5

Heike Datzko

Hüterin des Portals

Heike Datzko

Hüterin des Portals

Aktivierung der Sternenkugel

Dajana schlug ihre Augen auf, hörte auf den gleichmäßigen Atem von Marius und genoss die morgendliche Ruhe. Dann stieg sie leise aus dem Bett und begab sich zu ihrem Lieblingsplatz auf der extra breiten Fensterbank. Ihr Blick ging nach draußen. Das Tal war grün wie eh und je und das Dorf war heute zu sehen.

Sie stutzte und dachte seit Längerem wieder an die kleine Glasmurmel und das Portal. Sie riefen sie. Dajana wusste, dass sie es nicht mehr lange vor sich herschieben konnte. Sie musste diese Kugel wieder aktivieren. Was lag noch alles da draußen? Was würde sie für Abenteuer bestehen? Würde sie auf andere, intelligente Lebensformen treffen? Oder hatten sie vielleicht schon versucht, eine Verbindung mit der Erde herzustellen und keinen Erfolg gehabt?

Diese Fragen quälten sie oft und wie so oft konnte Marius das nicht verstehen. Klar, er wusste, gegen was sie damals gekämpft hatten und er war froh darüber, dass sie den Dämon mit seinen bösartigen Kreaturen besiegt hatten. Aber er wollte es auch dabei belassen. Er war dagegen, dass Dajana das Portal erneut öffnete.

Er empfand es als gefährlich und sah nicht das Abenteuer und die noch unerforschten Planeten, die man damit eventuell erreichen konnte. Dajana aber wusste, dass sie irgendwann durch dieses Portal gehen würde. Ebenso wie sie wusste, dass es auf der anderen Seite des Portals nicht nur diesen einen gefährlichen Planeten gab, sondern eine Vielzahl von Welten.

Sie stieg von der Fensterbank hinunter, schaute auf den immer noch friedlich schlafenden Marius, und holte aus der kleinen Schachtel, die immer neben ihrem Bett lag, die Glasmurmel. Meistens steckte Dajana sie gleich nach dem Aufstehen in ihre Hosentasche und trug sie den ganzen Tag bei sich. Doch die letzten vier Tage war sie krank gewesen. Eine Grippe hatte sie mit Fieber und Husten ans Bett gefesselt und sie hatte viel geschlafen, sodass sie die Glasmurmel für eine kurze Zeit vergessen hatte.

Jetzt ließ sie die Murmel durch ihre Handinnenfläche rollen, spürte die Wärme und ihre vollkommene Glätte. Sie spürte die Verbundenheit zu ihr und wusste, dass sie, Dajana, die Wächterin über das Portal zur Erde war. Sie war dafür verantwortlich, dass auf der Erde nichts Gefährliches Einzug hielt. Sie alleine. Doch noch hatte sie Angst vor dieser großen Verantwortung, schließlich wusste sie nicht, was noch alles auf sie zukommen würde. Außerdem war da ja auch noch Marius, der ihr mehr als einmal gesagt hatte, wie gefährlich es war, das Portal erneut zu öffnen.

Sie dachte an ihren ersten und zugleich auch letzten Kampf, zusammen mit Marius und dem Inspektor. Sie hatten gesiegt, die gefährlichen Kreaturen vertrieben und das Portal geschlossen. Doch zu welchem Preis? Sie alle wurden verletzt. Dajanas Kräfte allein hatten nicht ausgereicht und sie musste auf ihren Joker zurückgreifen. Das, was sie eigentlich nicht hatte machen wollen. Und jetzt? Jetzt saß sie hier, starrte auf diese unendliche Weite und sah das Dorf.

Warum war es gerade heute wieder aufgetaucht?

Dajana wusste es. Sie musste einfach die Glasmurmel aktivieren und ein Portal öffnen. Sie spürte, dass dort draußen noch mehr war. Gutes genauso wie Böses. Die Glasmurmel bettelte sie förmlich an, wieder aktiviert zu werden und sich mit den anderen Sternenkugeln verbinden zu können.

Sternenkugeln? Wie komme ich jetzt darauf? Dajana stutzte und schüttelte ihren Kopf, wie um einen Gedanken wegzuschütteln. Doch er verschwand nicht.

Sie schloss die Augen und lehnte den Kopf an das kühle Glas des Fensters. Vor ihr schwebte die Sternenkugel. Blau leuchtend, schimmernd und mit der Struktur von Glas. Sie lächelte und strich mit den Händen über sie. Sie fühlte sich kalt an. Dajana fühlte, wie sich die Sternenkugel mit den anderen Sternenkugeln verband und Informationen ausgetauscht wurden. Der Standort der Sternenkugel auf der Erde wurde korrigiert. Dajana sah sich einer Flut von neuen, durchaus interessanten Informationen gegenüber.

Sie atmete erschrocken ein und öffnete ihre Augen.

Was ist passiert? Ich habe sie aktiviert, hier im Schlafzimmer! Es ist so schön und es gibt so viel zu erforschen! Wie in Trance starrte sie auf die vor ihr schwebende Sternenkugel. Sie schaffte es nicht, ihren Blick abzuwenden.

Dajana bekam nicht mit, dass Marius aufwachte und langsam aus dem Bett stieg. Sie starrte immer noch die Sternenkugel an und versuchte, die hereinstürzenden Informationen zu filtern und zu ordnen. Leise hörte sie ihren Namen und realisierte, dass es Marius war, der sie rief. Doch sie konnte ihren Blick nicht von der Kugel abwenden.

So viele Informationen und so viele unterschiedliche Planeten. Ein Lächeln zeichnete sich auf ihrem Gesicht ab. Wie gerne würde sie jetzt sofort ein Portal öffnen und zu einem der Planeten reisen. *Das wäre spannend.* Aus den Gedanken gerissen, hörte sie Marius' Stimme laut rufen.

„Dajana!" Er klang sehr weit entfernt und sie versuchte, ihren Blick auf ihn zu richten.

Langsam drehte sie ihren Kopf zu der für sie leisen fast schon geflüsterten Stimme und erblickte Marius. Erschrocken stellte sie fest, dass er sie verängstigt anschaute.

Ich bin in unserem Schlafzimmer. Aber warum hängt die Sternenkugel vor mir und warum ist sie aktiviert? Dajana wusste es nicht. *Habe ich sie aktiviert, ohne es mitzubekommen?*

Sie schüttelte ihren Kopf und überlegte angestrengt, wie sie die Sternenkugel wieder deaktivieren konnte. Möglichst bevor jemand versuchen würde, sie von einem anderen Planeten aus zu erreichen. Auf keinen Fall wollte sie, dass sich jetzt ein Portal öffnete. Ihre Hände fühlten sich auf einmal feucht an und ihr Herz begann schneller zu schlagen.

Ich muss sie deaktivieren, bevor etwas passiert. Schoss ihr durch den Kopf.

„Dajana!" Marius Stimme war jetzt direkt neben ihr und sie war lauter und bestimmter geworden. Erschrocken zuckte sie zusammen und nickte dann zustimmend.

„Ja! Gleich!" Sie wollte nicht genervt klingen. Aber die Informationen, die auf einmal in ihrem Kopf herumschwirrten, überforderten sie gerade. Außerdem wusste sie nicht, wie sie die Sternenkugel wieder deaktivieren konnte und das ärgerte sie.

Dazu kam die Gewissheit, dass es dort draußen noch andere gab, die mittels einer Sternenkugel die Galaxie erforschten. Andere, die ihnen ziemlich ähnlich waren. Sie könnten versucht haben, die Erde anzuwählen, ohne Erfolg. Womöglich hatten sie die Erde schon komplett abgeschrieben.

Ich muss sie kennenlernen! Schoss es ihr in den Kopf und ließ sie gleich darauf erneut zögern.

Dajana wollte sie nach Möglichkeit sofort besuchen, um von ihnen mehr Informationen über die Galaxie zu erhalten. Es gab nicht nur Böses auf der anderen Seite des Portals. Auf den anderen Planeten hatten sich teils friedliche Rassen entwickelt.

Später! Sprach sie zu sich selber und seufzte leise und ein wenig traurig. Dann konzentrierte sie sich darauf, die Sternenkugel zu deaktivieren. Ganz angestrengt dachte sie daran. Und langsam, fast schon widerwillig, verkleinerte sich die Sternenkugel und fiel dann als warme Glasmurmel in ihre hingehaltene Hand hinein.

Dajana sackte leicht zusammen. Erst jetzt merkte sie die Anspannung und versuchte ihre verkrampften Muskeln zu lockern. Sie spürte Marius' prüfenden Blick und wusste, dass er neben ihr stand.

„Warum?", hörte sie ihn mit einem ernsten Unterton fragen und sie konnte nur mit den Schultern zucken.

„Ich habe versprochen, über das Portal zu wachen." Sie wusste nicht, was sie anderes hätte sagen sollen und verstand selber noch nicht ganz, was eben passiert war.

„Ja, ich weiß. Und es ist sicher bei dir. Am sichersten ist es aber, wenn es nie wieder aktiviert wird. Du weißt, was auf der anderen Seite sein kann und es kann noch schlimmer werden!"

Dajana nickte und lenkte ein:

„Ja. Ich weiß, was passiert ist. Aber sie ruft mich, sie will aktiviert werden."

„Sie?"

„Ja. Es ist eine Sternenkugel, Marius. Da waren eben so viele Informationen, die ich von ihr erhalten habe. Ich kann das gar nicht mit Worten beschreiben. Aber eines weiß ich mit Sicherheit, da draußen sind Lebensformen wie wir! Sie sehen uns sogar ähnlich! Sie reisen mithilfe der Sternenkugeln von einem Planeten zum anderen und erforschen sie."

Dajana atmete aus, wandte ihren Blick zu Marius und fixierte ihn mit ihren Augen.

„Marius, ich muss sie aktivieren und ich möchte unbedingt mit diesen Anderen Kontakt aufnehmen. Sie können uns helfen, da bin ich mir sicher."

Marius schüttelte scheinbar verzweifelt den Kopf.

„Ich verstehe dich nicht. Du warst jetzt vier Tage krank. Hast kaum einen Ton herausbekommen, ohne gleich einen Hustenanfall zu bekommen, und dein erster Gedanke gilt dieser blöden Kugel! Ich glaube fast, dass dir nur noch die Kugel wichtig ist. Reicht es nicht, dass wir hier unsere eigenen Probleme, Sorgen und Aufgaben haben? Müssen wir uns unbedingt auch noch die Probleme anderer Planetenbewohner aufhalsen? Und denk mal bitte daran, dass die nächste Kreatur vielleicht nicht mehr besiegbar ist. Ich kann dir nicht immer zur Seite stehen und der Inspektor ist inzwischen für einen weiteren Kampf wohl zu alt. Du hast doch selber gesehen, wie er an Kondition verloren hat."

Dajana verdrehte unbeobachtet die Augen und schaute dann wieder zu Marius zurück. Sie hatten diese Predigten schon oft von ihm gehört. Einmal hatte sie sogar überlegt, ob sie ihn nicht lieber verlassen und einfach in das versteckte Dorf ziehen sollte. Dort würde sie dann ein Portal öffnen und von Planet zu Planet ziehen. Doch sie hatte die Verantwortung für die Sternenkugel auf der Erde übernommen und sie musste hier auf der Erde auf sie aufpassen. Erst wenn Daniel, ihre Notversicherung, alt genug war, und mit seinen Fähigkeiten umgehen konnte, durfte sie durch das Portal treten. Erst dann konnte sie eine Reise wagen.

„Ja, du hast recht. Jedenfalls ein wenig. Diese anderen Lebensformen, die ich gesehen habe, sind uns sehr ähnlich. Wenn sie jetzt Hilfe brauchen?"

Marius schüttelt den Kopf.

„Gib mir die Kugel."

„Nein!"

„Bitte!"

„Nein! Ich bin für sie verantwortlich."

Marius trat näher an sie heran und sprach etwas leiser.

„Ich will sie dir nicht wegnehmen. Leg sie aber bitte wieder zurück in die Schachtel, ja?"

Dajana schaute ihn an. Es fiel ihr schwer. Nur ungern legte sie die Glasmurmel wieder weg. Selten trennte sie sich von ihr. Normalerweise trug sie die kleine Schachtel immer bei sich in der Hosentasche.

„Okay!" Leicht geknickt und widerwillig ließ sie die Glasmurmel in die samtig weiche Fütterung der kleinen Schachtel rollen. Wie hypnotisiert schaute sie sie an und wollte sie schon wieder herausnehmen, um ihre

Wärme zu spüren. Immer noch konnte sie deutlich die noch vorhandene Wärme auf ihrer Hand spüren, doch schon bald würde dieses Gefühl verschwunden sein.

Marius nahm ihr die Schachtel ab und verschloss sie wieder. Dajana seufzte leise. Sie sah die Glasmurmel noch immer genau vor ihren Augen, sah sie aktiviert über dem Boden schweben. Dieses schimmernde Blau. Ihr Leuchten und dann diese Flut von Informationen. Es kamen jetzt keine neuen Informationen mehr zu ihr. Doch das, was sie vorhin alles erhalten hatte, blieb in ihrem Kopf. Es brannte sich ein. Und der Begriff „Sternenkugel" ging auch nicht mehr weg.

Marius legte die Schachtel auf die Fensterbank. Dajana folgte mit ihrem Blick. Doch Marius drehte ihr den Kopf zur Seite, hin zu seinem Gesicht.

„Sie macht dich süchtig. Sie hat dich schon verändert."

Dajana schlug die Augen nieder und blickte ihn traurig an.

„Ich weiß. Aber es ist nicht so einfach."

Marius nickte.

„Ich habe Angst um dich. Um uns."

Dajana zuckte zusammen.

Hat er mitbekommen, dass ich lieber durch die Galaxie reisen möchte?

„Ich bleibe bei dir. Für immer."

„Versprochen?"

„Versprochen."

„Und die Glasmurmel? Du wirst sie nicht noch einmal aktivieren, oder?"

Dajana zuckte mit den Schultern.

„Das kann ich nicht versprechen. Es wird die Zeit kommen, da muss ich es machen."

Marius nickte traurig. Er schien zu wissen, dass er sie nicht würde halten können.

„Ich spüre, wie es dich zerreißt. Ich habe den Kampf miterlebt und dich danach wieder gesund gepflegt. Ich will einfach nicht, dass du noch einmal so leiden musst."

Sanft küsste er sie auf die Stirn und Dajana spürte, wie seine Bartstoppeln auf ihrem Gesicht kitzelten.

„Ich weiß, dass diese Kugel zu dir gehört. Sie ist deine Bestimmung und du wirst dich um sie kümmern müssen, auch wenn es mir nicht gefällt.

Aber bitte aktiviere sie nie wieder in unserem Schlafzimmer. Schon gar nicht, wenn ich noch schlafe. Außerdem möchte ich nicht, dass du durch sie hindurchgehst. Denn dann wäre keiner mehr hier, um die Erde zu beschützen."

Dajana nickte schnell.

„Ja, klar. Das eben war nicht beabsichtigt. Ich hab nur meine Augen geschlossen und auf einmal war die Kugel aktiviert. Es war so schön und hielt mich einfach gefangen, das habe ich allerdings erst zu spät gemerkt. Ich kann nicht hindurch gehen, das weiß ich. Die Erde darf mit einer aktivierten Sternenkugel nicht ungeschützt sich selbst überlassen werden, das hatten wir schon. Aber andere, vielleicht sogar nette Personen, könnten herkommen und uns besuchen."

Marius blickte sie traurig an.

„Um unseren schönen Planeten auszubeuten oder sich hier breitzumachen? Wie willst du sie kontrollieren, wenn du sie erst einmal hier hast?"

Dajana zuckte zusammen.

„Daran habe ich noch gar nicht gedacht. Sie dürften die Raststätte auf keinen Fall verlassen! Oh je, das wird schwer werden."

„Nein, es ist ganz einfach! Du lässt keine fremden Lebensformen herkommen. Egal, ob sie nun so aussehen wie wir, oder ob sie fliegen können. Das Risiko ist zu groß. Jetzt überleg doch auch mal, was die Menschheit dazu sagen würde! Sie mögen uns ähnlich sein, aber sie sind dennoch anders. Sie haben andere Vorfahren. Ihr Verhalten ist anders. Ihr Denken, ihre Rituale, einfach alles. Die Menschheit ist noch nicht bereit für Lebensformen von anderen Planeten. Ich meine, wir können noch nicht einmal zum Mond fliegen und du willst Außerirdische auf die Erde lassen?" Marius blickte sie ernst an. „Ich hoffe, dass meine Worte bei dir angekommen sind und du sehr vorsichtig sein wirst."

Dajana nickte zustimmend und erkannte, dass sie noch viel lernen musste.

Sie durchforstete die neuen Informationen zur Sternenkugel und erfuhr, dass man einen Schutzschild um die aktivierte Sternenkugel legen konnte. So blieb sie aktiviert und sie würde sich wieder mit dem Netzwerk verbinden können. Allerdings konnte dann keiner ungefragt und ohne ihre Zustimmung die Erde betreten. Sie könnten zwar durch das Portal treten, mehr aber auch nicht. Dajana oblag dann die Entscheidung, ob die Lebensform weiter hindurchgehen durfte oder eben nicht. Das war eine sehr interessante Information und sie musste lächeln.

„Warum lächelst du? Findest du es gut, wenn die fremden Lebensformen hier ein- und ausspazieren?"

„Nein, ganz und gar nicht. Pass auf, die Sternenkugel hat mir eine Menge Informationen übermittelt, als sie aktiviert war. Unter anderem hat sie mir gezeigt, wie ich bei ihr einen Schutzschild aktivieren kann, durch den keiner hindurch treten kann. So kann ich dann in aller Ruhe entscheiden, ob ich die Lebensform zur Erde durchlasse oder nicht."

Marius schaute sie verwundert an und zog die Augenbrauen hoch.

„Sie hat dir Informationen übermittelt?"

„Ja"

„Und diesen Schutzschild, den kannst du aktivieren?"

Dajana nickte glücklich.

„Ja, klar. Es ist recht einfach. Soll ich es mal ausprobieren?"

„Nein. Jetzt frühstücken wir."

Marius Antwort kam ziemlich schnell und seine Stimme war lauter geworden. Dajana zuckte zusammen und schaute betrübt zu Boden.

„Hm, schade. Aber okay. Ich sollte es langsam angehen lassen."

„Genau! Also komm, ich habe Hunger"

„Ich auch. Ich muss die letzten vier Tage nachholen. Es fühlt sich so an, als hätte ich mindestens fünf Kilo verloren."

Sie blickte in Marius' lächelndes Gesicht. Wenig später hob er sie von der Fensterbank herunter.

„Nein, nicht ganz fünf Kilo. Aber trotzdem bekommst du jetzt eine riesige Portion Rührei mit Speck und einen großen Kaffee. Ich muss es ausnutzen, dass du wieder Hunger hast." Er setzte sie ab und Dajana stand ganz dicht vor seinem immer noch lächelnden Gesicht. Er drückte ihr sanft einen Kuss auf ihre Lippen.

Daniel erwachte aus einem schönen Traum und schaute müde, aber glücklich, auf seinen Wecker. 07:50 Uhr. Im ersten Moment konnte er das gar nicht glauben. Sein Traum war so schön gewesen und am liebsten hätte er die Augen einfach wieder geschlossen und weiter geträumt. Er hatte eine blaue Kugel gesehen. Sofort wusste er, dass diese Kugel ein Portal zu einem anderen Planeten aufbauen konnte. Irgendwie fühlte er sich mit ihr verbunden. So etwas Schönes hatte er noch nie zuvor gesehen.

Moment, was zeigt mein Wecker? 07:50 Uhr? Er schreckte hoch und saß aufrecht in seinem Bett. Er hatte verschlafen!

„Ausgerechnet heute!", fluchte er leise.

Ich schreibe doch in der 3. Stunde Mathe! Er kniff seine Augen zusammen und sah sofort wieder das Bild dieser blau leuchtenden Kugel.

„Sternenkugel", hauchte er leise und seufzte.

Er spürte noch etwas anderes. Für einen kurzen Zeitraum merkte er, wie die Barriere, die seine Fähigkeiten eindämmen sollte, schwächer wurde.

Ein breites Lächeln umspielte sein Gesicht und er dachte den Bruchteil einer Sekunde daran, die Zeit zurückzustellen. Konnte er das? Zeit anhalten hatte er ja schon bewiesen. Aber zurückdrehen?

„Nein", sagte er laut zu sich selbst, und hinderte sich so daran, eine große Dummheit zu begehen. Dajana hatte diese Barriere bewusst wegen seiner Fähigkeiten erschaffen und sie hatte ihm eingebläut, dass eine Zeitmanipulation schon bei wenigen Sekunden verheerende Folgen haben könnte.

Dajana. Seit Langem dachte er mal wieder an seine Retterin. Sie hatte ihm das Leben gerettet und ihm gezeigt, was in ihm steckte. Jetzt hatte sie die Sternenkugel aktiviert. Ohne ihn! Er wollte unbedingt zu ihr, wollte diese wunderschöne Kugel mit eigenen Augen sehen. Ihre Wärme spüren, die sie ausstrahlte, wenn sie deaktiviert war. Und natürlich wollte er durch sie hindurch treten, um andere Planeten zu erforschen. Er musste es einfach, es war seine Bestimmung!

Er arbeitete intensiv daran, das kleine Loch der mentalen Barriere zu nutzen. Er wollte wissen, ob er die Elemente noch beeinflussen konnte. Wenig später schaffte er es endlich, eine kleine Eiskugel zu erschaffen. Er lächelte glücklich. Knapp über seiner Handfläche ließ er sie schweben und hatte schon wieder komplett vergessen, dass er ja eigentlich aufstehen musste. Diese Sternenkugel! Sie rief ihn und er wusste, dass er Dajana besuchen musste.

„Daniel!"

Er schreckte hoch. Seine Konzentration ließ nach und das Loch in der Barriere schloss sich unweigerlich. Die kleine Eiskugel schmolz sofort und ein Schwall kaltes Wasser ergoss sich über seine rechte Hand und lief von da aus über seine Hose.

„Iihh!", fluchte er laut. Wenig später streckte seine Mutter ihren Kopf in sein Zimmer.

„Hast du deinen Wecker nicht gehört? Du schreibst doch heute in der 3. Stunde Mathe. Komm steh auf."

Daniel sah ihre gerunzelte Stirn und ihm wurde peinlich bewusst, dass er mit nasser Hose im Bett saß.

„Hast du?", hörte Daniel sie fragen und er schüttelte entschieden den Kopf.

„Nein, Mama! Das ist nur Wasser, ich hab mein Glas verschüttet."

Er zeigte auf das Glas, welches für die Nacht stets mit Wasser gefüllt auf seinem Nachttisch stand. Seine Mutter nickte erleichtert.

„Na, dann schnell ins Bad und zieh dich an. Ich bringe dich dann ausnahmsweise zur Schule, damit du noch schnell frühstücken kannst. Aber beeile dich beim Anziehen und trödle nicht so herum wie sonst!"

Daniel nickte und seine Mutter verließ das Zimmer.

Er schloss seine Augen und sah erneut die Sternenkugel.

Woher weiß ich, dass es eine Sternenkugel ist? Was weiß ich noch über sie? Sie ist uralt. Älter als jede Lebensform hier auf der Erde.

Er konzentrierte sich und sah eine Liste von Planeten, die scheinbar auch Sternenkugeln hatten.

Woher weiß ich das alles? Ist es real oder nur die schwache Erinnerung an meinen Traum?

Daniel wusste, dass er unbedingt mit Dajana sprechen musste. Sie würde es ihm bestimmt erklären können. Außerdem würde er sich dadurch der Sternenkugel näher fühlen. Das wusste er.

Vielleicht konnte er Dajana auch besuchen und sie sehen. Er hatte schon oft daran gedacht, sich aber nie getraut zu fragen. Jetzt schien der passende Zeitpunkt, denn es waren ja bald Ferien. Da könnten sie bestimmt einen Abstecher zu der kleinen Raststätte machen. Ein Lächeln umspielte seine Lippen. Der Gedanke, in die Nähe der Sternenkugel zu gelangen, ließ seine

Augen leuchten. Seine Erinnerungen waren real. Es gab sie und sie rief ihn. Eindeutig.

Wenig später saß Daniel, schneller als sonst und schon fertig angezogen, in der Küche und schlang sein Müsli herunter. Danach blickte er seine Mutter direkt an. Er musste sie einfach fragen.

„Mama?"

„Hm?"

Seine Mutter war gerade damit beschäftigt, für Claire das Toastbrot zu schneiden und blickte ihn nicht an. Seine Schwester Claire hingegen muss seine faszinierend glänzenden Augen gesehen haben, denn sie wurde sofort ruhiger. Scheinbar wollte sie unbedingt mitbekommen, was ihr Bruder jetzt fragen würde. Ihr Blick hing wie gebannt auf seinem Gesicht.

„Können wir Dajana besuchen?", platzte es aus Daniel heraus. Er konnte seine Frage nicht mehr länger zurückhalten. Seine Mutter hielt inne und Daniel sah Claire breit lächeln.

„Au ja!", rief sie freudig aus und fing sofort wieder an, unruhig auf ihrem Stuhl zu zappeln.

„Wen?", fragte ihn seine Mutter erstaunt und Daniel verdrehte leicht genervt seine Augen.

Sie wird doch wohl noch wissen, wer Dajana ist, fragte er sich leicht genervt.

„Dajana! Aus Wales. Weißt du noch? Sie hat mir doch das Leben gerettet."

Wie kann Mama den Namen meiner Lebensretterin vergessen?

„Ach so. Dajana. Ja, können wir machen."

Irgendwie schien seine Mutter nicht ganz verstanden zu haben, was Daniel wollte. Sie wirkte abgelenkt und versuchte, die hibbelige Claire auf ihrem Stuhl festzuhalten.

„Bleib doch ruhig sitzen, sonst verschüttest du noch deinen Kakao", schimpfte sie, doch Claire zappelte weiter. Sie schien genau zu wissen, wen Daniel besuchen wollte und wirkte aufgeregt.

„Wir besuchen Dajana", rief sie ihrem Vater freudig entgegen, der gerade die kleine Küche betrat. Verschlafen rieb er sich die Augen und gähnte hinter vorgehaltener Hand.

„Wie? Was? Dajana? Die Dajana aus Wales?"

„Ja!" Daniel und Claire antworteten ihm im Chor und Daniel fragte sich erneut, wie seine Eltern seine Retterin so schnell vergessen konnten.

„Seid ihr euch da sicher? Ich meine, wir müssten dafür auf unseren Seeurlaub verzichten und wir wissen doch auch gar nicht, ob sie uns überhaupt sehen möchte."

Daniel nickte.

„Sie möchte es. Das weiß ich. Ich schreibe ihr nachher einen Brief."

Daniels Mutter nickte lächelnd.

„Wenn der Besuch bei Dajana euch beiden so viel Freude bereitet, verzichte ich gerne auf den Seeurlaub. Aber ihr müsst euch vertragen und versprechen brav zu sein."

„Ja!", antworteten Claire und Daniel erneut im Chor.

„Gut. Aber jetzt geht es auf zur Schule, Daniel. Ich möchte nicht, dass du zu spät zu deiner Mathearbeit kommst. Hast du auch geübt? Kannst du alles?"

Daniel verdrehte die Augen.

„Ja, Mama, ich kann alles. Danke, dass du mich mit dem Auto hinbringst, sonst würde ich es nicht mehr rechtzeitig schaffen."

„Aber das ist die Ausnahme. Ab Morgen fährst du wieder mit dem Schulbus und stehst pünktlich auf. Versprochen?"

Daniel nickte.

„Versprochen."

Besuch von Daniel

Dajana spürte Daniel schon, als der Wagen seiner Eltern noch weit entfernt war. Sie merkte sofort, wie aufgeregt er war. Ihr ging es ähnlich. Seitdem sie die Sternenkugel aktiviert hatte, lag sie in ihrer Schachtel. Sie hatte sich nicht mehr getraut, sie herauszuholen. Außerdem wollte Marius es nicht. Doch jetzt, wo Daniel sie besuchen würde und er zusammen mit seinen Eltern für eine Nacht blieb, war der Wunsch noch stärker geworden. Sie versuchte, ihn zu ignorieren.

Daniel war jetzt zwei Jahre älter. Seine Fähigkeiten waren zwar immer noch von Dajana blockiert, doch sie würde diese Blockade für ihr gemeinsames Training entfernen. Dajana hatte deutlich gemerkt, dass ihr Vorhaben Marius nicht gefiel. Sie hatte ihm aber auch klar gemacht, dass es wichtig sei, wenn auch Daniel mit seinen Fähigkeiten umgehen konnte. Nicht nur zum Schutz anderer, sondern hauptsächlich zu seinem eigenen Schutz.

Sie würde irgendwann anfangen, mit Daniel zu trainieren und ihn auf das vorbereiten, was einmal auf ihn zukam. Vorher allerdings mussten sie seine Eltern einweihen. Dajana jedenfalls wollte reisen und das nicht nur auf der Erde. Wenn Daniel soweit war, dass er auf die Sternenkugel aufpassen konnte, so konnte sie endlich durch die Galaxie reisen. Marius würde sie einfach mitnehmen, sie musste ihn nur noch dazu überreden.

Natürlich war Daniel noch lange nicht so weit und es würde noch ein paar Jahre dauern. Im Moment war er zu jung, um so eine große Verantwortung zu übernehmen. Seine Eltern mussten eingeweiht werden. Sie mussten wissen, dass ihr Sohn eine Bestimmung hat und sich dieser irgendwann stellen musste.

Dajana lächelte, denn sie fühlte, dass die kleine Familie gerade auf den Hof fuhr und vor der Raststätte parkte. Obwohl sie nach hinten heraus zum Tal schaute, konnte sie es spüren. Ihr Herz fing etwas schneller an zu schlagen.

Oh ja, ich bin auch aufgeregt, obwohl es gar keinen Grund dafür gibt.

Sie stand von ihrem Schreibtisch auf und schaute noch einmal durch das Fenster ins immergrüne Tal. Dann ging sie in den Gastraum hinunter.

Sie betrat gerade den großen Raum, als Daniel durch die Tür geflitzt kam, dicht gefolgt von Claire, seiner Schwester.

„Dajana!", riefen die beiden ihr im Chor entgegen und schon wurde sie fast umgeworfen. Sie musste lachen und dachte kurz wehmütig an ihre eigene Familienplanung.

Werde ich je eigene Kinder haben? Sie schüttelte den Kopf und verwarf den Gedanken wieder, sie konnte es sich einfach nicht vorstellen.

Marius kam, wohl vom lauten Krach angelockt, aus der Küche hervor und wurde ebenfalls glücklich umarmt. Daniel und Claire schienen nicht zu bändigen. Ihre Eltern traten langsam heran und sie begrüßten sich gegenseitig. Anschließend aßen sie gemeinsam zu Mittag.

Nach dem Nachtisch rutschte Daniel aufgeregt auf seinem Stuhl hin und her und schaute Dajana immer wieder fragend an. Dajana wusste, auf was er wartete. Sie lächelte, schob sich den letzten Rest Vanilleeis in den Mund und zwinkerte ihm zu. Mit diesem Zwinkern löste sie die von ihr erschaffene Barriere und gab allein Daniel die Kontrolle über seine Fähigkeiten. Er schien es sofort zu merken, denn er lächelte glücklich. Doch bevor er jetzt gleich etwas zeigen durfte, musste Dajana erst noch mit seinen Eltern sprechen.

„Herr und Frau Smith?"

„Ja?"

„Ich möchte Ihnen jetzt etwas sagen. Das klingt vielleicht am Anfang erst einmal verwirrend. Es geht um Daniel. Er ist etwas Besonderes."

Daniel setzte sich gerade auf seinem Stuhl und blickte zu seiner Schwester, die leicht genervt ihre Augen verdrehte. Dajana bekam das mit und lächelte beiden zu, dann sprach sie weiter.

„Hören Sie einfach zu und urteilen Sie bitte nicht zu schnell."

Dajana blickte zu Daniel und lächelte ihm Mut zu. Sie wusste, dass er Angst davor hatte, es seinen Eltern zu sagen.

Er macht sich bestimmt viele Gedanken darüber, was sie danach von ihm halten werden. Ob er dann immer noch ihr geliebter Sohn ist, oder ob sie ihn eventuell gar nicht mehr wollen?

Dajana konnte das sehr gut nachvollziehen. Es hatte einen Grund, warum sie von ihrer eigenen Familie bislang noch niemanden eingeweiht hatte.

„Ich möchte dazu sagen, dass Daniel eine Bestimmung hat. Sein Weg ist in gewisser Weise schon vorgezeichnet. So wie meiner. Ich kam hierher zu dieser Raststätte und wusste nichts. Dann begegnete ich der damaligen Besitzerin. Ich sah sie sterben. Wenig später war die Vision verschwunden. Die Besitzerin saß lebendig vor mir und ich hatte panische Angst. Ich konnte damals nicht damit umgehen, denn es war das erste Mal, dass ich so eine Vision hatte."

Dajana schwieg und blickte in die verwirrten Augen von Daniels Eltern. Sie lächelte und erinnerte sich noch viel zu genau an ihre allererste Vision und die damit verbundene Panik. Langsam sprach sie weiter und betonte jedes einzelne Wort:

„Als Daniel damals zu weit hinaus schwamm, hatte ich kurz vorher so eine Vorahnung. Mit dem Unterschied, dass ich wusste, dass es eine Vision war und ich eingreifen kann."

Daniel unterbrach sie:

„Du hast mir das Leben gerettet!", rief er glücklich aus und grinste über das ganze Gesicht. Dajana linste zu Marius herüber und sah die Sorgenfalten über seinen Augen. Anscheinend missfiel es ihm, dass Dajana Daniels Bestimmung schon jetzt preisgab, obwohl sie vorher darüber gesprochen hatten.

Ahnt er, dass ich Daniel schon fast als Hüter der Sternenkugel sehe? Weiß er, was das bedeutet und kann er mich davon abhalten? Ich will nicht, dass wir uns verlieren. Kann er mich zu anderen Planeten gehen lassen, ohne in ständiger Angst um mich zu leben? Nein. Wenn ich gehen muss, muss Marius mitkommen. Dajana verschob diese Gedanken auf später und redete weiter:

„Genau. Ich habe dir damals das Leben gerettet. Aber später dann, hier in der Raststätte, habe ich noch mehr gemacht."

Daniel nickte.

„Du hast mir geholfen, meine Fähigkeiten zu kontrollieren."

Dajana lächelte. Jetzt war es ausgesprochen und Daniels Eltern schauten sie verwirrt an.

„Fähigkeiten? Du meinst, dass du gut in Mathe bist, oder?"

Daniel schüttelte entschieden den Kopf.

„Ich kann eine Eiskugel zaubern und sie mit Feuer verdampfen lassen!"

Er grinste breit und drehte den Kopf zu den verständnislosen Gesichtern seiner Eltern. Sie schüttelten beide mit dem Kopf.

„Nein, Daniel, das geht nicht."

„Doch. Ich schwöre!" Er blickte flehend zu Dajana hinüber. „Darf ich?" Dajana nickte. Sie konzentrierte sich darauf, eventuelle Gefahren abzuwenden. Dann legte sie einen Schleier um die kleine Sitzecke, so dass niemand sehen konnte, was hier in den nächsten Minuten vor sich ging.

Daniel schien sich zu konzentrieren. Wenig später schwebte eine kleine Eiskugel über seiner Handfläche. Deutlich sichtbar für alle, die um den Tisch herum saßen. Er lächelte glücklich. Seine Eltern blickten ihn mit großen Augen an. Claire starrte ihren Bruder ebenfalls an und streckte dann ihre Hand nach der Kugel aus. Sie berührte sie zaghaft mit dem Zeigefinger und zuckte fast unverzüglich wieder zurück.

„Brr. Kalt!" Daniel lachte und vernachlässigte so seine Konzentration. Die Kugel verlor ihre Struktur. Ein kleiner Schwall Wasser klatschte auf seine Hand und anschließend auf den Tisch. Er zuckte zusammen und zog seine Hand zurück. Leicht beschämt schaute er auf die Wasserlache auf dem Tisch. Dajana lächelte und der Tisch fing an zu dampfen, als sie das Wasser erhitzte. Auch Daniels Hand trocknete sich auf diese Weise wieder.

„Du musst lernen, die Konzentration zu halten. Du darfst dich nicht ablenken lassen."

Daniel nickte etwas bekümmert und schien zu wissen, dass er noch viel lernen musste. Es schien ihm ein wenig peinlich zu sein, dass seine Kugel die Struktur verloren hatte. Noch dazu, wo er sich scheinbar große Mühe gegeben hatte.

„Ist nicht so schlimm. Du wirst es mit der Zeit lernen. Besser so, als wenn du dir immer sicher bist und es dann nicht funktioniert, wenn du es benötigst."

„Benötigst?" Daniels Vater hatte endlich seine Sprache wiedergefunden.

„Ich lese zwar gerne Science-Fiction-Romane, aber ich glaubte nicht an übersinnliche Fähigkeiten. Es muss eine rationale Erklärung geben. Oder es war ein Trick!"

Dajana nickte verstehend. Mit so einer Antwort hatte sie gerechnet.

„Nein, es ist kein Trick. Und ja, Daniel wird seine Fähigkeiten benötigen. Und er muss lernen, sie zu kontrollieren. Es gibt noch etwas, was ich euch sagen muss und das wichtig ist. Wichtig für die Erde und unser Überleben. Hier bei mir gibt es ein Portal. Ein Portal, das zurzeit noch deaktiviert ist. Er kann also nichts hindurch kommen. Weder Gut noch Böse. Aber es wird eine Zeit kommen, wo ich es aktivieren muss, um dann zu den anderen Planeten unserer Galaxie zu reisen."

Ohne es zu bemerken, war es für sie selbstverständlich Daniels Eltern nicht mehr zu siezen.

Marius zog die Augenbrauen hoch. Dajana registrierte es und zuckte mit den Schultern.

„Es wird so kommen. Da bin ich mir sicher. So wie ich damals wusste, dass Daniel in dem See ertrinken würde, weiß ich jetzt, dass ich durch das Portal schreiten werde. Es ist meine Bestimmung."

Dajana sah, wie sich Marius Mine versteinerte und sie schaute ihn traurig an. Sie wusste ja, dass es ihm nicht gefiel, aber sollte sie sich wirklich gegen ihre Bestimmung stellen? Konnte sie Alles opfern, um ein paar schöne Jahre mit ihm zu verbringen? Und dann? Konnten sie dann überhaupt noch durch das Portal reisen? Nein, sie musste so früh wie möglich reisen. Solange sie noch jung war und genug Energie hatte, um ihre Kräfte sicher und gekonnt einzusetzen.

„Für die Zeit, in der ich nicht hier bin, muss Daniel auf das Portal aufpassen. Keine fremde Lebensform darf zu uns gelangen. Die Sternenkugel wird von einem Schutzschild umgeben sein, den nur Daniel und ich öffnen können. Daniel, du brauchst keine Angst zu haben und ich werde die Erde auch nicht in den nächsten Jahren verlassen. Noch bist du nicht dazu bereit, auf die Sternenkugel aufzupassen."

Daniels Augen leuchteten.

„Aber bald!", sagte er stolz.

Er hatte das Zeug dazu. Dajana merkte, wie in ihm der Wunsch reifte, selbst durch das Portal zu gehen, um die Galaxie zu erkunden. Sie konnte es sehr gut verstehen. Doch ihre größte Aufgabe war es, auf das Portal aufzupassen. Es zu beschützen und fremden Spezies den Zugang zu verwehren. Zumindest solange diese mit schlechten Absichten kamen.

Daniels Vater schüttelte immer noch seinen Kopf.

„Moment mal. Ich komme da gerade nicht mit. Du sagst, dass Daniel Fähigkeiten hat? Dass diese Eiskugel eben kein Trick war und dass es eine Art Portal gibt? Ein Portal, mit dem man zu anderen Welten reisen kann?"

Dajana und Daniel nickten zustimmend. Sein Vater hob abwehrend seine Hände.

„Niemals! Das ist ein Trick. Ihr wollt uns wohl auf den Arm nehmen, oder? Gibt es hier versteckte Kameras?" Er schaute seine Frau an. Sie zuckte nur mit den Schultern.

„Ich wusste schon immer, dass unser Sohn etwas Besonderes ist. Wenn es nun so ein Portal zu anderen Planeten gibt, bitte. Glauben tu ich das aber erst, wenn ich es gesehen habe. Was mir aber gar nicht gefällt, ist, dass ihr da durchgehen wollt und dass Daniel alleine darauf aufpassen soll. Das lasse ich nicht zu. Was, wenn etwas passiert? Wenn ihr da durchgehen könnt, dann können es auch andere. Ich möchte nicht, dass Daniel etwas passiert."

Dajana hob abwehrend die Hände.

„Keine Angst. Im Moment wird das auf keinen Fall passieren. Erst einmal muss ich Daniel unterrichten, damit er weiß, was er kann und wie er reagieren soll. Er sollte so früh wie möglich lernen, mit seinen Fähigkeiten umzugehen. Sie einzusetzen."

Jetzt mischte sich auch Daniels Mutter ein:

„Einzusetzen? Gegen wen? Oder besser gesagt, gegen was? Damit kann man doch bestimmt anderen wehtun! Das lasse ich nicht zu! Daniel, das ist zu gefährlich."

Schützend legte sie den Arm um ihren einzigen Sohn und drückte ihn an sich. Dajana sah, dass es ihm nicht behagte und nickte zustimmend. Sie konnte Daniels Eltern verstehen und wollte ehrlich zu ihnen sein.

„Ja, das stimmt. Unsere Fähigkeiten sind außerordentlich und können anderen Lebensformen Schaden zufügen. Als ich das erste Mal gegen eine fremde Kreatur gekämpft habe, musste ich sie töten. Das gehört dazu und ich will es nicht verschweigen."

Es war still geworden am Tisch. Sogar Daniel schien Angst bekommen zu haben, als Dajana von ihrer ersten Begegnung mit einer außerirdischen Kreatur berichtete. Wie sie nur durch viel Glück gesiegt und überlebt hatte und sie dadurch neue Fähigkeiten entdeckt hatte. Sie ließ ganz bewusst weg, dass sie auch auf Daniels Kräfte zugegriffen hatte und war froh, dass auch Daniel das nicht erwähnte.

Bei ihrem großen Kampf hatte sie anders gedacht. Damals hatte sie ihn beschützen wollen und ihn als zusätzliche Sicherheit benötigt. Sie wollte Daniel so etwas ersparen. Deshalb sollte er so früh wie möglich seine Fähigkeiten entdecken, kennenlernen und beherrschen. Die Zeiten hatten sich geändert und Dajana wollte lieber heute als morgen durch das Portal treten, um die Galaxie zu erforschen. Sie konnte einfach nicht lange an einem Ort bleiben. Es trieb sie weiter, sie wollte erforschen.

Sie redeten noch ein wenig weiter. Daniels Eltern schienen allmählich zu begreifen, dass sie sich gegen die Bestimmung ihres Sohnes nicht wehren konnten. Trotzdem bemerkte Dajana, dass es ihnen weder gefiel, noch dass sie es ganz glauben konnten.

„Mein Sohn soll besondere Fähigkeiten besitzen und durch ein Portal zu fremden Welten reisen können? Niemals."

Das waren die abschließenden Worte von Daniels Vater zu diesem Thema. Daniel selber hatte sich natürlich schon längst für seine Fähigkeiten entschieden. Er war schon lange nicht mehr der kleine Junge, der seiner Schwester Streiche spielte. Er wirkte schon recht vernünftig, obwohl er gerade erst 10 Jahre alt geworden war.

Als die Familie am nächsten Tag wieder wegfuhr, hatten sie vereinbart, dass Daniel seine nächsten Sommerferien bei Dajana verbringen durfte, um gemeinsam mit ihr zu trainieren. Dajana fühlte, dass es ihnen ganz und gar nicht behagte, ihren Sohn bei ihr zu lassen, dennoch schienen sie es zu akzeptieren. Immerhin war es der wohl größte Wunsche ihres Sohnes. Auch Claire hatte darum gebettelt, mit dabei zu sein. Das jedoch verboten ihr die Eltern.

Bis dahin wollte Dajana weiter die Sternenkugel erforschen. Sie musste Marius und Daniel aber versprechen, dass sie nicht hindurch ging. Dieses Versprechen fiel ihr schwer. Allein der bloße Gedanke an die Sternenkugel rief bei ihr den Wunsch hervor, eine neue, fremde Welt zu erforschen. Wie konnte sie das unterdrücken?

Dajana hatte vor dem Abschied die kleine Schachtel hervorgeholt und die Glasmurmel in ihre Hand genommen. Sie fühlte ihre Wärme und gab sie fast widerwillig an Daniel ab. Seine Augen begannen zu leuchten. Er wirkte überrascht über die Wärme, die sie ausstrahlte. Aber er wirkte glücklich.

Dajana hingegen schaute ihn an und stellte fest, dass sie Neid spürte. Sie kniff die Augen zusammen und hielt Daniel ihre offene Handfläche hin. Etwas widerwillig ließ er die Glasmurmel in ihre Hand rollen. Im nächsten Moment erkannte sie eine Art Furcht in seinen Augen. Sie hielt den Atem an und taxierte ihn intensiv.

„Sie hat eine große Macht", flüsterte er.

Sie nickte.

„Ja, das stimmt. Pass auf! Ihr Bann wird größer, wenn sie aktiviert ist. Ich habe immer ein komisches Gefühl, wenn die Sternenkugel sich nicht in meiner direkten Nähe befindet. Oder wenn jemand anders sie in der Hand hat."

Daniel nickte zustimmend.

„Ja. Als ich sie hatte, wollte ich sie auch nicht wieder hergeben. Ihre Wärme ist so schön und beruhigend."

„Darf ich auch?", hörte Dajana Claire fragen. Ihr Blick wandte sich zu Daniels Schwester.

Was passiert, wenn ich sie ihr gebe? Sie hatte keine Zeit zu überlegen.

Marius ergriff die Sternenkugel mit Daumen und Zeigefinger und nahm sie sanft aus Dajanas Hand. Er war der Einzige der das durfte. Wenig später lag die Glasmurmel in Claires kleiner Hand.

„Das ist ja bloß eine normale Glasmurmel", stellte sie enttäuscht fest. Offensichtlich hatte sie mit etwas Besonderem gerechnet.

„Nein, es ist eine Sternenkugel. Spürst du das nicht?"

Claire schüttelte den Kopf.

„Nein. Sie ist bloß etwas wärmer als normale Glasmurmeln."

Dajana lächelte und sah genau zu, wie Claire die Sternenkugel an ihre Mutter weitergab.

„Ist doch ganz klar, dass sie warm ist. Sie war ja vorher in Daniels und Dajanas Händen. Dadurch wurde sie erwärmt", erklärte sie das für sie Unerklärliche.

Dajana wusste es besser. Ein Blick zu Daniel verriet ihr, dass auch er es besser wusste.

„Lass mich auch mal." Daniels Vater übernahm jetzt diese von Dajana und Daniel so hoch gelobte Glasmurmel. Er ließ sie über seine Hand rollen und schüttelte den Kopf.

„Nein. Da ist nichts Besonderes dran. Ich glaube nicht, dass ihr mit dieser Kugel zu anderen Planeten reisen könnt."

Dajana nickte und hielt ihm ihre offene Hand hin.

„Darf ich sie wiederhaben?"

Sie hoffte, dass ihr Ton nicht zu schroff klang. Und sie vermisste die Glasmurmel. Es behagte ihr nicht, dass sie in fremden Händen war. Als sie die Glasmurmel wieder in den Händen hatte und ihre Wärme spürte, blickte sie fragend zu Marius. Aber der zuckte nur resigniert mit den Schultern und nickte dann.

„Wenn du dir sicher bist", formte er mit seinen Lippen und Dajana lächelte.

„Sie ist sich sicher!", rief Daniel glücklich und sprang von seinem Stuhl auf. „Machst du es hier, oder wo?"

Vor Aufregung hüpfte er von einem Fuß auf den anderen. Dajana schüttelte den Kopf.

„Nein. Hier ist es zu öffentlich. Wir gehen in die Scheune hinüber."

„Au ja!"

Daniel war nicht mehr zu bremsen und lief hinaus auf den Parkplatz. Dajana blickte zu den verdutzten Eltern und nickte ihnen aufmunternd zu.

„Wollen wir? Ich glaube, Daniel kann es nicht abwarten, die aktivierte Sternenkugel zu sehen."

„Ja. Aber ich glaube euch immer noch nicht. Und ich werde noch herausfinden, welcher Trick dahintersteckt", erwiderte der Vater.

Doch Dajana wusste, dass er in ein paar Minuten überzeugt sein würde. Ob seine Eltern es nun wollten oder nicht, ihr Sohn hatte einen vorbestimmten Weg. Und er wollte ihn auch gehen.

Daniel hatte vor dem Eingang zur großen Scheune auf sie gewartet und nachdem Dajana die Tür geöffnet hatte, flitzte er auch schon hinein. Claire folgte ihm und ließ sich von seiner Vorfreude anstecken. Glücklich lief sie wild umher und wurde wenig später von Daniel eingefangen. Er kitzelte sie kräftig durch und ihr gemeinsames Lachen hallte in der leeren Scheune wider.

Dajana blieb inzwischen in der Mitte der Scheune stehen und fasste nach Marius' Hand.

„Bist du dir auch sicher?", flüsterte er und sie nickte.

„Ja. Ich bin es ihm schuldig. Außerdem glaube ich, dass ihm so das Warten auf die Sommerferien nicht so schwer fällt."

Marius nickte.

„Okay. Aber lass dich bitte nicht wieder von ihr gefangen nehmen"

„Nein. Versprochen."

Dajana nickte Daniels Eltern zu und deutete ihnen, sich neben sie und Marius zu stellen. Daniel wurde auf einmal still und sie wusste, dass sein Blick auf ihrer Hand und der kleinen Glasmurmel ruhte. Die kleine Kugel wurde wärmer. Dajana spürte, wie ihr Energie abgezogen wurde und die Murmel langsam größer wurde.

„Oh, was?", hörte sie Daniels Mutter entsetzt ausrufen, als die unscheinbare Glasmurmel das Doppelte ihrer Größe angenommen hatte.

„Das muss ein Trick sein", rief der Vater.

„Das ist kein Trick. Das ist die Sternenkugel", platzte Daniel heraus. Mehr sagte er nicht. Aber Dajana sah, dass seine Augen leuchteten. Sie schaute wieder zur Sternenkugel, denn sie wusste, dass sie jetzt in ihrer vollen Größe vor ihnen schwebte. Wundervoll. Blau schimmernd, vollkommen. Sofort fühlte sie sich von ihr angezogen und wäre am liebsten durch ein Portal getreten.

Bilder von fremden Welten tauchten in ihren Gedanken auf. Geschichten wurden erzählt und eine Flut von Informationen drang auf sie ein.

„Wow", flüsterte sie und war wie beim ersten Mal von ihrem Anblick und ihrer Macht wie betäubt. Sie konnte sich nicht rühren, sondern starrte die Sternenkugel an.

„Dajana! Darf ich?"

Daniels Stimme drang von weit her auf sie ein und sie realisierte, dass sie völlig regungslos dastand und die Sternenkugel angaffte.

Mist! Ich wollte doch stark bleiben. Schalt sie sich selber und wandte ihren Blick dann bewusst von der Sternenkugel ab und hin zu Daniel. Auch er schien gefangen zu sein. Doch nicht so stark wie sie. Womöglich, weil er nicht der Hüter der Sternenkugel war. Sie nickte ihm zu und gab den Weg frei.

Daniel trat vorsichtig näher und stand jetzt neben ihr. Die Sternenkugel schwebte etwas über ihm. Dajana nickte noch einmal und Daniel hob seine Hände, um andächtig über die Kugel zu streichen. Seine Augen warfen den blauen Schein der Sternenkugel zurück. Dajana wusste, dass er die Macht spürte. Sie merkte sofort, dass auch er in ihren Bann gezogen wurde und dass er mehr wollte. Sie verstand genau, was er gerade dachte.

„Du willst hindurchgehen! Genau wie ich." Daniel nickte.

„Ja. Sie möchte es."

„Auf gar keinen Fall!", erklang die hohe Stimme von Daniels Mutter.

Daniel zuckte zusammen. Dieser Moment reichte aus, um den Bann zu lösen. Er drehte sich um, schüttelte den Kopf und ging zu seiner Mutter.

„Noch nicht. Erst bist du dran", sagte er zu Dajana und blickte ihr dabei direkt in die Augen.

Dajana nickte. Sie wusste, was er meinte.

Dann deaktivierte sie die Sternenkugel und steckte sie in die kleine Schachtel. Sicher verwahrt. Sie schaute Daniels Eltern an und sah, dass sie nicht verstanden, was sich hier gerade abgespielt hatte. Sie konnten es nicht begreifen und legten ihre Hände beschützend auf die Schultern ihres Sohnes.

„Daniel, du hast die Sternenkugel jetzt gesehen und weißt, was sie für eine Macht ausüben kann. Wie fühlst du dich?"

„Überwältigt! Da gibt es eine Menge an Informationen und Wissen. Und dann diese vielen fremden Lebensformen auf den unterschiedlichen Planeten."

Daniels Augen leuchteten auf. Dajana lächelte ihm wissend zu. Ein Blick zu seinen Eltern jedoch verriet ihr, dass sie es noch immer nicht glauben konnten.

„Es ist wahr und es steckt kein Trick dahinter", sagte sie noch einmal und blickte sie ernst an.

Daniels Vater nickte.

„Es ist schwer vorstellbar und ich weiß noch nicht, was ich davon halten soll. Wie ist das technisch möglich? Ich meine, es ist doch nur eine kleine Glasmurmel. Ich glaube, ich sollte darüber noch ein paar Nächste schlafen. An den Gedanken, dass mein Sohn die Elemente beeinflussen kann, muss ich mich erst noch gewöhnen. Aber ich glaube ihm, wenn er mir schwört, dass es wirklich kein Trick ist."

Glücklich nickte Dajana. Jetzt wusste sie, dass Daniels Eltern ihr glaubten und auch akzeptierten, dass ihr Sohn etwas Besonderes war. So würden sie es ihm auch erlauben, in den nächsten Sommerferien bei Dajana zu sein, um zu trainieren.

„Aber eines müsst ihr mir alle versprechen. Das ist ganz wichtig. Ihr dürft niemandem etwas davon erzählen. Es muss unser Geheimnis bleiben."

Sie blickte die kleine Familie verschwörerisch an und sah Zustimmung in den Augen. Selbst Claire schien es verstanden zu haben. Ob sie ihr kleines Plappermäulchen allerdings halten würde, stand in den Sternen. Mit Sicherheit würden ihre Freundinnen aus der Schule es ihr eh nicht glauben, wenn es ihr aus Versehen herausrutschen würde.

Dajana und Marius winkten ihnen noch nach, als sie mit ihrem Wagen vom Parkplatz fuhren. Arm in Arm standen sie dort und blickten auf die Schnellstraße. Es war wenig Verkehr, da es gerade Mittagszeit war und so war es verhältnismäßig ruhig. Kurze Zeit später gingen sie hinein und aßen etwas. Dajana fiel auf, dass Marius geknickt aussah und sie wusste auch warum. Es gefiel ihm nicht, dass sie den Smith's die Sternenkugel gezeigt hatte. Doch das konnte sie nicht ändern. Es war Schicksal.

Erster Kontakt

Dajana und Marius trafen sich am folgenden Wochenende mit ihrem alten Freund Paul, dem Inspektor. Dajana hatte etwas vor und brauchte dafür nicht nur Marius, sondern noch weitere Unterstützung. Paul hatte ihnen damals geholfen. Er war bei ihrem letzten Kampf dabei gewesen und auch, als Dajana das Portal schloss. Seine Kondition ließ zu wünschen übrig, doch in seinen Augen lag noch das Feuer von damals. Er witterte das Abenteuer und half ihnen gerne.

„So, wo machen wir es? Wieder im verlassenen Dorf?"

Dajana schüttelte den Kopf.

„Nein. Wir nehmen die Scheune"

„Sicher?"

Die beiden Männer starrten sie an und Dajana nickte.

„Ja. Ich möchte nicht noch einmal an das erinnert werden, was in dem Dorf passiert ist. Wir können die Sternenkugel auch hier aktivieren. Es wird wahrscheinlich eh nicht viel passieren. Für eine kurze Zeit hatte ich sie ja schon aktiviert, doch dieses Mal möchte ich, dass es länger dauert."

Gemeinsam gingen sie in die Scheune und Dajana zeigte dem erstaunten Paul, was sie alles umgebaut hatten.

„Die Scheune selber ist massiv gebaut. Marius und ich haben letzte Woche aus alten Gitterstäben einen kleinen Käfig aufgebaut."

Die Scheune konnte es inzwischen mit einem Gefängnis aufnehmen, nach dem was Dajana und Marius alles umgebaut hatten. Paul pfiff anerkennend und legte eine Hand an die Außenwand. Dann klopfte er dagegen.

„Das ist nicht mehr einfach nur eine Scheune. Hier steckt eine Menge Arbeit drin."

„Wir mussten ja schließlich Vorkehrungen treffen. Sicher ist sicher. Dazu gehört natürlich auch eine verstärkte Außenwand, falls doch etwas aus dem Käfig ausbricht. Als ich die Sternenkugel das erste Mal aktiviert hatte und mir klar wurde, dass ich Daniel unterrichten würde, ließen wir die Mauern hier verstärken."

„Ja, es sieht wirklich passend aus. Wo ist das Portal? Ich meine, die Sternenkugel?"

Dajana griff in ihre Hosentasche und holte die kleine Schachtel hervor. Andächtig öffnete sie sie und spürte sofort die Energie und Wärme der Glasmurmel.

„Hier."

Sie zeigte Paul die Glasmurmel. Er schaute sie mit neugierigem Blick an.

„Und die soll sich gleich vergrößern? Ich kann mir das immer noch nicht vorstellen. Damals, nachdem wir den Dämon und diese furchtbaren Kreaturen besiegt hatten und das Portal geschlossen war, habe ich noch oft an diese kleine Glasmurmel gedacht. Aber ich konnte mir einfach nicht erklären, wie sie es geschafft hatte, so klein zu werden."

Dajana nickte.

„Sie reduziert sich und gibt Energie ab. Wenn ich sie gleich aktiviere, nimmt sie die benötigte Energie von mir und nutzt sie." Sie fragte sich gerade selber, woher sie dieses Wissen hatte. „Genauer kann ich es leider auch nicht erklären. Ihre Technik ist uralt und überall in der Galaxie vorhanden. Wenn nicht sogar im gesamten Universum."

Dajana ging in den kleinen Käfig und stellte sich in die Mitte. Marius und Paul blieben hinter den Gitterstäben. Dajana wusste, dass sie bereit waren, sie jederzeit zu unterstützen. Doch sie wollte sich und die beiden beruhigen.

„Beim ersten Mal, als ich sie im Schlafzimmer aus Versehen aktiviert habe, ist auch nicht gleich etwas hindurchgekommen. Als ich sie dann vor Daniel und seinen Eltern aktivierte, ist auch nichts passiert. Ich werde also genug Zeit haben, aus der Zelle zu treten, und ihr könnt dann die Tür abschließen. Ich möchte sie dieses Mal etwas länger aktiviert lassen und vielleicht ein Portal öffnen."

Dajana stand alleine in der Mitte des Käfigs und betrachtete die Glasmurmel in der Schachtel.

„Sternenkugel", flüsterte sie leise, nahm sie in die Hand, ließ sie über ihre Handfläche rollen und fühlte ihre Wärme. Sie merkte, wie die Sternenkugel Energie forderte und dachte daran, wie sie als blaue Kugel vor ihr geschwebt hatte. Das erste Mal in dem vergessenen Dorf. Danach im Schlafzimmer und anschließend noch einmal in der Scheune hier.

Sie schloss ihre Augen und holte sich das Bild hervor. Ja, genau so hatte sie ausgesehen. Blau schimmernd und auf Augenhöhe schwebend. Diese gläserne Struktur, in welcher man die einzelnen Planeten erahnen konnte. Sie lächelte und öffnete ihre Augen.

Da ist sie! Sie ist so wunderschön. Ihr Herz setzte für den Bruchteil einer Sekunde aus und sie fühlte sich gefangen von diesem Anblick.

„Dajana!"

Sie hörte Marius von hinten rufen und auch Pauls Stimme vernahm sie. Sie riefen nach ihr. Doch sie wollte noch nicht weg von dieser unsagbar schönen Kugel. Sie war so perfekt. Ihr Schimmern hypnotisierte sie und sie musste sie einfach anfassen. Sie wollte hineinschauen und sehen, was es für Planeten in dieser Galaxie gab. Sie musste es einfach tun. Und so legte sie beide Hände auf die inzwischen kühlere Oberfläche der Sternenkugel und konzentrierte ihre Gedanken auf sie. Sie vergaß alles um sich herum und schaute in das beruhigende Blau der Sternenkugel.

Vor ihrem geistigen Auge sah sie einen Planeten auf sich zuschweben und jede Menge Informationen über ihn. Atmosphäre, Lebensformen, Alter und Vegetation. Sofort wusste sie, dass sie dort nicht hingehen konnte, denn dort gab es für sie keine Luft zum Atmen.

Sie wandte sich dem nächsten Planet zu und sie bekam auch über ihn viele Informationen.

Oha! Eine Zivilisation. Ähnlich entwickelt wie wir! Sogar die Luft ist fast identisch.

Da musste sie hin. Sie wollte diese Zivilisation unbedingt erforschen, sie kennenlernen und Kontakt zu ihnen aufnehmen. Unverzüglich öffnete sie ein Portal nach Terranus.

Freudige Erwartung erfüllte sie und sie nahm ihre Hände zurück, als das Portal offen war. Nur ein einziger Schritt trennte sie noch von Terranus. Ein Schritt und sie würde ihre Reise beginnen. Ein Schritt und sie würde eine neue Zivilisation kennenlernen und ihre Geschichte studieren können. Nur ein kleiner Schritt. Zögernd trat sie an das offene Portal heran und überlegte.

Soll ich wirklich gehen und die Erde ungeschützt lassen?

Etwas ließ sie zweifeln und abwarten.

Urplötzlich hörte sie schnelle Schritte hinter sich und merkte, wie kräftige Hände sie an der Schulter packten.

„Nein!"

Marius brüllte und riss sie vom Portal weg.

„Ich muss", stammelte sie, wurde aber von Marius unterbrochen:

„Nichts musst du. Du hast es versprochen!"

Sein Ton duldete keinen Widerspruch und sie merkte, wie sie von den beiden Männern aus dem Käfig herausgezerrt wurde.

Hinter ihnen fiel die Tür krachend ins Schloss und Dajana hörte, wie der Schlüssel im Schloss klackte. Sie wollte immer noch zurück und durch das Portal gehen. Sie musste einfach dort hin, es gab so viel zu entdecken und zu erforschen. Sie wehrte sich mit ihrer gesamten Kraft gegen die festen Hände und bäumte ihren Körper auf.

Meine Fähigkeiten! Schoß ein Gedanke durch ihren Kopf. Sie heizte ihren Körper auf und ließ ihre Haut heißer und heißer werden. Sie wusste, dass die beiden Männer sie so nicht mehr lange festhalten konnten, und sah sich schon durch das Portal nach Terranus schreiten.

Paul und Marius ließen sie wieder los. Und sie fiel unsanft auf den Boden. Aber wenigstens war sie jetzt wieder frei. Es dauerte noch nicht einmal eine Sekunde, bis sie wieder auf ihren Beinen stand.

„Was soll das?", fauchte sie wütend und wollte sich zu Marius umdrehen. Da traf sie etwas am Hinterkopf und der Boden der Scheune kam näher. Dunkelheit griff nach ihr. Sie wollte wach bleiben. Doch sie schaffte es nicht.

Paul blickte Marius erschrocken an und nickte dann erleichtert.

„Danke."

„Ja. Es war leider notwendig. Was machen wir jetzt?"

„Ich weiß es nicht. Wie schließen wir das Portal?"

Marius zuckte mit den Schultern.

„Keine Ahnung. Nur Dajana kann das. Ich wollte nicht, dass sie gleich bewusstlos wird. Ich hatte Angst, dass sie sofort durch das Portal gehen würde und ich sie verliere."

Paul legte ihm mitfühlend eine Hand auf die Schulter.

„Es ist besser so. Wir hätten sie nicht aufhalten können."

„Ja. Hast du gefühlt, wie heiß sie auf einmal wurde? Wenn ich daran denke, was sie sonst von ihren Fähigkeiten hätte einsetzen können."

Paul hörte den ängstlichen Unterton aus Marius' Stimme heraus und ihm lief eine Gänsehaut über den Rücken.

„Daran hatte ich bis eben noch nicht gedacht. Ich glaube, wir haben noch einmal Glück gehabt. Und jetzt?" Er blickte Marius an und wartete auf seine Antwort.

„Ich glaube, wir müssen warten, bis sie wieder aufwacht. Ich hoffe, sie ist nicht sauer auf uns und bleibt nicht zu lange bewusstlos. Schließlich haben wir hier ein Problem... ein geöffnetes Portal zu einem anderen Planeten."

Dajanas Augen zuckten zwar hinter den geschlossenen Lidern, doch sie schien noch ohne Bewusstsein zu sein. Paul sah zu, wie Marius sich neben sie kniete, liebevoll ihren Kopf auf seine Knie legte und ihr vorsichtig über die Haare strich.

„Es tut mir leid, aber du warst so von dem Portal gefangen. Ich konnte nicht anders."

Paul kontrollierte noch einmal das Schloss und steckte dann den Schlüssel in seine Hosentasche. Hier würde so schnell keine gefährliche Kreatur hindurch kommen. Und selbst wenn, er war bereit, die Erde zu verteidigen.

Dann starrte er in das Portal hinein. Er wollte wissen, ob auf der anderen Seite etwas zu sehen war. Auch wollte er erfahren, ob auf der anderen Seite vielleicht schon etwas lauerte. Er konzentrierte sich und versuchte etwas zu erkennen. Doch er sah keinerlei Umrisse. Es könnte eine Höhle sein, oder es war dort gerade Nacht.

Halt, dann müsste ich doch Sterne sehen können, oder?

Doch Paul spürte, dass auf dem anderen Planeten noch etwas war. Er spürte eine Präsenz und erneut lief ihm eine Gänsehaut über den Rücken.

„Hallo?", fragte er in Richtung des Portals.

„Was ist?", hörte er Marius verwirrt fragen.

„Da ist etwas auf der anderen Seite", antwortete Paul ihm leise.

Wenig später stand Marius neben ihm und Paul konnte sehen, wie er ebenfalls in das geöffnete Portal starrte.

„Du meinst wirklich, da ist etwas auf der anderen Seite? Da ist doch nur Dunkelheit. Ich kann dort nichts erkennen."

Paul schüttelte den Kopf.

„Nein. Da ist etwas. Ich kann es nur nicht begreifen. Dajana könnte es."

Marius schien angestrengt auf das Portal zu blicken, dann änderte sich sein Gesichtsausdruck und er zuckte zurück.

„Paul, ich glaube, du hast recht!"

Da war etwas. Und es ängstigte ihn. Er spürte, wie sein Herz anfing, schneller zu schlagen. Dann kam ihm die Erkenntnis.

„Wir müssen das Portal schließen!", rief er panisch. „Wenn jetzt etwas hindurch kommt, kann uns hier niemand beschützen. Das, was da auf der anderen Seite ist, hat keinen Körper, es besteht aus reiner Energie. Die Gitterstäbe würden es nicht aufhalten können."

Paul wandte sich zu Dajana:

„Dajana! Wach auf. Du musst das Portal wieder schließen!"

Er gab ihr eine sanfte Ohrfeige, doch Dajana blieb bewusstlos.

„Ich rufe Daniel an, vielleicht kann er…", hörte er Marius einen Satz anfangen und er drehte sich zu ihm um. Marius stand wie erstarrt da und sein Blick war gebannt auf das Portal gerichtet.

„Da kommt etwas durch das Portal. Ich spüre es. Wir müssen Dajana beschützen."

Paul verstand ihn, denn er spürte die Präsenz auf einmal stärker und sein Herz setzte fast aus. Erschrocken blickte er zum Portal und erstarrte. Etwas war dort auf der anderen Seite und es schien sich zu nähern. Reglos verharrte er. Plötzlich fiel etwas zu Boden. Ruckartig drehte er sich um. Einen Schrei konnte er dabei gerade noch so unterbinden. Es war nur Marius' Handy gewesen, welches ihm aus der Hand gerutscht war. Marius selber schien wie gelähmt.

Unter großer Anstrengung drehte er sich langsam wieder zum Portal um. Das was er fühlte, konnte er immer noch nicht sehen. *Reine Energie! Wer hätte das gedacht?* Diese Energie kam immer weiter durch das Portal und streckte seine Finger nach ihnen aus. *Wir müssen unbedingt etwas unternehmen! Dajana muss wieder aufwachen und diese Kreatur zurückschicken!* Doch Paul schaffte es nicht, sich zu bewegen. Er konnte nur zusehen, wie sich die Luft verwirbelte und langsam immer näher kam.

„Marius!"

Dajana schrie erschrocken und verärgert zugleich. Dann realisierte sie, dass noch etwas bei ihnen war. Etwas zerrte an ihren Gedanken und sprach mit ihr! Paul und Marius standen erstarrt da und schienen sich nicht bewegen zu können.

Liegen sie jetzt auch im Bann der Sternenkugel? Dann sah sie es!

Sie sah Leben. Ein Körper der sich formte und auf sie zukam. Die Lebensform war von Terranus gekommen und sie bestand aus reiner Energie. Ohne von den Gitterstäben aufgehalten zu werden, schwebte sie auf sie zu. Dajana war das Ziel.

Wie hatte ich nur denken können, dass es auf anderen Planeten nur körperliche Lebensformen gibt? Warum habe ich diese Informationen nicht von der Sternenkugel erhalten? Sie ärgerte sich darüber, dass sie sich von der Sternenkugel hatte einlullen lassen.

Ich muss das Portal schließen. Sofort!

Doch die Sternenkugel war nicht zu erreichen. Irgendwer oder besser gesagt, irgendetwas blockierte sie. Erschrocken musste Dajana sich eingestehen, dass es viel zu leichtsinnig gewesen war, das Portal unbedarft und ohne genaues Wissen zu öffnen. Jetzt hatte sie den Salat und musste gegen einen scheinbar unbesiegbaren Gegner kämpfen.

„Ich bin Zarteus!"

In ihrem Kopf dröhnte es und sie bekam Kopfschmerzen.

„Warum hast du Terranus angewählt? Bist du dir der Gefahr eines geöffneten Portals nicht bewusst? Was bist du für eine Hüterin? Wo ist der Figus dieser Sternenkugel?"

Dajana zuckte zusammen.

„Ruhe!", schrie sie und hielt sich die Ohren zu.

Die Worte dieser Lebensform hallten in ihrem Kopf wider. Doch da war noch ein anderer Schmerz. Vorsichtig fasste sie sich an den Hinterkopf und zuckte unverzüglich zusammen. Sie hatte die dicke Schwellung berührt und eine Schmerzwelle rollte durch ihren Körper.

Marius hat mich niedergeschlagen! Jetzt fiel es ihr wieder ein. Und sie fragte sich verzweifelt, warum.

Ach ja, das Portal. Ich hatte eines nach Terranus geöffnet.

Sie wandte ihren Blick von der fremden Lebensform ab und blickte zum noch immer geöffnetem Portal.

„Terranus!", hauchte sie und in ihrer Stimme schwang Sehnsucht mit.

Es war ein Planet ähnlich der Erde. Mit einer fast identisch entwickelten Zivilisation.

Ich muss dort hin. Unbedingt!

Sie ging einen Schritt in Richtung Portal.

„Oh nein. Du kommst nicht nach Terranus!"

Zarteus' laute Stimme dröhnte in ihrem Kopf und sie zuckte wieder zusammen.

Woher weiß er das? Kann er etwa meine Gedanken lesen? Wie bekämpfe ich eine Lebensform ohne Körper?

Sie dachte nicht lange nach, ihre Fähigkeiten meldeten sich wie von selbst. Sie lächelte und lud die Umgebung mit elektrischer Energie auf, sodass diese zu knistern anfing.

Zarteus zuckte zusammen und verschwand schnell im Portal.

„Oha! Wir haben Fähigkeiten! Und jetzt? Fühlen wir uns jetzt sicherer?"

Dajana reagierte nicht auf ihn, sondern verstärkte die elektrische Energie in der Luft.

„Bist du das, Dajana? Lädst du die Luft mit elektrischer Energie auf?", hörte sie die verwirrten Stimmen von Paul und Marius, doch sie konnte ihnen jetzt nicht antworten.

Der Drang, nach Terranus zu gelangen, war verschwunden. Diese Lebensform konnte der Erde schaden, das hatte sie begriffen. Es war ihre Aufgabe, dafür zu sorgen, dass der Erde nichts passierte. Deshalb ging sie jetzt mit festem Schritt bis zur Tür des Käfigs. Sie richtete ihren Blick auf die Lebensform von Terranus.

„Dieser Planet steht unter meinem Schutz! Du hast hier nichts zu suchen. Diese Sternenkugel gehört mir. Ich habe sie geerbt. Ich bin für sie verantwortlich und ich sorge dafür, dass keine fremde Lebensform hierher gelangt."

Dajana wusste nicht, woher ihre Worte kamen. Aber sie hörten sich richtig an. Sie hatte immer noch Kopfschmerzen. Aber sie wusste, dass sie es dank ihrer Fähigkeiten mit dieser Lebensform aufnehmen konnte.

Sie hörte Zarteus laut lachen und es versetzte ihr einen schmerzhaften Stich ins Herz.

„Das ist ja lächerlich. Du? Du als einfache Lebensform willst für eine Sternenkugel verantwortlich sein? Das kann nicht gut gehen. Du wirst es nicht schaffen. Es gehört mehr dazu, als einfach ein Portal zu einem interessanten Planeten zu öffnen. Du musst dir der Gefahr bewusst werden! Ich hätte binnen einer Sekunde mit einem Wimpernschlag euren gesamten

Planeten vernichten können! Du kannst froh sein, dass du an mich geraten bist, es gibt weitaus gefährlichere Kreaturen."

Dajana hörte aufmerksam zu. Irgendetwas sagte ihr, dass diese Lebensform recht hatte.

Konnte das sein? Hätte er uns wirklich vernichten können?

Sie wusste, wie gefährlich und dumm ihre Aktion gewesen war. Sie hatte gedacht, ein einfacher Käfig würde ausreichen. Auch war sie davon ausgegangen, dass es kein Leben ohne Körper gab. Doch sie wurde eines Besseren belehrt. *Wie viel mehr gibt es dort draußen noch, was ich mir nicht vorstellen kann?*

Sie entschied sich dafür einzulenken, wollte aber trotzdem vorsichtig sein.

„Okay. Ich bin vielleicht unerfahren, aber ich bin für diese Sternenkugel verantwortlich. Ich habe sie im Kampf erworben. Ich habe böse Kreaturen von der Erde verscheucht und das Portal zu diesem Planeten geschlossen. Ich habe es geschafft, auch wenn ich in deinen Augen nur eine einfache Lebensform bin. Ich habe Fähigkeiten, die nur wenige Menschen haben. Ich kann Feuer und Eis erschaffen. Ich bin schnell, kräftig und zäh und ich bin bereit, für diesen Planeten zu kämpfen."

Aufrecht und selbstbewusst schaute sie direkt in das Portal. Zarteus war auf der anderen Seite geblieben. Er schien sich nicht zu ihr zu trauen und das freute sie.

Oder spielt er nur mit mir? Will er wissen, wie weit ich gehe? Versucht er, zu überprüfen, ob ich einer Sternenkugel würdig bin? Das bin ich. Ich werde es ihm beweisen, wenn es notwendig ist.

„Gut, ich erzähle dir eine kleine Geschichte. Zuvor erlöse ich deine beiden Freunde aus ihrer Starre, damit auch sie zuhören können."

Dajana drehte sich um und sah, wie Paul und Marius sich innerhalb einer Sekunde ruckartig in Bewegung setzten und unverzüglich neben ihr standen. Sie sah die Angst in ihren Augen.

„Also gut, so soll es sein."

„Es ist lange her, da brachten die Chepertas diese Sternenkugeln hier in unser Universum. Sie stießen nicht überall auf positive Kontakte und nicht jeder Planet erwies sich als brauchbar für eine Sternenkugel. Sie reisten mit ihren großen Raumschiffen von einem Planeten zum anderen und bauten ein Netzwerk von Sternenkugeln auf. Fast jeder Planet hatte eine. Doch was brachten Sternenkugeln, wenn es keine Lebensformen gab, die sie bedienen konnten? Die Chepertas konnten das, sie hatten sie ja immerhin erfunden. Also griffen sie in die Entwicklung einer vorhandenen Rasse ein und erzeugten sich auf diese Weise ihre Bediener für die Sternenkugel. Wir sind ihre direkten Nachfahren und wir besitzen zwar nicht alle, aber viele ihrer Fähigkeiten. Seitdem wachen wir über die Sternenkugeln. Wir sind die Figus. Anfangs war auch bei jeder Sternenkugel einer von uns. Doch mit den Jahrhunderten, oder sind es schon Jahrtausende, wurde es uns langweilig. Unsere Aufgabe war es, die Leute durch die Sternenkugeln zu bringen, sie von Planet zu Planet reisen zu lassen und natürlich darauf zu achten, dass kein Planet Schaden erlitt. Früher war das eine ehrenvolle und auch sehr anstrengende Aufgabe. Doch mit der Zeit vergaßen die Rassen die Existenz von Sternenkugeln. Wir gerieten in Vergessenheit und unsere Dienste waren nicht mehr gefragt. Außerdem herrschte auf vielen Planeten Krieg und wir hielten unsere Verwandten an, ihre Sternenkugeln zu deaktivieren. So wurden es täglich weniger Sternenkugeln im Netzwerk und nur sehr wenige tauchten irgendwann einmal wieder auf. Mittlerweile gibt es nur noch maximal 10 aktive Sternenkugeln. Für dich kommen davon wohl nur vier Planeten in Frage. Auf den anderen könnte deine Rasse nicht überleben! Ich bin dazu in der Lage, doch die Zeit meiner Reisen ist vorbei.

Als die Sternenkugeln noch in der gesamten Galaxie bekannt waren, hättest auch du eine größere Auswahl gehabt. Doch die Planeten mit deaktivierter Sternenkugel sind verloren und es gibt keine Möglichkeit mehr, zu ihnen zu gelangen. Es gibt in dieser Galaxie keine Rasse, die Raumschiffe besitzt oder in absehbarer Zeit besitzen wird. Natürlich kann ich nur von den Planeten sprechen, die erreichbar sind. Es ist allerdings unwahrscheinlich, dass sich auf den restlichen Planeten das Leben schon so weit entwickelt haben könnte.

Für die Sternenkugel auf Terranus bin ich zuständig. Einigen niederen Lebensformen, so wie ihr es seid, war sie zwar bekannt, aber dennoch in Vergessenheit geraten. Außerdem war auch sie eine Zeit lang deaktiviert. Ebenso wie die Sternenkugel bei dir auf der Erde. Ich kann mich daran erinnern, wie oft ich versucht habe, eine Verbindung aufzubauen, doch durch irgendetwas war die Sternenkugel blockiert. Das war das Portal, welches du nach deinem Kampf geschlossen hast.

Ich spürte damals, wie sich das Portal schloss, und versuchte sofort, die Erde zu erreichen und ein Portal zu öffnen. Doch da war die Sternenkugel schon deaktiviert. Ich muss schon sagen, dafür, dass du keine Ahnung hast, bist du gut. Sehr gut sogar. Du lernst schnell und setzt deine Fähigkeiten gekonnt ein.

Ich war schwer enttäuscht darüber, dass jetzt auch die Erde verloren war, hegte jedoch immer noch die Hoffnung, dass die Sternenkugel irgendwann einmal wieder aktiviert werden würde. Ich wusste, dass der Zeitpunkt kommen würde. Meine Hoffnung war, dass sich dann eine Lebensform um sie kümmern würde. Eine, die ihr würdig ist. Natürlich war es mein Wunsch, dass es ein in Vergessenheit geratener Figus sein würde, doch diese Chance war eher gering. Heute war es dann soweit. Halt, nicht ganz. In letzter Zeit war die Sternenkugel schon zweimal kurz aktiv, aber sie hat mir nicht erlaubt, ein Portal zu öffnen. Ich konnte nur sehen, dass sie aktiv war. So wusste ich also, dass euer Planet noch nicht verloren war und seit dem hoffte ich auf den heutigen Tag. Allerdings hatte ich mit einem erfahrenen Hüter gerechnet."

Dajana nickte.

„Das erste Mal war sie aktiv, als ich sie nach vier Tagen Krankheit wieder in den Händen hielt und mir vorstellte, wie sie aktiviert ausgesehen hatte. Als ich dann meine Augen wieder öffnete, sah ich sie vor mir schweben und eine Flut von Informationen drang auf mich ein. Marius hielt mich zum Glück davon ab, ein Portal zu öffnen, und so war sie nicht lange aktiviert. Danach hatte ich sie kurze Zeit später noch einmal kurz aktiviert."

„Die Sternenkugel hat wahrscheinlich gefühlt, dass du nicht in der Lage bist, das zu beschützen, was eventuell durchkommen könnte. Sie besitzt eine sehr hoch entwickelte Technik und hat intuitive Schutzmechanismen. Mich hat sie durchgelassen, weil sie unserer Rasse generell vertrauen. Das wurde von den Chepertas so programmiert. Wir kennen die Sternenkugeln schon seit Jahrhunderten, aber wir sind eine aussterbende Rasse. Leider. Umso mehr bin ich erstaunt, hier auf der Erde eine scheinbar neu entwickelte Rasse zu finden, die noch dazu in der Lage ist, die Sternenkugeln zu bedienen. Vielleicht seid ihr zukünftig unsere Ablösung."

Dajana schüttelte den Kopf.

„Das glaube ich nicht. Hier gibt es nur mich und noch einen kleinen Jungen. Nur Daniel und ich können die Erde beschützen, sonst niemand. Wie sollten wir dann eure Ablösung sein?"

„Du solltest nicht so offen von dem Jungen reden und schon gar nicht mit einem dir noch fremden Wesen. Bedenke, dass nicht alle so sind wie ich. Außerdem vertraust du mir noch gar nicht, das fühle ich. Ich würde dir etwas von meinem Wissen übergeben. Doch für den Anfang solltest du von der Sternenkugel lernen. Einen kleinen Teil von ihrem Wissen hast du ja schon gesehen, aber es gibt noch mehr. Die Geschichte der Galaxie, ihre Entstehung, sowie die Entwicklung und die Geschichte der verschiedenen Planeten. Auch über meine Rasse steht natürlich etwas darin. Auch möchte ich, dass du Informationen deiner eigenen Rasse sowie deines Planeten einträgst. Seit ihrer Reaktivierung hat die Sternenkugel bereits Informationen über Atmosphäre und Vegetation gesammelt und sie mit den veralteten abgeglichen. Trotzdem solltest du sie immer wieder deaktivieren. Doch vorher muss ich dir noch zeigen, wie du ihren Schutzschild wirksamer einstellen kannst. Dein bisheriger ist nicht ausreichend. Das ist sehr wichtig. Wie du ja selbst gemerkt hast, hätte ich ein leichtes Spiel gehabt, durch die Stäbe zu kommen. Sie stellen für mich keine Gefahr oder Hindernis dar, genauso wenig wie für manch andere Lebensform. Du hast ja schon einen Dämon kennengelernt. Ich kann mir gut vorstellen, dass ihn diese Gitterstäbe auch nicht aufhalten würden, er würde sie einfach schmelzen. Und hätte danach leichtes Spiel mit der Erde."

Dajana schluckte und nickte traurig.

„Da hast du recht. Jetzt sehe ich das Ganze etwas klarer. Ich bin viel zu unüberlegt an die Sache herangegangen und hatte nicht mit einer Gefahr gerechnet. Demnächst werde ich anders vorgehen. Aber warum zieht mich diese Sternenkugel so an? Warum ist dieser Drang so stark, durch ein Portal zu gehen?"

Sie spürte, dass Zarteus näher kam und er durch das Portal zur Erde vordrang. Nicht komplett, sondern nur ein Teil von ihm. Es war okay, denn sie vertraute ihm inzwischen. Dennoch fühlte es sich komisch an. Sie musste sich zusammenreißen, ihn nicht sofort wieder mit ihren Fähigkeiten zu malträtieren. Doch sie konnte jetzt auch ein Stück näher an das Portal heran treten.

„Paul, du kannst die Tür jetzt wieder aufschließen."

„Nein."

„Paul?"

Sie schaute sich zu ihm um und sah, dass er mit verschränkten Armen dastand und seinen Kopf schüttelte. Dann sah sie zu Marius hinüber.

„Marius?"

Er schaute sie skeptisch an und weigerte sich ebenfalls, die Gittertür zu öffnen.

„Ich brauche keinen Schlüssel", sagte Zarteus.

Dajana spürte, wie er seinen Körper in die Länge zog. Sie war erstaunt, was diese Lebensform alles konnte, und es erzeugte leichtes Unbehagen in ihr. Sie fühlte, wie dieser Zarteus regelrecht in das Schlüsselloch kroch. Wenig später konnte man deutlich hören, wie der Riegel aufsprang.

Dajana warf Paul einen ärgerlichen Blick zu und öffnete dann die Tür. Noch einmal schaute sie zu ihren beiden Männern und erkannte, dass sie mit der Nähe des Portals und dieser Lebensform nicht einverstanden waren.

„Vertraut mir." Sie flüsterte, doch in Marius' Augen konnte sie lesen, dass sie das nicht taten.

„Geh nicht durch", flüsterte er so leise, dass sie fast nur von seinen Lippen ablesen konnte.

Paul hatte inzwischen seinen Dienstrevolver gezogen und richtete ihn auf irgendetwas hinter ihr. Er wirkte höchst konzentriert. Dajana wusste, dass ihr die Pistole hier weder helfen würde noch dass sie sie benötigen würden. Langsam drehte sie sich um und ging in den kleinen Käfig. Die Tür ließ sie bewusst offen.

Zarteus hatte sich wieder weiter nach Terranus zurückgezogen, das spürte sie.

Geht von ihm eine Gefahr aus?

Sie wusste, dass er mächtig war und einige Kräfte zu besitzen schien. Sie würde gegen ihn verlieren, wenn es zu einem Kampf käme. *Oder?* Ein Lächeln umspielte ihre Lippen und ihr fiel ein, dass man einen Käfig auch aus elektrischer Ladung herstellen konnte. Darin könnte sie so einen Figus ohne Probleme gefangen nehmen.

Zarteus kam hervorgeschossen und Dajana schreckte aus ihren Gedanken hoch. Sie fühlte seine Anwesenheit auf einmal direkt vor sich.

„Das wirst du nicht wagen!", donnerte Zarteus in ihren Kopf.

Schnell schüttelte sie ihren Kopf.

„Nein! Aber ich muss meine Fähigkeiten erforschen und herausfinden, was möglich ist. Außerdem bin ich noch nie einer Lebensform wie dir begegnet. Und ich will durch das Portal!"

Sie spürte regelrecht, wie Marius zusammenzuckte. Das war genau das, was er auf keinen Fall wollte.

„Nicht heute", erwiderte Zarteus.

Dajana nickte traurig.

„Nicht heute. Richtig. Es gibt noch viel zu lernen für mich und Daniel. Oder vielleicht gibt es ja doch noch mehr Menschen mit unseren Fähigkeiten hier auf der Erde."

Zarteus schien zu überlegen, er blieb ihr die Antwort darauf schuldig.

„Du weißt es, aber du willst es nicht sagen!", bohrte sie nach.

„Richtig! Wenn die Zeit kommt, werden wir darüber sprechen."

„Also gibt es noch andere mit unseren Fähigkeiten!"

„Versuche den Jungen auszubilden. Und lerne dabei selber. Ich werde dir dabei helfen und dich auf die Galaxie vorbereiten. Ich sehe großes Potenzial in dir. Von nun an bist du ganz offiziell für diese Sternenkugel und für diesen Planeten zuständig!"

In seiner Stimme schwang etwas Feierliches mit.

„Also, denke daran, nicht unbedarft ein Portal zu einem dir fremden Planeten zu öffnen und dadurch die Erde in Gefahr zu bringen. Durch das Portal reisen, wirst du noch früh genug. Das ist aber nur möglich, wenn du jemanden hast, der auf die Sternenkugel aufpasst, solange du weg bist. Vor allem musst du dieser Person vollständig vertrauen. Die Sternenkugel wird sich nicht von alleine deaktivieren. Wenn du weg bist, könnte jeder die Erde anwählen und auch durchkommen."

„Ich will aber doch den Schutzschild verstärken, sodass keine Lebensform hindurch kommen kann ohne meine Zustimmung. Das sollte doch funktionieren, oder?"

„Ja. Nur gibt es auch Möglichkeiten, eine Sternenkugel zu blockieren. Das ist damals passiert, als der Dämon das Portal zu seiner Welt offen gehalten hat. Niemand konnte sich da mehr einklinken! Wenn das wieder passiert, und du bist nicht da, ist die Erde verloren. Dann kommst du nie wieder zurück und verlierst womöglich Alles."

Dajana lief ein kalter Schauer über den Rücken. Das hatte sie geahnt, es aber zu hören, klang noch erschreckender.

„Ja, das ist mir bewusst. Deshalb bin ich auch froh, dass ich Daniel habe. Aber ich muss ihm noch so viel beibringen."

„Ja, das stimmt. Ich spüre ihn und er ist noch sehr jung. Fast schon zu jung, um ihm seine Fähigkeiten zu gewähren. Das könnte gefährlich werden, denn es wird der Tag kommen, an dem er stärker sein wird als du und dann wird er womöglich versuchen, um die Sternenkugel zu kämpfen. Das liegt in eurer Natur."

Dajana fixierte das Portal. Sie konnte den Figus genau sehen. Seine Struktur schwebte schwach schimmernd im Portal. Mal mehr auf ihrer Seite und dann wieder mehr Terranus' Seite. Sie wusste, dass Paul und Marius ihn nicht sehen konnten, wahrscheinlich nur Worte vernahmen. Dennoch hielten sie sich im Hintergrund.

Eine Welle der Wut und Angst schwappte in ihr hoch, als sie hörte, dass Daniel einmal auf die Sternenkugel aufpassen würde. Sie wusste nicht, woher diese Gefühle kamen, sie überrollten sie einfach. So sagte sie schärfer als gewollt:

„Ich werde ihm die Sternenkugel nicht überlassen! Sie gehört zu meinem Leben, ich habe sie gefunden!"

Woher kommt dieser Kampfgeist? Wieso habe ich auf einmal Angst vor dem Verlust der Sternenkugel?

Sie hörte Zarteus in ihrem Kopf laut lachen. Noch immer war sie wütend und hatte gleichzeitig panische Angst davor, die Sternenkugel zu verlieren.

„Das genau ist die Reaktion, die ich erwartet habe. Daniel wird genauso denken. Er wird die Sternenkugel für sich haben wollen. Noch ist er nicht stark genug, um gegen dich zu bestehen. Hüte dich davor, ihm zu viel beizubringen. Du wirst die Sternenkugel sehr schnell vermissen, wenn du auf einem anderen Planeten bist. Und du wirst schnell zurückkehren zur Erde, weil du dich dann besser fühlst."

„Das glaube ich nicht. Ich werde durch die Galaxie reisen. Ich will die anderen Planeten kennenlernen, ihre Kultur, ihr Leben, ihre Vegetation. Einfach alles."

Dajana zuckte zusammen, als sie eine Hand auf ihrer Schulter spürte. Fast hätte sie laut aufgeschrien, doch dann spürte sie, dass es Marius war.

„Du wirst reisen, aber geh es langsam an", flüsterte er ihr ins Ohr und Dajana war vorläufig beruhigt.

Zarteus schnaubte auf.

„Pah! Was kannst du als normaler Mensch schon gegen die Bindung einer Sternenkugel zu ihrer Hüterin ausrichten?"

„Viel, denn ich liebe Dajana. Ich stehe hinter ihr und begleite sie zu den fremden Planeten. Wenn sie es möchte. Außerdem kennst du uns und auch Dajana doch noch gar nicht."

Zarteus lachte auf.

„Ein normaler Mensch möchte zu anderen Planeten reisen, obwohl er noch nicht einmal seinen eigenen Planeten komplett erkundet hat. Na, ich bin gespannt, wie du dich in der Galaxie schlägst. Bedenke aber bitte, dass ihr nicht weit kommen werdet."

Dajana versteifte sich. Sie spürte, wie sie kurz davor war zu explodieren.

„Du kennst uns gar nicht, also urteile nicht vorschnell über uns!"

In ihrer linken Hand bildete sich eine Kugel aus elektrischer Energie.

„Ich warne dich, Zarteus, diese normalen Menschen hier stehen unter meinem Schutz. Wage es nicht, sie anzugreifen oder dich abfällig über sie zu äußern! Ach ja, zu sehr solltest du mich auch nicht reizen, ich kann ganz schön elektrisierend sein."

Sie hob ihre Hand und war bereit, dutzende von Blitzen auf Zarteus loszulassen. Über ihnen hatten sich dicke, schwarze Gewitterwolken gebildet. Mitten in der Scheune!

Dajana war jetzt wirklich wütend. Nur die immer noch auf ihrer Schulter ruhende Hand von Marius hielt sie zurück. Sie hörte Schritte hinter sich und wusste, dass Paul näher kam. Er stellte sich neben Dajana und sie konnte sehen, dass er seinen Revolver wieder zurück in das Holster gesteckt hatte. Mit festem Blick starrte er in das Portal.

„Ich höre deine Stimme in meinem Kopf. Oder sollte ich sagen, ich höre das, was du uns hören lassen willst? Ich kann dich nicht sehen, weil ich in deinen Augen nur ein normaler Mensch bin. Ich glaube aber, du solltest Dajana besser nicht verärgern. Ich weiß, zu was sie fähig ist."

Seine Stimme klang fest. Er wirkte wild entschlossen und Dajana wusste, dass er ihr und Marius immer helfen würde.

Zarteus hatte sich zurückgezogen, als Dajana anfing, die Luft mit elektrischer Energie aufzuladen. Er schien sich über ihre Reaktion zu freuen, denn er ging nicht zum Gegenangriff über, sondern zog sich respektvoll zurück.

„Gut. Es ist dir also wirklich ernst und du scheinst sehr schnell zu lernen. Du bist mit etwas Übung in der Lage, auf die Erde aufzupassen und eine Hüterin des Portals zu werden. Ich bin zufrieden."

Dajana starrte immer noch wütend auf das geöffnete Portal.

„Wie meinst du das?"

„So wie ich es gesagt habe. Du kannst dich wieder beruhigen. Es war nur ein Test. Ich wollte wissen, ob es dir wirklich ernst ist. Es tut mir leid, aber das war notwendig. Unsere Rasse hält diese Galaxie einigermaßen zusammen und wir sorgen dafür, dass nicht alles im Chaos versinkt. Du musst wissen, dass es von uns nicht mehr so viele gibt. Von daher sind wir froh, wenn es auf einem Planeten eine Rasse gibt, die in der Lage ist, ihren Planeten und auch die Sternenkugel zu verteidigen. Du wirst nicht gegen alle Lebensformen bestehen können, das ist mir klar. Ich markiere dir am besten die Planeten, die wir als sicher und ungefährlich eingestuft haben. Die ganz gefährlichen, wo selbst wir uns nicht mehr hinbegeben, markiere ich dir rot. Oder soll ich sie gleich sperren?"

Dajana schüttelte entschieden den Kopf.

„Nein, sperr sie bitte nicht. Ich will keine Lebensformen ausgrenzen. Ich werde auf keinen Fall einen als gefährlich markierten Planeten anwählen, versprochen. Wie ist es mit den Lebensformen auf Terranus? Sie wirken ähnlich entwickelt wie wir, stimmt das? Wissen sie um die Sternenkugel?"

„Ja. Eine ausgewählte Gruppe weiß darum und geht auch manchmal hindurch, unter meiner Anleitung. Wobei ich da etwas zu nachlässig bin. Ich glaube, sie versuchen die Technologien anderer Planeten zu ihrem Nutzen zu verwenden. Ich werde ihnen beim nächsten Besuch von der Erde erzählen und dann kann ich sie auch zu euch durchlassen. Wie du dann mit ihnen verfährst und ob du ihnen gleich den gesamten Planeten zeigst, überlasse ich dir. Ich rate dir aber zur Vorsicht. Sie wissen zwar schon recht viel über die Galaxie und andere Planeten, aber sie haben auch schon manch Ärger geschaffen."

Dajana horchte auf.

„Du hast sie durch das Portal gehen lassen? Einfach so? Welchen Ärger haben sie denn gemacht?"

„Unbedeutend. Zumindest im großen Ganzen des Universums. Kleinigkeiten. Sie sind schon vorsichtiger geworden und ich fühle mich ihnen verbunden. Sie haben es damals mit meiner Hilfe geschafft, einen verrückt gewordenen Figus zu besiegen. Seit dem stehe ich in ihrer Schuld und bin für die Sternenkugel auf Terranus verantwortlich. Deshalb war ich es ihnen schuldig, sie durch das Portal gehen zu lassen."

„Ich dachte, ihr wärt perfekt? Es gibt also auch schwarze Schafe bei euch?"

Zarteus knurrte leise.

„Ja, leider. Markies war über Jahre hinweg von uns getrennt. Er hatte sich zurückgezogen und seine Sternenkugel war lange deaktiviert. Als dann diese niederen Lebensformen…"

Dajana unterbrach ihn schroff:

„Hör auf sie so zu nennen!"

„Okay. Als dann die kleine Gruppe von Kindern die Höhle entdeckte und sie Kontakt zu Markies aufnahmen, benutzte er sie für seine Zwecke. Er wollte sich an uns rächen, warum ist mir nicht mehr bekannt. Wie schon gesagt, er war durch die lange Trennung zu uns etwas verrückt geworden. Ich half den Kindern. Von da an war ich für Terranus zuständig, obwohl ich nicht gleich dort blieb."

Dajana horchte auf.

„Hattest du vorher keine Sternenkugel, für die du zuständig warst?"

„Nein."

„Warum?"

„Ach, frag nicht. Ich will hier keinen Geschichtsunterricht geben. Es ist lange her und ich verlor sie im Kampf. Das ist ein wunder Punkt in meiner Vergangenheit und ich spreche äußerst ungern darüber."

Dajana war froh, dass selbst so hoch entwickelte Wesen Fehler machten und nicht allmächtig waren.

„Jedenfalls ließ ich die Sternenkugel deaktiviert, denn Kinder können keine fremden Planeten erforschen. Ich wusste, dass ihr Anführer in der Lage war, sie auch wieder zu aktivieren. So konnte ich mich in der Zwischenzeit um ein wenig Schadensbegrenzung kümmern. Markies hatte es durch die Kinder fast geschafft, einen Planeten mitsamt Vegetation und allen Lebensformen zu vernichten. Als die kleine Gruppe dann alt genug war, aktivierte Achim die Sternenkugel wieder und sie fingen an, die Planeten unserer Galaxie zur erforschen. Sie können viel berichten und dir bestimmt ein paar nützliche Tipps geben, über friedliche und sichere Planeten. Natürlich haben sie auch ein paar der gefährlichen Planeten besucht, aber dann waren sie auch entsprechend ausgerüstet. Der dort ansässige Figus und ich waren zu jeder Zeit bereit, ihnen zu helfen."

Dajanas Augen leuchteten auf. Das klang nach Abenteuer, Entdeckungen und Reisen. Eigentlich genau das, was sie immer wollte.

„Und jetzt? Was machen sie jetzt?"

„Jetzt gerade? Hier ist später Morgen. Ich denke, sie sind gerade aufgestanden oder auf dem Weg zu ihrer Arbeit. Jeder von ihnen hat eine abgeschlossene Ausbildung und eine gute Arbeitsstelle. Ein bis zwei Mal im Monat, meist am Wochenende, benutzen sie die Sternenkugel und kommen her. Mal alleine und mal als Gruppe. Sie haben sogar schon ein paar vertrauenswürdige Personen eingeweiht und sie nutzen ein paar Techniken und Erfindungen von anderen Planeten, müssen damit aber sehr vorsichtig sein, denn der Großteil der Bevölkerung weiß nichts von der Sternenkugel. Ich bin erstaunt, wie ähnlich sie eurer Rasse sind. Womöglich habt ihr dieselben Vorfahren."

Dajana horchte erneut auf.

„Das würde doch aber bedeuten, dass entweder unsere Geschichte falsch ist oder die der anderen."

„Ich redete nicht von so nahen Vorfahren. Die Sternenkugeln gibt es schon lange und wir haben früher auf ähnlichen Planeten beobachtet, wie sich gleich gelagerte Genpools entwickeln."

„Ihr habt experimentiert!"

Dajana war entsetzt und sie wich ein paar Schritte zurück. Dabei stieß sie mit Marius zusammen, der immer noch hinter ihr stand. Irgendwie hatte sie auf einmal das Gefühl, dass er sie beschützen würde, sofern es nötig war.

„Nein. Wir haben beobachtet. Nicht experimentiert."

„Was sind wir denn dann für euch? Eure Laborratten?"

Dajana spürte, wie sich der Figus wieder etwas nach Terranus zurückzog. Er hatte wohl Angst, dass sie das Portal schließen könnte, während ein Teil von ihm noch auf der Erde war.

Was würde dann passieren?

Sie zog die Augenbrauen hoch und ein Lächeln zeichnete sich in ihrem Gesicht.

„Wage es ja nicht!", donnerte Zarteus los und zog sich komplett nach Terranus zurück.

„Also würde es euch töten?"

„Nein. Es würde mich zerteilen und beide Hälften würden weiterleben. Allerdings nur mit der Hälfte an Wissen und keiner kann vorhersehen, wie sich das auf uns auswirken würde."

Seine Stimme wurde leise und er traute sich wieder ein Stück näher an Dajana heran.

„Es ist ein Mal passiert und daraus entstanden zwei von uns. Beide sind komplett durchgedreht. Wir konnten sie nur noch von ihrem Leid erlösen. Schon, wenn nur ein winziges Stück von uns fehlt, können wir verrückt werden. Ich glaube, genau das ist damals mit Markies passiert."

„Das ist gut zu wissen. Also, wie war das jetzt mit den Experimenten?"

„Es waren keine Experimente. Wir haben verschiedene Lebensformen auf unterschiedliche Planeten gebracht, um zu sehen, wie sie sich unter anderen Bedingungen entwickeln. Also, ob sie sich ähnlich entwickeln, oder nicht."

„Ach ja? Und das sollen keine Experimente gewesen sein?"

„Nein. Wir haben viel über die unterschiedlichsten Entwicklungsstufen der einzelnen Lebensformen in unserer Galaxie erfahren und konnten somit auch helfen. Auch waren wir schon in anderen Galaxien, aber der Weg dorthin ist schon lange verloren."

„Ist wohl auch besser so, denn sonst hättet ihr dort womöglich auch noch eure Experimente durchgeführt."

„Nein, hätten wir nicht. Noch einmal, es waren keine Experimente, sondern Beobachtungen. Es hat die Galaxie geformt und sie blühte dadurch auf. Vorher gab es auf den Planeten nicht annähernd intelligente Lebensformen und sie hätten sich auch nicht so schnell entwickelt. Wir haben sehr darauf geachtet, dass keine der Lebensformen durch unsere Beobachtungen einen Nachteil erlitten hat. Wir haben die Galaxie erst zu dem gemacht, was sie ist. Oder besser gesagt war. Je mehr von uns ausstarben, umso weniger konnten wir uns um die einzelnen Planeten kümmern. Ich spüre, dass du mir noch nicht ganz vertraust. Wenn du wirklich durch dieses Portal schreiten willst, um deine Galaxie zu erforschen, solltest du mir lieber dein Vertrauen schenken und auf meine Ratschläge hören."

Dajana nickte missmutig, sie hatte Zarteus verstanden. Dennoch war sie ihm gegenüber jetzt wieder skeptisch.

„Was habt ihr noch alles gemacht?"

Zarteus lachte kurz auf.

„Soll ich dir jetzt unsere Jahrtausende alte Geschichte erzählen? Das würde etwas dauern. Ich fasse mich kurz: auch wir waren einmal eine junge und aufstrebende Rasse. Ein würdiger Nachfolger der Chepertas, die die Sternenkugeln hierher brachten. Sie formten uns und unterrichteten meine Urgroßeltern. Damals stand die Galaxie noch am Anfang ihrer Zeit und keine Rasse war dazu in der Lage, zwischen den Planeten zu reisen. Die Chepertas änderten das. Ich will nicht schlecht über sie reden. Manchmal aber wünsche ihr mir, dass sie nicht hier gelandet wären. Wer weiß, wie sich dann alles entwickelt hätte. Jedenfalls bauten sie das Netz der Sternenkugeln auf und errichteten eine Supersternenkugel auf Platarius. Mit dieser Supersternenkugel konnten sie von ihrer Galaxie aus in unsere reisen, ohne ihre Raumschiffe zu benutzen. Es vergingen Jahrhunderte, bis alle Planeten mit einer Sternenkugel bestückt waren. Die Chepertas formten sich dann eine loyale Rasse, die ähnliche Fähigkeiten hatte wie sie selbst und damit auch die Sternenkugeln bedienen konnten. Man braucht nämlich telepathische Fähigkeiten, um ein Portal zu öffnen."

Dajana nickte, das hatte sie schon vermutet. Immerhin brauchte sie ja nur daran zu denken, die Sternenkugel zu aktivieren und schon öffnete sich ein Portal. Marius und Paul hätten wohl weit weniger Erfolg als sie. Daniel würde es natürlich auch können, doch er musste noch genug anderes lernen.

„Ich glaube, das war genug Geschichtsstunde für heute. Denk über all das nach. Ich würde sagen, dass du morgen wieder das Portal nach Terranus öffnest. Dann können wir weiter sprechen. Von mir aus können Marius und

Paul mit dabei sein, wenn du dich dann sicherer fühlst und sie beruhigter sind."

Dajana nickte und wartete, bis Zarteus sich wieder komplett nach Terranus zurückgezogen hatte. Dann ging sie ganz nah an das Portal heran und spürte sofort, dass Terranus sie rief. Sie konnte spüren, wie der Planet an ihren Gedanken zupfte, er zog sie regelrecht durch das Portal. Doch sie musste hart bleiben, durfte sich nicht von der Sternenkugel und deren Ruf einlullen lassen.

Ich kann das und ich werde stark bleiben.

Sie musste jetzt in erster Linie an die Erde denken und den Ruf der Ferne ignorieren.

„Später", flüsterte sie der Sternenkugel und dem aktiven, nach Terranus geöffnetem Portal, zu. Zarteus hörte es.

„Wenn ich lächeln könnte, würde ich es jetzt tun. Ich weiß genau, wie du dich jetzt fühlst. Ich hoffe, dass du stark bleiben wirst."

„Ich werde es versuchen. Versprochen."

Dajana konzentrierte sich und langsam schloss sich das Portal. Sie schloss es extra langsam, damit Zarteus genug Zeit hatte, um nach Terranus zurückzukommen.

„Bis morgen", hörte sie ihn noch sagen, danach war das Portal geschlossen.

Die Sternenkugel hing blau leuchtend vor ihren Augen. Sie war fasziniert von ihr. Dieses Leuchten, diese Unmenge an Wissen und die Abenteuer, die auf der anderen Seite auf sie warteten. Sie seufzte und legte ihre Hände auf die Sternenkugel.

„Deaktiviere dich", flüsterte sie leise.

Die Sternenkugel wurde kleiner. Dajana spürte, dass sie ihr nur widerwillig gehorchte. Kein Wunder, nach der langen Zeit, die sie nicht aktiv gewesen war. Wenig später ließ sie die Glasmurmel über ihre Handinnenfläche rollen und fühlte ihre Wärme. Sie wollte wieder aktiviert werden, das spürte sie deutlich. Die Verlockung war groß. Doch sie musste gegen dieses Verlangen angehen. Es wäre unvernünftig und könnte ihren geliebten Heimatplaneten gefährden. Sie durfte jetzt noch nicht durch ein Portal schreiten, es war einfach noch zu früh, Daniel konnte noch nicht auf die Sternenkugel aufpassen. Er war erst recht noch nicht in der Lage, gegen das Verlangen anzukämpfen, durch ein Portal hindurchzutreten. Dajana spürte seinen Geist in ihrer Nähe. Er hatte fast alles von ihrer Unterhaltung mit Zarteus mitbekommen. Sie spürte seine Aufregung und auch, dass er ebenfalls gerne durch das Portal schreiten wollte. Die Sternenkugel durfte nicht in seine Hände geraten. Immerhin war sie dafür verantwortlich. Sie war die Hüterin, nicht Daniel. Wenn es nötig war, würde sie sie mit aller ihr zur Verfügung stehenden Macht verteidigen.

Erschrocken über ihre eigenen Gedanken zuckte Dajana zusammen.

Habe ich das eben wirklich gedacht?

An der Beeinflussung durch die Sternenkugel zweifelte sie nicht mehr. Sie musste aufpassen, dass sie nicht ganz in ihren Bann gezogen wurde. Also zog sie die kleine Schatulle aus ihrer Hosentasche und legte die warme Glasmurmel hinein. Sofort, nachdem sie den Deckel geschlossen hatte, wurde der Einfluss auf sie schwächer. Es schien fast so, als würde eine schwere Last von ihren Schultern genommen. Sie atmete erleichtert aus.

Marius und Paul standen neben ihr und schauten sie fragend an. Dajana fühlte sich erschöpft und bekam stechende Kopfschmerzen. Sie griff sich an den Hinterkopf und zuckte zusammen, als sie die Beule berührte.

„Das tut mir leid", flüsterte Marius.

„Danke", stöhnte sie mit schmerzverzerrtem Gesicht und ließ sich erschöpft in seine kräftigen Arme sinken.

Gestützt auf Paul und Marius schaffte sie es durch den Gastraum, hinauf in ihr Schlafzimmer. Sie fühlte sich, als wäre sie einen Marathon gelaufen und wollte nur noch schlafen. Sie hatte nicht bemerkt, wie viel Energie die aktivierte Sternenkugel sich von ihr abzweigte. Erst jetzt wurde ihr bewusst, dass sie am Rande der Erschöpfung war und dringend Ruhe benötigte. Erleichtert ließ sie sich ins Bett fallen und schloss die Augen. Sie merkte gerade noch, wie Marius sich neben sie setzte und ihren heißen Kopf mit einem feuchten Tuch abtupfte. Auch spürte sie, wie er sorgsam ihre Wunde reinigte und anschließend einen Verband anlegte.

„Du musst nur noch kurz durchhalten, Dajana, dann kannst du schlafen. Trink das hier."

Er hielt ihr ein Glas Wasser hin. Sie trank es langsam aus, schmeckte die aufgelöste Schmerztablette und ließ sich dann unendlich erleichtert in die Kissen zurücksinken.

Ihr Kopf dröhnte und die Beule schmerzte. Marius musste ziemlich heftig zuschlagen haben, aber das war notwendig. Hätte er es nicht getan, wäre sie durch das Portal gegangen. Dajana wollte nicht daran denken, was dann hätte passieren können. Die Tablette fing langsam an zu wirken und der Schlaf übermannte sie. Sie spürte noch, wie Marius ihr sanft einen Kuss auf die Stirn drückte. Dann schlief sie ein.

Marius verließ leise das Zimmer Richtung Gastraum und setzte sich zu Paul an den Tisch. Beide bestellten sich einen großen Pott Kaffee. Marius war froh, dass heute nur wenige Gäste da waren und er nicht mithelfen brauchte. So konnte er sich in aller Ruhe mit Paul unterhalten.

„Das war ganz schön knapp, was?", unterbrach Paul die Stille.

Marius nickte und stellte erschrocken fest, wie alt Paul geworden war. Erst jetzt fielen ihm die vielen Falten in seinem Gesicht auf.

„Ja. Für Dajana muss es ziemlich anstrengend gewesen sein. Und dann auch noch mein Schlag auf ihren Hinterkopf."

„Ja, aber der war notwendig. Ich weiß nicht, was sonst passiert wäre. Diese Sternenkugel scheint eine ziemlich anziehende Wirkung auf sie zu haben. Hast du alles verstanden, was diese andere Lebensform gesagt hat?"

„Nicht alles. Aber er wirkte vernünftig, nicht gefährlich. Anfangs hatte ich noch Angst und dachte, ich müsste Dajana vor ihm schützen, aber das legte sich dann. Mich würde nur wahnsinnig interessieren, was er genau gesagt hat. Meinst du, er hat telepathisch mit Dajana gesprochen?"

„Davon gehe ich aus. Sie wirkte aber nicht mit allem einverstanden. Kannst du mir etwas versprechen?"

„Klar"

„Pass auf, dass sie diese Sternenkugel nicht alleine aktiviert. Lass sie am besten nicht durch das Portal gehen. Egal wie sie bettelt. Mir scheint, dass auf den anderen Planeten auch andere Gefahren lauern. Ich meine, wir drei wissen doch, was es für gefährliche Lebensformen da draußen in der Galaxie gibt. Deshalb habe ich auch nicht so ganz verstanden, warum sie anfangs unbedingt hindurch wollte."

Marius stimmte Paul vollkommen zu. Wenn es nach ihm ginge, hätte er die Sternenkugel am liebsten irgendwo vergraben und nie wieder aktiviert. Doch er wusste, dass Dajana das anders sah.

Sie hatten damals einen Kampf gewonnen und damit gezeigt, dass sie bereit waren, die Erde zu verteidigen. Aber würde das immer so sein? Konnten sie sich gegen alle bösartigen Kreaturen stellen und sie vernichten? Wollte er das überhaupt und wäre das gut? Nein, so ein Leben hatte sich Marius nicht vorgestellt. Aber er spürte, dass er es wohl akzeptieren musste.

„Du hast recht, es ist sehr gefährlich da draußen. Doch ich glaube, es gibt keinen anderen Weg. Die Sternenkugel will aktiviert werden und sie gehört zu Dajana. Es ist Dajanas Bestimmung und scheinbar kann sie nicht mehr lange vor ihr davonlaufen. Mir wäre es auch lieber, wenn sie nie wieder aktiviert würde, aber würde Dajana dann noch leben können? Es würde ihr das Herz brechen und ihre Fähigkeiten würden verkümmern. Außerdem dürfen wir Daniel nicht vergessen. Er wird irgendwann seinen Platz einfordern und es wäre nicht gut, wenn Dajana dann völlig unwissend ist. Die Galaxie braucht die Erde, sie ist auf sie angewiesen. Jedenfalls sieht Dajana das so."

„Ja, das stimmt. Aber ich kann euch nicht mehr lange helfen. Ich bin nicht mehr der Jüngste, wie du ja sicherlich schon bemerkt hast. Auch wenn ich heute nicht viel tun konnte, so spüre ich doch, dass mich die Aufregung ziemlich mitgenommen hat."

„Ach komm, du bist doch noch gut trainiert."

Marius klopfte ihm freundschaftlich auf die Schulter und Paul hustete übertrieben. Sie mussten beide lachen.

„Mal im Ernst, ich werde wirklich nicht jünger und nächstes Jahr gehe ich in den Ruhestand. Zwar verfrüht, aber ich freue mich darauf."

„Na, dann kannst du ja in unsere kleine Einliegerwohnung ziehen", witzelte Marius, sah aber an Pauls Miene sofort, dass er das nicht tun würde.

„Nein. Ich will zu meiner Tochter ziehen, nach London. Eigentlich wollte ich es euch gemeinsam sagen, aber nun ist es raus."

Er schaute Marius mit traurigen Augen an. Marius musste schlucken und fühlte, dass er einen guten Freund und Kumpel verlieren würde. Natürlich wusste er, dass Paul noch eine Tochter hatte, aber dass er zu ihr ziehen wollte? Davon hatte er noch nie erzählt.

„Das wird Dajana hart treffen. Aber ich glaube, sie wird es verstehen. Sie weiß ja selber, wie wichtig Familie ist. Vor allem, seit sie sich wieder mit ihren Eltern vertragen hat. Warum willst du den Kontakt zu deiner Tochter jetzt wieder aufbauen?"

Paul blickte zum Fenster hinaus und schien nach passenden Worten zu suchen. Als er sich Marius wieder zuwandte, hatte er Tränen in den Augen.

„Ich werde alt und ich würde den Kontakt zu ihr so gerne wieder aufnehmen. Sie hat mir neulich ein Foto geschickt und ihre beiden kleinen Töchter sind schon richtig groß geworden. Ich würde sie so gerne kennenlernen, sie in die Arme nehmen und zusehen, wie sie weiter aufwachsen. Außerdem hat sie sich bei mir entschuldigt. Es tut ihr leid, dass sie sich damals so abrupt von mir abgewendet hat."

„Du gibst ihr also noch eine weitere Chance? Erzähltest du nicht vor einem halben Jahr, dass sie von ihrem Mann beeinflusst wird und sie dich nur anlügt?"

Paul nickte und nahm das angebotene Taschentuch dankend an. Nachdem er sich seine Augen getrocknet hatte, kam er mit der ganzen Wahrheit heraus.

„Sie hat sich von ihm getrennt. Er hat sie zum wiederholten Mal geschlagen."

„Das weißt du doch schon lange, sie hat nie etwas dagegen unternommen. Und deine Kollegen konnten ihm nie etwas nachweisen. Warum jetzt der Sinneswandel?"

„Er hat seine Hand gegenüber der Ältesten erhoben, Michelle konnte gerade noch dazwischen gehen. Sie ist am nächsten Tag sofort zu einer Freundin geflohen und kann dort auch erst einmal wohnen bleiben."

Marius nickte erschrocken.

„Dann verstehe ich es. Wie lange ist das jetzt her?"

„Acht Wochen. Nach sechs Wochen hat sie mir aber erst den Brief geschrieben. Ich muss sagen, es hat mich schwer getroffen, dass sie mich nicht sofort informiert hat. Ich wollte ihr natürlich umgehend helfen, doch sie hat meinen Dickkopf geerbt. Sie will es alleine schaffen. Zum Glück war sie damit einverstanden, dass ich meinen Sommerurlaub bei ihr und den Kindern verbringe. Ich glaube, wir müssen viel miteinander sprechen und ich gehe davon aus, dass wir uns danach öfter sehen werden. Ich vermisse sie und die beiden Mädchen kenne ich ja noch gar nicht."

Er lächelte glücklich und Marius drückte seine Hände.

„Es wird bestimmt alles gut. Schön, dass ihr wieder einen Schritt aufeinander zu gemacht habt. Ich hoffe für euch, dass ihr euch aussprechen könnt. Dajana wird nicht begeistert sein. Und ich muss gestehen, dass ich dich auch vermissen werde. Aber Familie geht vor. Ich verstehe dich."

Als Paul abends ging und der letzte Gast sich verabschiedete, schloss Marius die Tür ab und ging langsam hoch ins gemeinsame Schlafzimmer. Er schlich sich hinein und wusste sofort, dass Dajana wach war. Sie saß auf ihrem Lieblingsplatz auf der Fensterbank. Die Sonne war schon lange untergegangen und er konnte nur ihre dunkle Silhouette sehen.

Langsam ging er auf sie zu und setzte sich ihr gegenüber auf die Fensterbank. Sie saßen hier oft. Tranken einen Kaffee oder blickten einfach nur auf die grüne Landschaft hinaus. Ganz weit in der Ferne konnte man bei gutem Wetter das Meer sehen und natürlich sah man, wenn es sich zeigen wollte, das verwitterte Dorf. Marius massierte schweigend Dajanas Füße. Sie dachte nach und wollte jetzt nicht sprechen, das fühlte er.

Nach einer Viertelstunde brach Dajana das Schweigen.

„Ich bin dir nicht böse."

„Ich weiß. Es tut mir trotzdem leid."

Er zögerte und wusste nicht recht, was er sagen sollte. Dajana nahm ihm die Entscheidung ab.

„Ich war kurz davor, eine große Dummheit zu begehen. Ich wollte blindlings durch das erste offene Portal schreiten, ohne nachzudenken. Dabei sollte doch gerade ich wissen, wie gefährlich es auf der anderen Seite sein kann. Aber was danach passiert ist ...", sie schüttelte ihren Kopf, verzog dann schmerzhaft ihr Gesicht. „Diese Lebensform von Terranus scheint okay zu sein. Ich könnte viel von ihr lernen. Es war riskant, das habe ich schmerzlich feststellen müssen, aber es hat mir auch etwas gebracht. Ich habe neue Fähigkeiten kennengelernt und Zarteus will mir bei unserem nächsten Treffen zeigen, wie ich die Sternenkugel mit einem Schutzschild belegen kann. Dann könnte ich sie aktivieren und müsste keine Angst haben, dass etwas Gefährliches hindurch kommt und Schaden anrichtet bei uns. Was ich mir aber am meisten wünsche, ist selber hindurchzugehen. Das habe ich heute gespürt. Es hat mir nicht gefallen, diesen Wunsch zu unterdrücken."

Marius fixierte sie, er hatte aufgehört ihr die Füße zu massieren und atmete langsam ein und wieder aus.

„Du kannst da nicht hindurchgehen", sagte er ruhig und hoffte, dass Dajana ihn erhören würde.

„Ich weiß, dass ich noch nicht hindurchgehen kann. Erst, wenn Daniel so weit ist."

Er sah das Glitzern in ihren Augen und es missfiel ihm. Er hatte das Gefühl, dass er sie nicht mehr beschützen konnte, wenn sie sich auf einem fremden Planeten befand.

„Kannst du Daniel denn vertrauen? Kannst du ihm die Kontrolle über die Sternenkugel übertragen? Schaffst du das und wird er sie dir bereitwillig zurückgeben?"

Marius bekam keine Antwort. Er sah nur, wie Dajana verneinend ganz schnell ihren Kopf schüttelte. Gleich danach befühlte sie vorsichtig ihren Hinterkopf und kniff vor Schmerzen ihre Augen zusammen. Marius nickte mitfühlend und fing wieder mit der Fußmassage an.

„Ich habe ganz schön fest zugeschlagen. Das tut mir wirklich leid. Ich wollte nicht, dass du Schmerzen hast. Wir müssen heute auch nicht mehr darüber sprechen, das hat Zeit bis morgen. Lass uns jetzt schlafen gehen."

Dajana ließ sich von ihm von der Fensterbank herunterheben. Er legte sie auf das Bett und wenig später war sie auch schon eingeschlafen. Er hörte ihren ruhigen Atem, während er sich grübelnd von einer Seite auf die andere wälzte und seine Gedanken sich im Kreis drehten. Erst weit nach Mitternacht fand er in den Schlaf. Eine Entscheidung hatte er nicht. Er fühlte sich in einer Zwickmühle und wusste nicht, was richtig war.

Dajana wachte am nächsten Tag immer noch mit Kopfschmerzen auf und bemerkte, dass Marius schon aufgestanden war. Normalerweise war es anders herum. Sie lag alleine im Bett und dachte über das gestrige Erlebnis nach. Natürlich fragte sie sich, was Marius darüber dachte. Eine gute halbe

Stunde später kam er auf leisen Sohlen und mit einer dampfenden Kanne Kaffee und zwei Tassen an das Bett.

„Mein Kopf dröhnt. Beim nächsten Mal schlägst du nicht so fest zu, okay?", stöhnte sie und schmunzelte.

„Wenn du beim nächsten Mal nicht gleich auf den erstbesten Planeten abhauen willst...", bekam sie zur Antwort und blickte in sein breit grinsendes Gesicht.

Sie genossen gemeinsam ein paar ruhige Minuten auf der Fensterbank. Marius ging danach in den Gastraum hinunter, die Kellnerin hatte heute ihren freien Tag, und kümmerte sich um die ersten Gäste, die frühstücken wollten.

Als Dajana wenig später die Treppe herunterkam, schaute er sie verwundert an. Normalerweise kam sie erst gegen Mittag hinunter. Bis dahin schrieb sie meistens an ihren Geschichten weiter.

„Na? Hast du immer noch Kopfschmerzen?"

Dajana schüttelte den Kopf.

„Nicht mehr so schlimm. Aber schreiben kann ich nichts, da kreisen zu viele Gedanken in meinem Kopf herum."

„Das kann ich gut nachvollziehen. Es ging mir gestern Abend genauso. Ich muss dir noch etwas sagen."

Sie horchte auf.

„Was denn?"

„Es geht um Paul. Er will nach seiner Pensionierung zu seiner Tochter ziehen."

Dajanas Augen weiteten sich.

„Nach London?"

„Ja. Sie hat sich jetzt doch von ihrem Mann getrennt. Paul und sie wollen sich aussprechen. Er wird seinen Sommerurlaub schon mal bei ihr verbringen."

Dajanas Lächeln löste sich auf und sie sah Marius fast schon verängstigt an.

„Aber Daniel kommt doch in den Sommerferien hierher. Ich hatte gedacht, dass wir dann wieder ein Portal öffnen können. Ohne Paul fehlt uns ein Aufpasser."

Traurig schaute sie zu Boden. Dann spürte sie Marius' Hand auf ihrer Schulter. Wie immer wirkte seine Nähe beruhigend und beschützend auf sie.

„Ich weiß, wie du dich fühlst. Paul könnten wir als Unterstützung gut gebrauchen. Doch er will das mit seiner Tochter klären und er vermisst seine beiden Enkeltöchter. Außerdem glaube ich, dass du so schnell nicht durch ein Portal gehen wirst. Zarteus will dir doch erst einmal von seinem Wissen vermitteln und möchte dir die Leute von Terranus vorstellen. Ich glaube, du solltest das mit der Sternenkugel etwas ruhiger angehen lassen. Sie scheint ganz schön viel Kraft zu verlangen und stark zu beeinflussen."

„Ja, ich weiß. Du hast womöglich recht. Es macht keinen Sinn, unbedacht durch ein willkürlich geöffnetes Portal zu schreiten, das weiß ich inzwischen. Vor allem, wenn man nicht weiß, was auf der anderen Seite alles auf einen wartet. Das nächste Treffen mit Zarteus wird bestimmt auch spannend, aber nicht mehr so anstrengend. Ich darf einfach nicht zulassen, dass die Sternenkugel mich so stark im Griff hat. Ich wusste weder, dass sie das tut, noch, dass es mir schadet. Jetzt weiß ich es besser und kann mich dagegen sperren. Und ich werde massiv gegen den Drang ankämpfen müssen, zu anderen Planeten zu reisen."

„Das ist meine Dajana. Du lässt dich durch nichts unterkriegen und findest immer die beste Lösung für alle."

„Danke. Das muss ich auch, denn ich bin die Hüterin des Portals."

Dajana lächelte und sah in Marius' strahlende Augen. Über den Tresen hinweg, gab sie ihm einen langen, intensiven Kuss.

Sommerferien

Daniel war da. Seine Eltern ließen ihn offenbar nur ungern alleine bei Dajana zurück, denn sie schauten sie skeptisch an. Doch Dajana lächelte zuversichtlich zurück.

„Ich verspreche hoch und heilig, dass ihm nichts passieren wird. Auf keinen Fall werde ich mit ihm auf einen anderen Planeten gehen. Er wird lernen, seine Fähigkeiten sicher einzusetzen."

Das schien sie zu beruhigen und so stiegen sie in den Wagen zurück. Claire wäre natürlich am liebsten bei ihrem Bruder geblieben, schien sich aber dennoch auf einen Urlaub alleine mit ihren Eltern zu freuen.

Marius hatte sich zwischen Dajana und Daniel gedrängt und legte seine Arme um ihre Schultern. Dajana lächelte ihn glücklich an und blickte in Daniels freudiges Gesicht. Zwei Wochen würde er hier bei ihr und der Sternenkugel verbringen dürfen. Zwei Wochen lang durfte er seine Fähigkeiten benutzen, trainieren und herausfinden, wo seine Grenzen lagen. Dajana spürte, wie er danach verlangte. Von seinen Eltern wusste sie, dass er die letzten Tage über nichts anderes mehr gesprochen hatte.

Ein letzter Gruß von Claire und schon befand sich der Wagen auf der Schnellstraße. Daniel winkte zum Abschied und wandte sich mit einem Leuchten in den Augen sofort zu Dajana.

„Wann fangen wir an?"

Zu seiner Enttäuschung schüttelte Dajana resolut den Kopf.

„Heute noch nicht. Wir essen jetzt gemeinsam etwas und dann gehst du schlafen."

„Nein!"

„Doch!"

„Och schade."

Daniel war betrübt, aber Dajana wollte nicht gleich am ersten Tag mit ihm trainieren.

„Aber ich darf sie doch noch sehen, oder?"

„Willst du das?"

„Ja! Ich habe jetzt so lange warten müssen und ich habe es immer mitbekommen, wenn du sie aktiviert hast, um mit dieser anderen Lebensform zu sprechen."

Daniels ganzes Wesen strahlte vor Verlangen nach der Sternenkugel.

Dajana nickte geknickt und hätte am liebsten die Augen verdreht, doch vor Daniel wollte sie ihre Verärgerung nicht zeigen. Es gefiel ihr nicht, dass er so viel von ihren Gesprächen mit Zarteus mitbekam. Sie musste sich etwas einfallen lassen, damit ihm das in Zukunft verborgen blieb. Er schien schnell zu lernen. Bald würde er wissen, wie er die Barriere vor seinen Kräften durchbrechen konnte. Und was dann?

Oder hatte er das etwa schon?

„Also gut. Aber erst essen wir. Marius hat uns extra etwas gekocht, willst du das etwa kalt werden lassen?"

„Nein, besser nicht. Ich habe auch großen Hunger."

Seufzend ging Dajana hinter Marius und Daniel. Ihr Blick wanderte zur Scheune und sie spürte ihre eigene Sehnsucht. Wie oft hatte sie die Sternenkugel seit dem ersten Mal aktiviert? Wie oft hatte sie mit Zarteus gesprochen? Wie viel hatte sie in so kurzer Zeit über das gemeinsame Universum erfahren? Und Daniel hatte fast alles mitbekommen?

Was, wenn er die Sternenkugel wirklich für sich beansprucht und ich sie danach nicht mehr bedienen kann? Ich muss Daniel vertrauen. Auch wenn es mir schwerfällt.

„Das kannst du", sagte Daniel und holte sie damit aus ihren Gedanken zurück.

Sie hatte nicht gemerkt, dass sie stehen geblieben waren.

„Habe ich so laut gedacht?"

„Ja."

„Okay, dann gehen wir jetzt etwas essen und danach kannst du die Sternenkugel endlich wieder live sehen. Versprochen."

Nach dem Essen standen sie zu dritt in der Scheune. Daniel starrte auf die kleine Glasmurmel in Dajanas Handfläche.

„Wow! Ich hatte vergessen, wie klein sie ist. Darf ich sie mal halten?"

Obwohl Dajana zustimmte, ließ sie die Glasmurmel widerwillig in Daniels Handfläche rollen. Dieser hielt seine Hand starr und wagte nicht, sie zu bewegen. Er hatte sie nicht das erste Mal in der Hand und Dajana wusste genau, was er jetzt fühlte. Sie erinnerte sich an das erste Mal, als sie diese unscheinbare Glasmurmel in ihrer Hand hatte.

„Sie ist immer noch so warm", hauchte er und starrte wie gebannt auf die deaktivierte Sternenkugel. Dann bewegte er langsam seine Hand und ließ sie erst hin und her rollen und dann in die andere Handfläche.

„Sie hinterlässt eine Spur der Wärme."

Seine Augen verfolgten die Bahn der Glasmurmel. Dann erstarrte er in seiner Bewegung und atmete hörbar die scheinbar angestaute Luft aus. Er schaute Dajana direkt in die Augen.

„Ich glaube, sie will aktiviert werden. Es fühlt sich so an, als wenn sie größer werden möchte. Sie will Energie von mir. Fühlt sich komisch an. Es kitzelt."

„Das ist normal. Aber sie wird es nur machen, wenn du es auch wirklich willst. Ich rate dir, es nicht zuzulassen. Für den Anfang werde ich sie aktivieren und auch wieder deaktivieren. Das ist für den Moment sicherer, denn die Sternenkugel kann dir ziemlich schnell alle Energie abziehen, ohne dass du es merkst."

„Okay."

Er zögerte erst, ließ dann aber die unscheinbar Glasmurmel zurück in Dajanas offene Handfläche rollen. Dann rieb er seine Hände aneinander. Schon nach wenigen Sekunden sah er Dajana fragend an:

„Sie fehlt mir. Es war so schön warm und jetzt ist es wieder kalt. Ich möchte wieder ihre Wärme spüren. Ist das normal?"

„Ja, das ist normal. Du wirst dich daran gewöhnen müssen. Mit der Zeit lernst du das."

„Aber wie überwinde ich das jetzt?"

„Abwarten, das gibt sich von alleine. Du wirst die Sternenkugel früh genug alleine aktivieren dürfen, aber heute noch nicht. Heute bist du nur Zuschauer."

Daniel schaute sie bedrückt an.

„Ich bin bereit. Du kannst sie aktivieren. Sie hat einen ganz schön großen Einfluss, das ist mir beim ersten Mal gar nicht so bewusst geworden. Bei deinen Kontakten zu diesem anderen Planeten habe ich das von Mal zu Mal stärker gespürt."

„Ja, genau. Ich war beim ersten Mal nicht darauf vorbereitet. Beim zweiten Mal auch noch nicht. Also mach dich darauf gefasst, dass du durch ein Portal gehen willst. Das wird dein erster und womöglich einziger Gedanke sein. Du musst unbedingt dagegen ankämpfen!"

Sie sah Daniel fest in die Augen und er nickte. Ein Blick auf Marius verriet ihr, dass auch er bereit war, sie notfalls festzuhalten.

Dajana schloss die Augen. Sie schwor sich, stark zu sein und der Kraft zu widerstehen. Das hatte sie sich angewöhnt, bevor sie die Sternenkugel aktivierte. Einmal einatmen und wieder ausatmen. Konzentrieren und daran denken, die Sternenkugel zu aktivieren. Sie hörte Daniel erstaunt rufen und lächelte wissend.

Die Sternenkugel schwebte vor ihren Augen, als sie sie wieder öffnete. So war es immer. Daniel blickte fast schon hypnotisiert auf die schwebende Sternenkugel.

Er ist in ihrem Bann, genau wie ich die ersten Male.

Er machte einen Schritt vorwärts und Dajana sah, wie Marius seine Hände auf seine Schultern legte. Dajana stellte sich vor ihn und versperrte ihm so den direkten Weg zur Sternenkugel. Sie war sehr stolz darauf, dass sie es inzwischen schaffte, sich nicht von der aktivierten Sternenkugel beeinflussen zu lassen.

„Sie darf dich nicht beherrschen. Du musst deinen eigenen Willen behalten."

Widerwillig nickte Daniel.

„Kannst du ein Portal nach Terranus öffnen? Ich würde zu gerne wissen, wie es dort aussieht."

„Nein. Heute noch nicht." Dajana war fest entschlossen, sie wollte es auf keinen Fall überstürzen.

„Darf ich sie wenigstens anfassen?"

Dajana sah die Vorfreude in Daniels Augen und schaute ihn prüfend an. Nach kurzer Überlegung gab sie ihm zögernd den Weg zur schwebenden Sternenkugel frei.

„Ja. Aber denk nicht einmal daran, ein Portal zu öffnen. Ich werde es sofort merken. Und sei sehr vorsichtig mit deinen Gedanken."

„Vorsichtig?"

„Ja. Du merkst doch jetzt schon, wie sie dich in ihren Bann zieht, oder? Wenn du sie berührst, wird das noch stärker werden."

Daniel stellte sich direkt vor die Sternenkugel. Sie schwebte für ihn ein ganzes Stück zu hoch, weshalb er zu ihr aufschauen musste. Fast schon ehrfürchtig blickte er zu ihr empor und seine Hände zuckten.

„Soll ich sie wirklich anfassen? Kann mir dabei nichts passieren? Was ist, wenn ich doch ein Portal öffnen möchte und nicht dagegen ankämpfen kann?"

Dajana trat dicht hinter ihn.

„Du schaffst das. Denk einfach an gar nichts. Du wirst die Planeten sehen und sie werden auf dich zugeflogen kommen. Lass sie nicht zu nahe herankommen, sonst öffnest du ein Portal."

Sie legte eine Hand auf seine Schulter und spürte, wie verkrampft er war.

„Ja. Ich tue es. Gleich berühre ich das erste Mal eine aktivierte Sternenkugel. Ich bin so aufgeregt."

„Ganz ruhig, dann wird alles gut."

Dajana sah zu, wie er langsam seine Hände hob und sie andächtig auf die aktivierte Sternenkugel legte. Sie wusste, dass die Sternenkugel jetzt kalt war und sie lächelte, als Daniel zurückzuckte.

„Wow! Sie ist ja ganz kalt."

„Ja, genau. Jetzt ist sie kalt. Sie hat ihre gesamte Energie dafür gebraucht, sich zu aktivieren."

Daniels Augen weiteten sich und erschrocken hielt er die Luft an.

„Was? Wow. So viel."

Er stotterte und Dajana konnte gut nachvollziehen, wie er sich jetzt fühlte. Ihr war es beim ersten Mal auch so gegangen.

„Das ist normal. Du erhältst bestimmt gerade eine Flut von Informationen von der Sternenkugel. Planeten, ihre Bewohner und alle gespeicherten Daten über sie."

Sie merkte, wie Daniels Schultern sich noch mehr versteiften und er seinen Blick jetzt starr auf die Sternenkugel richtete. Sie wusste sofort, was gleich passieren würde. Fast zeitgleich sah sie, wie sich die Form der Sternenkugel veränderte. Gleich würde sich ein Portal nach Terranus öffnen.

„Stopp!", rief Dajana und legte ihre Hände über Daniels.

Sie konzentrierte sich und das halb geöffnete Portal brach zusammen. Dann nahm sie Daniels Hände von der Oberfläche und führte ihn ein paar

Schritte zurück. Sie musste ihn sogar bestimmend zurückdrängen, denn von alleine wäre er nicht gegangen. Vorsorglich hatte sie eine neue Barriere um seine Fähigkeiten gelegt, da sie nicht wusste, wie er reagieren würde.

„Daniel?"

Dajana kniete vor ihm und schaute in sein Gesicht. Doch Daniel schien durch sie hindurch zu blicken und reagierte nicht.

Er will zurück zur Sternenkugel und ein Portal nach Terranus öffnen, oder zu irgendeiner anderen Welt reisen.

Dieser Gedanke jagte durch ihren Kopf und sie überlegte fieberhaft, wie sie ihn davon abbringen konnte.

„Du willst hindurch gehen, fremde Welten erforschen und zu anderen Planeten reisen. Das kann ich sehr gut verstehen. Doch das geht nicht, hörst du?"

Daniel schien nicht auf ihre Worte zu reagieren und Dajana seufzte.

„Daniel, hör mir zu!" Sie hob ihre Stimme an und schüttelte ihn.

So holte sie ihn aus der Hypnose zurück und war erleichtert, dass sich sein Blick aufklarte und er sie ansah.

„Ja?"

Er war verwirrt, als hätte sie ihn aus einem tiefen Traum geweckt.

„Du musst aufpassen! Sie darf dich nicht kontrollieren. Wir haben die Aufgabe, auf die Erde aufzupassen, und wir dürfen sie nicht verlassen."

„Ja. Ich weiß, aber dass es so heftig wird, hätte ich nicht gedacht. Wie hältst du das aus?"

„Ich habe viel trainiert und gelernt. Beim ersten Mal habe ich die Sternenkugel unbewusst aktiviert und Marius musste mich aufhalten. Beim zweiten Mal habe ich sie bewusst aktiviert und ein Portal geöffnet. Da hab ich erst gemerkt, dass gleichzeitig auch das Verlangen durch ein Portal zu treten, stärker wird. Wieder musste mich Marius aufhalten. Danach hat mir Zarteus geholfen, gegen diesen Drang anzukämpfen. Und es klappt. Man muss sich nur bewusst machen, dass man für die Erde verantwortlich ist. Deshalb dürfen wir auch noch nicht hindurch. Hier auf der Erde wäre dann niemand mehr, der auf die Sternenkugel aufpassen könnte. So bestünde die Gefahr, dass eine aggressive Rasse ein Portal zur Erde öffnet und es offen hält. In so einem Fall könnten wir nie wieder zurück."

Dajana konnte in Daniels Augen sehen, dass er Angst davor hatte.

„Das wäre gar nicht gut. Eine Zeit lang war es ja auch schon mal so. Doch ich weiß, dass irgendwann jemand durch das Portal schreiten wird. Und das wirst du sein, richtig?"

„Ja. Sobald du bereit bist und alleine die Verantwortung als Hüter übernehmen kannst, werde ich durch das Portal gehen. Doch bis dahin ist es noch ein langer Weg."

„Kannst du sie wieder deaktivieren?"

Dajana schaute ihn verwundert an.

„Ist sie noch aktiv?"

„Ja."

Sie war erschrocken darüber, dass sie nicht gemerkt hatte, dass die Sternenkugel noch aktiviert war. Die ersten Male war es doch so deutlich zu spüren. Sie horchte in sich hinein und da war wieder dieses Gefühl. Ja, sie war noch aktiv und zupfte an ihren Gedanken. Dajana lächelte.

„Sie will, dass ich ein Portal öffne", sagte sie zu Daniel und er nickte.

„Oh ja, das will sie."

„Sollen wir vielleicht doch?"

„Ihr werdet nicht!"

Marius schrie fast und sie spürte eine energische Hand auf ihrer Schulter. Sie sah, dass auch Daniel unter der lauten Stimme von Marius erschrak. Entschieden schüttelte sie ihren Kopf.

„Danke. Jetzt falle ich doch tatsächlich immer noch auf sie herein."

Es war nur ein kurzer Gedanke und die Sternenkugel gehorchte ihr wieder. Sie wurde kleiner und wenig später fiel die Glasmurmel klickernd zu Boden.

Die Anspannung fiel von Dajana und auch von Daniel ab. Marius hob die Glasmurmel auf. Nur schwer konnte Dajana sich beherrschen, ihm nicht unverzüglich die Glasmurmel wieder zu entreißen. Immer noch widerstrebte es ihr, wenn Marius die Glasmurmel in seinen Händen hielt. Doch genau das wollte sie ja trainieren.

Daniel schien Ähnliches zu fühlen. Sie spürte, wie er sich versteifte.

„Nicht", flüsterte sie ihm ins Ohr und drückte ihn an sich.

Das hatte den Vorteil, dass auch sie sich etwas entspannte. Dennoch beäugte sie Marius sehr genau, als dieser die Glasmurmel über seine

Handinnenfläche rollen ließ, anschließend seine Hand schloss und sie wieder öffnete.

„Auch ich spüre ein wenig von ihrer Wärme, doch das bedeutet mir nichts. Ich verstehe nicht, wie sie euch so sehr in ihren Bann ziehen kann."

„Es liegt an unseren Genen. Lass sie uns zurück in die Schachtel legen. Für heute ist es genug."

Dajana ging zu Marius und hielt ihm die geöffnete Schachtel hin. Er ließ die Glasmurmel in ihre Schachtel rollen. Sorgsam verschloss Dajana die Schachtel und steckte sie in ihre Hosentasche.

„Lasst uns Schlafen gehen. Morgen fangen wir mit dem Training an. Auch, wie du deine Gedanken kontrollieren kannst."

Sie lächelte Daniel an. Er war jetzt wieder der kleine Junge. Ohne Sehnsüchte und ohne Verlangen auf den nächstbesten Planeten zu gehen. Müde lächelte er:

„Anstrengend!"

„Ja. Jetzt hab ich dir doch mehr gezeigt, als ich wollte. Ich habe nicht damit gerechnet, dass du so schnell versuchen würdest, ein Portal zu öffnen."

„Sie wollte es so sehr."

„Ja. Doch sie muss das machen, was wir wollen! Und nicht anders herum."

Daniel nickte und sie gingen gemeinsam in die Raststätte zurück.

Wenig später saßen Marius und Dajana gemeinsam auf ihrer Fensterbank. Marius sah sie prüfend an.

„Mir gefällt nicht, dass Paul nicht da ist."

„Ich weiß. Er könnte uns jetzt gut helfen. Doch ich denke, wir bekommen das auch alleine hin. Du bist doch auch noch da, um uns zu helfen… uns zu retten."

Dajana lächelte ihn an, irgendwie fühlte sie sich in Marius Gegenwart sicher.

„Ja. Aber was ist, wenn sie mich auch in ihren Bann zieht? Zwar habe ich nicht eure Fähigkeiten, deshalb beeinflusst sie mich auch nicht so stark. Dennoch könnte es sein, dass sie auch mich beeinflussen will und ich mich dann nicht dagegen wehren kann. Immer wenn sie aktiviert ist, denke ich nur noch daran, dass du irgendwann dadurch verschwindest und womöglich nie wieder zurückkommst."

Entschieden schüttelte Dajana den Kopf.

„Nein, auf keinen Fall. Das haben wir doch schon oft besprochen. Wenn wir gehen, dann gehen wir gemeinsam hindurch."

„Ich weiß. Nur im Moment reizt es mich wirklich nicht, durch so ein Portal zu gehen. Und mir wäre es lieber, wenn ihr in den nächsten zwei Wochen keines öffnet. Ich kann nicht auf euch beide gleichzeitig aufpassen."

„Das kann ich Daniel nicht antun. Außerdem habe ich Zarteus versprochen, dass ich ihm Daniel vorstelle. Und das heute muss ich ihm ja auch erklären. Immerhin haben wir kurz versucht, ein Portal nach Terranus zu öffnen, um es dann noch im Entstehen wieder zu schließen. Das wird Zarteus verwirren und er macht sich bestimmt schon Gedanken. Wenn Zarteus da ist, kann er uns aufhalten."

„Ja und?"

„Wie? Und? Das kann ich nicht. Ich muss dafür sorgen, dass die Erde beschützt wird und ich muss Kontakt zu anderen Planeten mit Sternenkugeln herstellen. Zarteus hat uns doch von seinem Plan erzählt. Er will das Universum wieder vereinen und dafür sorgen, dass man sich gegenseitig hilft. Außerdem will er mir einige Rassen vorstellen."

Marius blickte betrübt.

„Ja, ich weiß. Aber deshalb muss ich es ja noch lange nicht akzeptieren, oder? Das Universum vereinen. Das Böse besiegen. Muss das wirklich sein?"

„Ja, das ist meine Bestimmung. Daniel muss ja noch nicht wissen, dass er hier als Hüter fungieren soll, und ich die Erde dort draußen vertrete."

„Und ich?"

„Du kommst mit."

„Wenn es sein muss, werde ich mitkommen, dann bin ich wenigstens in deiner Nähe. Aber lass uns die Zeit hier auf der Erde noch genießen, ja?"

„Natürlich. Das wird ja noch etwas dauern. Und jetzt sollten wir ins Bett gehen. Morgen werde ich Daniel erst einmal mit seinen Fähigkeiten vertraut machen und abends machen wir gemeinsam, aber nur kurz, ein Portal nach Terranus auf. Natürlich nur zusammmen mit dir."

Das erste Training

Direkt nach dem Frühstück gingen Dajana und Daniel in die Scheune. Beide hatten sich Trainingsanzüge angezogen und legten gemeinsam den Boden der Scheune mit weichen Matten aus. Den neu gekauften Feuerlöscher stellte Dajana vorsorglich an den Rand der Matten. Sie wollte auf alles vorbereitet sein. Dann setzte sie sich in den Schneidersitz und Daniel saß ihr gegenüber. Sein Blick verriet ihr, dass er sich auf die beginnende Lektion freute.

„So, dann wollen wir mal anfangen. Was kannst du denn noch?"

„Ich kann die Eiskugel und das Feuer."

Er zögerte kurz und fügte dann hinzu:

„Und ich kann die Zeit beeinflussen"

„Gut, das Beeinflussen der Zeit lassen wir erst einmal außen vor. Ich habe dir ja schon erklärt, dass das unter gewissen Umständen gefährlich sein kann. Hast du schon mal an Wind gedacht?"

„Wind?"

„Ja. Versuch es mal."

Daniel wirkte angespannt und Dajana spürte, wie es in der eigentlich gut abgeschotteten Scheune anfing zu ziehen.

„Konzentriere dich. Du musst deine Energie bündeln und auf einen Punkt fixieren. Genau wie bei der Eiskugel musst du das immer unter Kontrolle haben."

Er kniff seine Augen enger zusammen und schien sich noch stärker zu konzentrieren. Dajana wusste, dass er jetzt auf sein Inneres horchte und versuchte sein Bestes zu geben. Als sich in seiner mit der Handfläche nach oben zeigenden Hand eine Eiskugel bildete, lächelte sie. Unverzüglich hörte der aufkommende Wind auf und die Eiskugel zerbarst. Daniel öffnete seine Augen und starrte verwirrt auf die schmelzenden Eiskristalle in seiner Hand. Er war sichtlich enttäuscht.

„Ich kann es nicht."

„Doch! Du kannst es. Ordne deine Gedanken und kanalisiere sie dann. Lass dich vor allem nicht ablenken."

„Das ist schwer. Kann ich nicht lieber meine Eiskugel verbessern?"

„Nein, die kannst du doch schon ganz gut. Viel wichtiger ist, dass wir flexibel sind, und versuchen, mehr aus uns herauszuholen. Mit nur einer Fähigkeit kannst du nicht kämpfen."

„Du hast ja recht."

„Komm, versuch es noch mal. Denke an den Wind. Konzentriere dich, kanalisiere deine Energie und lass einen kleinen Orkan entstehen. Ich weiß, dass du es kannst."

Daniel setzte sich kerzengerade hin, atmete tief ein und schloss die Augen. Erneut fing es in der Scheune an zu ziehen, Wind kam auf.

Das ist zu viel Wind. Er übertreibt es!

Dajana konzentrierte sich ebenfalls und baute ein Schutzschild um die Scheune, sodass nichts von dem, was hier drinnen passierte, nach draußen gelangte. Es musste ja nicht jeder mitbekommen, was sie hier machten.

Marius war der Einzige, der von dem Training wusste. Sie hatte seine Erleichterung gespürt, als sie versprach, die Sternenkugel im Schlafzimmer zu lassen.

„Ich werde euch nicht stören, wenn ich weiß, dass die Sternenkugel hier bleibt."

Dajana wusste, dass er sich an sein Versprechen halten würde.

Inzwischen fauchte um Dajana herum Daniels Orkan. Er zerrte an ihr und wirbelte uralten Dreck und Staub auf. Die Gittertür der kleinen Zelle klapperte laut im Schloss. Verwundert zog Dajana ihre Augenbrauen hoch.

Wie viel Energie steckt noch in ihm?

Sie musste feststellen, dass ihr Schutzschild durch den Sturm ganz schön beansprucht wurde.

Daniels Wind jagte chaotisch und unkontrolliert durch die Scheune und tobte sich aus. Eine alte Holzkiste wurde hoch gewirbelt und mitgerissen. Wenig später, als der Wind sich teilte und weiter herrenlos durch die Scheune jagte, fiel sie krachend zu Boden und zerbarst.

Ich muss ihn aufhalten. Das geht sonst nicht gut aus!

Dajanas Herz raste und vor ihrem geistigen Auge sah sie sich schon in einer komplett zerstörten Scheune sitzen.

„Konzentriere dich auf eine Stelle und lass die Energie nicht so ungesteuert herumirren. Die Kontrolle musst du haben und nicht der Wind!", rief sie gegen den Krach an.

Verzweifelt blickte Daniel sie an und schien seinen Wind nicht kontrollieren zu können. Seine Stirn lag in Falten. Dajana war kurz davor, ihren Schutzschild zu schmälern, um dem Wind weniger Angriffsfläche zu bieten. Doch das brauchte sie nicht.

Auf Daniels Stirn bildeten sich jetzt Schweißperlen und er schien sich intensiv zu konzentrieren. Dajana gab ihm noch eine Minute. Plötzlich wurde es still in der Scheune. Er grinste, als er auf den kleinen, aber kontrollierten Wirbelsturm zwischen sich und Dajana zeigte. Anerkennend nickte sie und ließ ihren Schutzschild wieder fallen. Es bestand keine Notwendigkeit mehr, ihn dauerhaft aufrecht zu erhalten, außerdem strengte es sie an. Vor allem, wenn ein ausgebrochener Wirbelsturm an ihm zerrte.

„Das will ich auch probieren!"

„Was meinst du?"

„Deinen Schutzschild. Ich habe ihn gespürt, als du ihn wieder deaktiviert hast. Coole Idee und sehr praktisch, so bekommt draußen niemand etwas mit."

Jetzt grinste er sehr breit und Dajana spürte, wie er einen Schutzschild direkt um seinen Wirbelsturm legte. Wieder nickte sie anerkennend und freute sich darüber, wie schnell ihr Schüler scheinbar lernte. Sein Wirbelsturm kämpfte inzwischen chaotisch gegen den Schutzschild an, zerrte an ihm und wollte herausgelassen werden.

Er will ausprobieren, wie weit er gehen kann. Doch das ist noch zu früh.

Die Energie staute sich an und der Schutzschild wurde schwächer.

Das kann nicht funktionieren. Außerdem bildet sich da ein Loch in seinem Schutzschild! Gleich bricht der Sturm aus!

„Daniel, pass auf!"

Doch es war zu spät. Mit einem lauten Knall brach der Wirbelsturm aus seinem Gefängnis aus und tobte für den Bruchteil einer Sekunde erneut durch die gesamte Scheune. Es war schrecklich laut. Der Sturm war kraftvoller und zerstörender als zuvor. Blitzartig baute Dajana ihren Schutzschild um die Scheune wieder auf. So konnte sie wenigstens verhindern, dass die Wände wackelten. Mittlerweile war es in der Scheune so laut geworden, dass sie sich die Ohren zuhalten musste.

Daniel sank erschöpft auf die Matte. Die letzten aufgewirbelten Dinge fielen lautstark zu Boden.

Wir brauchen doch mehr Platz als erwartet. Und es darf nicht zu viel herumliegen.

Gekonnt sorgte sie dafür, dass eine herunterfallende Heugabel sie nicht aufspießte. Sie gab ihr einen sanften Luftstoß. Hatte sie erwartet, dass der Junge gleich beim ersten Training einen ausgewachsenen Orkan hervorrufen würde? Ganz sicher nicht. Sie hatte eigentlich langsam anfangen wollen. Sie rüttelte an seiner Schulter.

„Daniel?"

„Was war das?", fragte er verwirrt und schaute sich in der verwüsteten Scheune um. „Hat man draußen etwas gemerkt?"

„Nein, ich habe meinen Schutzschild noch rechtzeitig aktivieren können."

Daniel nickte dankbar.

„Das war ganz schön anstrengend", er zögerte und schien nach den richtigen Worten zu suchen.

„…und beängstigend. Ich wollte deinen Schutzschild nachahmen. Dann wollte ich ausprobieren, wie stark er ist und ob er meinen Wirbelsturm aushalten kann. Er war wohl nicht stark genug."

„Ich verstehe dich. Aber du musst zu jeder Zeit deine Kräfte unter Kontrolle haben. Das ist ganz wichtig. Besonders, wenn du zwei Fähigkeiten gleichzeitig einsetzt. Das wollte ich eigentlich heute noch nicht trainieren. Wenn ich nicht hier gewesen wäre, stünde hier jetzt keine Scheune mehr."

Daniel schaute sie entgeistert an.

„Nein, ich hätte es aufhalten können."

„Das hättest du nicht! Noch nicht. Dafür hast du noch zu wenig Erfahrung. Aber das kriegen wir hin, dafür bin ich ja da."

„Okay. Aber warum hatte mein Schutzschild auf einmal ein Loch?"

„Ganz einfach, jede unserer Fähigkeiten verbraucht Energie von uns. Konzentrieren wir uns nicht richtig, oder sind auch nur für den Bruchteil einer Sekunde abgelenkt, so kann sich der Wind selbstständig machen. Das Feuer kann ausgehen, die Eiskugel schmelzen oder eben der Schutzschild ein Loch bekommen. Für deinen starken Wirbelwind ein gefundenes Fressen. Deshalb ist er ausgebrochen."

„Das Training ist ganz schön anstrengend."

„Ja. Und zeitaufwendig. Komm, wir gehen rüber und essen eine Kleinigkeit. Marius wartet bestimmt schon auf uns."

Verwundert schaute Daniel auf seine Armbanduhr.

„Schon Mittag?"

„Ja. Es ist sogar schon Mittag durch. Komm, wir wollen das Essen nicht kalt werden lassen."

Gemeinsam gingen sie zu Marius in die Raststätte und machten sich über die für sie bereitstehenden Nudeln her.

Nachdem sie sich etwas ausgeruht hatten, gingen sie in die Scheune zurück. Dajana stellte erschrocken fest, dass Daniels Orkan für ziemlich viel Unordnung gesorgt hatte.

Kann ich das für eine weitere Übungslektion verwenden?

„Daniel?"

„Ja?"

„Denk mal nach, du hast durch deinen Wirbelsturm vorhin hier alles durcheinandergebracht. Meinst du, es ist möglich, das wieder zu ordnen?"

„Soll ich hier jetzt aufräumen? Ich dachte, ich soll meine Fähigkeiten trainieren?"

Enttäuscht blickte er zu Boden und schlurfte langsam auf einen am Boden liegenden Stock zu. Er bückte sich und wollte ihn aufheben, doch Dajana hielt ihn davon ab.

„Versuch es, ohne den Stock zu berühren. Ich weiß, dass es möglich ist. Probiere aus, ob dir eine Lösung einfällt."

Daniel schaute sie verwirrt an.

„Ohne ihn anzufassen? Du meinst, wir können die Dinge nur durch unsere Gedanken bewegen?"

Dajana lächelte. Sie hatte eine Lösung für das Rätsel, aber sie war neugierig, wie Daniel es lösen würde.

„Mit Gedanken? Weiß ich nicht. Aber wir können sie bewegen, ohne sie zu berühren. Denk mal darüber nach, dir fällt bestimmt etwas ein."

Daniel schaute auf den Stock und dachte angestrengt nach.

„Woran denkst du?"

„Ich versuche, ihn mit meinen Gedanken hochzuheben, doch das scheint nicht zu funktionieren."

„Was kannst du noch machen, um den Stock zu bewegen?"

Daniels Augen leuchteten und er strahlte.

„Ich habe eine Idee!"

„Dann probiere es aus."

Der Stock wackelte etwas hin und her, hob aber nicht vom Boden ab. Nach ein paar Sekunden hörte er auf, sich zu bewegen. Daniel rieb sich seine rechte Schläfe. Er kniff die Augen zusammen und schüttelte seinen den Kopf.

„Das ist aber ganz schön anstrengend."

„Was hast du für eine Fähigkeit benutzt? Ich habe zwar etwas gespürt, konnte aber nicht genau erkennen, was du ausprobiert hast."

„Ich hab die Erdanziehungskraft für den Bereich verringert, dann müsste der Stock eigentlich von alleine abheben. Aber es ist anstrengender als gedacht."

Dajanas Augen weiteten sich und sie verstand.

„Deswegen habe ich mich eben ein wenig leichter gefühlt. Ich wusste gar nicht, dass wir das können."

„Aber das ist doch die richtige Lösung, oder?"

„Es ist eine Lösung. Aber nicht die, an die ich gedacht habe. Du musst einfacher denken. Ich zeige es dir."

Dajana stellte sich neben ihn und konzentrierte sich. Sie erschuf ein Luftkissen unter dem Stock. Da war nicht wirklich anstrengend, mit etwas Training ging es sogar sehr einfach. Der Stock schwebte langsam empor. Anfangs noch etwas zappelig, weil Dajanas Luftkissen sich erst aufbauen musste. Doch dann hing er scheinbar schwerelos vor ihnen in der Luft. Daniel war begeistert.

„Wow! Darauf hätte ich auch kommen können. Wie einfach das doch ist! Darf ich auch?"

Dajana nickte und merkte, wie sich ein zweites Luftkissen unter dem ihren aufbaute. Sobald es kräftig genug war, löste sie ihres auf. Der Stock fiel wenige Zentimeter nach unten und landete auf Daniels Luftkissen. Es schien ihn nicht weiter anzustrengen. So konnte er seine erste Lektion umsetzen und dabei lernen, das Element Wind zu beeinflussen.

„Kannst du ihn so auch lenken? Sagen wir, du willst ihn dort vor den Eingang legen. Schaffst du das?"

Dajana zeigte auf die Eingangstür. Daniel testete erst einmal, wie sich der Stock verhielt, wenn er das Luftkissen bewegte und dann ließ er ihn langsam zur Eingangstür schweben. Nach einigen Metern bemerkte Dajana, wie das Luftkissen schwächer wurde. Gerade als Daniel hinter dem Stock hergehen wollte, hielt sie ihn zurück.

„Nein. Versuche, es weiter zu stärken. Ich bin mir sicher, dass du das auch schaffst. Es ist nur etwas anstrengender. Doch es ist wichtig, dass unsere Fähigkeiten auch über weite Distanzen wirken können. Ich hoffe nicht, dass es irgendwann mal zu einem Kampf kommt, aber ganz abwenden können wir das wahrscheinlich leider nicht. Wir müssen uns entsprechend darauf vorbereiten."

Daniel konzentrierte sich. Sein Luftkissen gewann wieder an Fülle und der Stock schwebte ohne weitere Unterbrechungen zur Eingangstür. Dort sank er langsam zu Boden.

„Ich hätte nicht gedacht, dass das so einfach ist."

„Du wirst sehen, es gibt viele Dinge, die einfacher sind, als es im ersten Moment aussieht. Mir fällt noch eine zweite Möglichkeit ein, einen Gegenstand schweben zu lassen. Anstelle der Erdanziehungskraft könnten wir einfach die Dichte der Gegenstände verringern. Ich finde es nämlich sehr gewagt, die Erdanziehungskraft zu verändern. Vor allem, weil wir nicht wissen, was das für Auswirkungen hat. Also demnächst lieber erst überlegen, ob du den Gegenstand verändern kannst, bevor du daran gehst, die Erde und ihre Eigenschaften anzupacken."

„Ja, du hast recht. Es schien für mich die einzige Lösung. Auf das Luftkissen bin ich gar nicht gekommen. Deine Idee, die Dichte eines Gegenstandes zu verändern, klingt gut. Obwohl das bestimmt anstrengender ist, als ein Luftkissen zu erschaffen."

Er lächelte glücklich und Dajana legte ihren Arm um seine Schulter.

„Lass uns aufräumen, okay? Du darfst fast alle Fähigkeiten einsetzen, die du hast. Ausgenommen sind die, die etwas an der Erde verändern, oder die Zeit beeinflussen."

Daniel nickte und suchte sich den nächstbesten auf dem Boden liegenden Gegenstand. Dajana beobachtete ihn noch die ersten Male und ermahnte ihn ab und an, wenn er es sich zu einfach machte. Er sollte ja schließlich etwas lernen und unterschiedliche Fähigkeiten einsetzen.

Als sie merkte, dass er ihre Ratschläge beachtete und verschiedene Fähigkeiten zum Aufräumen nutzte, war sie zufrieden und trainierte selber. So befehligte sie einen größeren Besen durch Wind einen Bereich der Scheune zu fegen. Dann kam ein Kehrblech hinzu und der Besen fegte den gesammelten Dreck auf das Blech. Dajana ließ den Besen zu seinem Platz zurückschweben und das Kehrblech in Richtung Mülltonne. Daniel beobachtete sie dabei und auf seinem Gesicht zeichnete sich ein verschmitztes Lächeln ab. Dajana sah das aus ihrem Augenwinkel und ahnte schon, dass er womöglich den konstanten Flug ihres Kehrblechs beeinflussen würde. So kam es, dass das Kehrblech unverhofft gegen eine unsichtbare Wand prallte und der aufgesammelte Dreck in Richtung Boden fiel. Doch bevor er den Boden berührte, wurde er von dieser unsichtbaren Wand aus Luft aufgegriffen und schwebte ohne Kehrblech über den Mülleimer. Die unsichtbare Schicht veränderte ihre Form, bildete eine Kugel, färbte sich blau ein und löste sich dann über dem Mülleimer auf. Der Dreck fiel in die Tonne, wo er hingehörte.

Daniel lachte glücklich und Dajana schaute ihn verärgert an. Aber konnte sie ihm wirklich böse sein? Sie hatte ihm doch gesagt, dass er auch Neues ausprobieren sollte. Diese unsichtbare Wand war ähnlich ihrem Schutzschild. Eine abgewandelte Form ohne eigene Dichte, aber trotzdem undurchlässig.

Jetzt grinste sie, formte selber so eine unsichtbare Wand und hob damit das Kehrblech auf. Es schwebte genau wie auf dem Luftkissen, aber es schien sicherer zu liegen. Mit dieser Technik konnte sie das Kehrblech komplett umschließen und in alle Richtungen drehen und wenden. Sie ließ es in der Luft rotieren und ihr Ärger auf Daniel war verschwunden.

Daniel saß auf den Matten und lachte. Dajana ließ das Kehrblech zu seinem Platz zurückschweben und setzte sich dann neben ihn.

„Das hat Spaß gemacht!"

„Ja, auch wenn ich mich erst etwas über dich geärgert habe."

„Mir kam der Gedanke einfach und ich wollte es ausprobieren. Aber dein verwunderter Blick war auch wirklich gut."

Er lächelte Dajana an und sie lächelte zurück. Ja, sie muss wirklich dumm aus der Wäsche geschaut haben, als sich ihr mühsam aufgesammelter Staub wieder in der Luft verteilte.

„Okay! Ich habe heute auch etwas gelernt. Demnächst werde ich vorsichtiger sein und darauf achten, was du gerade machst. Zukünftig wirst du es nicht mehr so einfach haben, mich zu überrumpeln."

„Na, das werden wir ja sehen."

Sie lachten beide und betrachteten die aufgeräumte Scheune. Sie hatten alles wieder weggeräumt. Und hatten beide viel gelernt dabei.

„Für heute ist Schluss. Wir wollen es nicht übertreiben. Ab jetzt gibt es eine Regel. Sobald wir die Scheune verlassen, sind wir normale Menschen. Wir haben keine Fähigkeiten und können weder Gegenstände noch Elemente beeinflussen. Verstanden?"

„Es könnte jemandem auffallen?"

„Genau. Es reicht aus, dass Marius, Paul, deine Eltern und deine Schwester es wissen. Das sind schon fast zu viele. Ich möchte nicht wissen, was passiert, wenn sich herumspricht, dass in Wales Mächte am Werk sind, die keiner einordnen kann. Mal ganz abgesehen von einem Jungen, der die Zeit anhalten kann."

„Versprochen! Hoch und heilig. Außerhalb der Scheune bin ich ein ganz normaler Junge. Auch wenn es mir schwerfallen wird."

Dajana war zufrieden.

„Dann lass uns jetzt etwas essen, ich habe richtig großen Hunger und du bestimmt auch, oder?"

„Mein Magen knurrt schon ganz laut!"

Portal nach Terranus

Eine Woche später konnte Dajana dem bettelnden Daniel nicht länger widerstehen.

„Okay, okay. Wir aktivieren die Sternenkugel noch einmal und öffnen dieses Mal gemeinsam ein Portal nach Terranus. Schließlich hast du die ganze Woche über sehr aufmerksam gelernt und sogar fast immer gehorcht."

Dajana zwinkerte ihm zu und Daniel schaute etwas betreten zu Boden. Er war manchmal ein wenig aufsässig und Dajana hatte ihn ein paar Mal in die Schranken weisen müssen. Doch das gehörte wohl dazu. Ab und an waren seine Einfälle aber auch witziger Natur gewesen und sie hatten beide lauthals lachend auf dem Boden gelegen.

Als Dajana Marius erzählte, was sie vorhatten, blickte er sie verärgert an.

„Bist du dir da sicher? Du kennst diesen Zarteus von Terranus noch gar nicht so lange. Paul ist nicht hier und ich werde nicht in der Lage sein, euch beide aufzuhalten. Ich will es auch gar nicht erst versuchen."

„Es wird nichts passieren. Wir werden außerhalb des Käfigs stehen, die Sternenkugel ist dann innerhalb. Versprochen."

„Wie soll das gehen? Du kannst kein Portal von außerhalb des Käfigs aktivieren. Du musst vor der Sternenkugel stehen und sie berühren."

Richtig. Das hatte sie vergessen!

Wie kann ich es sonst machen? Ich kann ihrem Drang widerstehen. Aber Daniel?

„Dann hältst du Daniel fest und ich bleibe im Käfig. Sicherheitshalber schließen wir die Tür ab. Ich kann dem Drang standhalten und wenn das Portal offen ist, kann Zarteus helfen."

Marius' ernsten Blick konnte sie nicht aushalten und so schaute sie zu Daniel. Aufgeregt rutschte der auf der Bank hin und her und starrte Marius mit fast schon flehendem Blick an.

„Ich will unbedingt sehen, wie so ein Portal aussieht und ich will Zarteus kennenlernen!"

Das war sein derzeit größter und einziger Wunsch. Seine Augen leuchteten und seine Stimme klang feierlich.

„Ich verspreche hoch und heilig, dass ich nicht durch das Portal treten werde. Ich werde dem Drang widerstehen."

Marius schaute Daniel prüfend an und richtete sein Wort an Dajana:

„Du bist für ihn verantwortlich. Ich hoffe, du bist dir dessen bewusst. Ihr dürft auf keinen Fall durch das Portal gehen."

„Ja, ich weiß. Werden wir nicht, ich verspreche es."

„Also gut. Aber ich möchte dafür einen Nachmittag mit euch beiden in der Stadt verbringen. Ich möchte mit euch in unserem Restaurant essen und nichts über irgendwelche Fähigkeiten hören. Deal?"

„Heißt das, dass ich einen Nachmittag nicht trainieren kann?", fragte Daniel traurig.

„Entweder so oder gar nicht."

„Das ist doch ein gutes Angebot. Es tut uns beiden gut, mal einen Nachmittag zu pausieren. Außerdem sollst du ja auch deinen Freunden etwas berichten können. Die Stadt wird dir ganz sicher gefallen. Es gibt dort sehr viele alte Gebäude aus Stein und Holz und sie sind alle liebevoll restauriert."

Dajana konnte sehen, wie Daniels eben noch erwartungsvolles Lächeln verschwand und sich auf seiner Stirn Falten bildeten.

„Aber dann lerne ich an dem Tag ja gar nichts. Ich bin doch hier, um meine Fähigkeiten zu trainieren und nicht, um mir alte Gemäuer anzuschauen."

Dajana wollte schon antworten, doch Marius kam ihr zuvor.

„Oh doch. Du lernst die Stadt kennen. Außerdem ist es für euch beide ganz gut, wenn ihr mal versucht, eure Fähigkeiten nicht einzusetzen. Ihr braucht wirklich eine Pause."

Dajana freute sich über die Idee und sogar Daniel rang sich jetzt ein schwaches Lächeln ab.

„Dann gehört der nächste Nachmittag also dir und du kannst auch endlich einmal etwas mit Daniel unternehmen."

Marius' Miene hellte sich auf.

„Und ich kann endlich mal wieder mehr Zeit mit dir verbringen. Die letzte Woche habe ich dich ziemlich vermisst. Wir haben uns ja nur noch zu den Essenszeiten gesehen."

Schockiert blickte sie ihren Freund an und sah die Trauer in seinen Augen.

Habe ich es übertrieben? Sie war sich dessen nicht bewusst.

„Aber wir haben uns doch abends gesehen, wenn Daniel im Bett war."

Sofort merkte sie, dass diese kurze Zeit nicht reichte, da auch sie durch das Training immer sehr müde wurde und früh ins Bett ging.

Wieso habe ich das nicht gemerkt?

„Ja, stimmt. Aber ich sehe in deinem Gesicht, dass dir gerade eingefallen ist, wie kurz bemessen das immer war."

„Ja, leider. Aber es ist ja nur noch eine Woche, dann kehrt wieder der Alltag ein und wir haben wieder mehr Zeit für uns."

„Da hast du recht. Trotzdem ist mir dieser gemeinsame Ausflug sehr wichtig."

Dajana merkte, dass da noch mehr war, über das er im Moment aber anscheinend nicht reden wollte.

Vielleicht will er das mit mir alleine besprechen. Wieso ist es mir nur nicht aufgefallen, dass er so sehr leidet, während wir trainieren?

Dajana gab sich das Versprechen, es in der nächsten Woche ruhiger angehen zu lassen.

„Okay. Daniel, ich bin derselben Meinung wie Marius. Du solltest dir die Stadt anschauen, sie wird dir gefallen. Außerdem haben wir so einen schönen Nachmittag, und können unsere Kraftreserven wieder etwas aufbauen."

Hand in Hand schlenderten Dajana und Marius durch die Stadt. Daniel hüpfte vor ihnen her. Die alten Häuser schienen ihn doch zu faszinieren. Dajana fiel auf, wie er seine Finger über die Mauern gleiten ließ und seine Fähigkeiten einsetzte, um mehr über deren Zusammensetzung herauszufinden. Sie stupste ihn in den Rücken und sofort unterließ er das Sondieren. Er hob unschuldig beide Hände und zog die Schultern nach oben.

„Ich hab nichts gemacht, was auffallen würde."

„Das ist es ja. Wir hatten gesagt, nicht außerhalb der Scheune! Oder muss ich die Barriere wieder aufbauen?"

„Nein, ist schon gut. Es kam irgendwie ganz automatisch, ich habe nicht darüber nachgedacht."

„Auch das musst du lernen! Von daher war Marius' Idee mit dem Stadtbesuch wirklich gut. Das, was wir haben, ist etwas Besonderes. Wir sollten es immer mit Bedacht einsetzen. Mir ist aufgefallen, dass deine Fähigkeiten heute Morgen schwächer waren, als die letzten Tage. Das zeigt mir, wie stark dich die vergangenen Tage in Anspruch genommen haben."

„Ja, das ist mir auch aufgefallen."

Dajana bekam von Marius einen festen Händedruck.

„Du hast dich auch angestrengt und brauchst etwas Ruhe."

Sie zuckte zusammen, ihr war nicht bewusst gewesen, dass Marius das gemerkt hatte.

„Du merkst das?"

„Natürlich. Ich sehe doch, wie erschöpft du abends immer bist. Ich glaube ihr habt euch beide etwas überanstrengt. Deshalb freue ich mich ja auch so, dass wir heute einen gemeinsamen Nachmittag verbringen. Ohne eure Fähigkeiten. Kommt! Ich lade euch zum Eis ein."

Dajana blieb verwirrt stehen.

„Ich wusste bis eben nicht, dass das Training mich überanstrengt hat", murmelte sie leise.

Wenig später saßen sie in der kleinen Eisdiele und aßen jeder ein großes Eis mit viel Sahne und Schokoladensoße.

Abends saßen Dajana und Marius im Gastraum vor dem Kaminfeuer und unterhielten sich über die vergangene Woche.

„Mir war bis heute nicht bewusst, dass ich dich die letzte Woche über so vernachlässigt habe. Das tut mir leid. Kannst du mir das verzeihen?"

Dajana setzte einen unschuldigen Blick auf und beobachtete Marius. Er zögerte und genau das verursachte Dajana Unbehagen.

„Ist dir denn gar nicht aufgefallen, dass unsere Beziehung zu kurz gekommen ist?"

„Nein. Ich war zu sehr mit Daniels Ausbildung und Training beschäftigt."

Mit Erschrecken sah sie die Tränen in Marius' Augen. Sie wagte es nicht, noch mehr zu sagen. Jedes weitere Wort könnte falsch sein und womöglich das sonst so enge Band zwischen ihnen zerstören.

„Du weißt, dass ich dich liebe. Ich werde immer zu dir stehen. Ich komme nur mit deinen Fähigkeiten nicht klar und ich kann mir einfach nicht vorstellen, warum dich das so fasziniert. Vor allem kann ich nicht verstehen, warum dir diese Sternenkugel so derartig wichtig ist." Leise fügte er hinterher: „Sie scheint dir ja wichtiger zu sein, als ich."

Dajana erschrak.

„Nein! Auf gar keinen Fall! Du bist das Wichtigste in meinem Leben. Aber meine Bestimmung, die Sternenkugel und die Planeten da draußen, gehören nun mal auch dazu."

Dajana hoffte, dass Marius sie verstehen würde. Er nickte.

„Ja. Mein Kopf versteht das auch, aber mein Herz noch nicht. Ich möchte dich nicht mit dieser Sternenkugel teilen."

„Bist du eifersüchtig?"

Marius druckste herum.

„Ja, ich glaube schon."

„Das brauchst du nicht. Ich weiß, wo ich hingehöre und ich verspreche dir noch einmal hoch und heilig, dass ich auf keinen Fall alleine durch ein Portal gehen werde. Nicht ohne deine Zustimmung."

„Die wirst du auch nicht so einfach bekommen."

„Ich weiß." Sie blickte ihm tief in die Augen und gab ihm dann einen Kuss auf die Wange. Marius schob sie weg, er schien noch etwas sagen zu wollen.

„Trotzdem solltet ihr in der nächsten Woche etwas kürzer treten und eure Energie sparen."

„Du hast recht, wie immer. Ich merke erst jetzt, dass mich das ständige Training ganz schön geschafft hat. Was meinst du, wollen wir zusammen den Trainingsplan für die nächste Woche aufstellen? Ich glaube, du kannst ganz gut abschätzen, wann es zu viel wird."

Sie verkürzten die Trainingsstunden und verlängerten die Pausen dazwischen. Marius machte es sichtlich Spaß, gemeinsam mit ihr den Plan zu erstellen.

„Daniel wird das nicht gefallen. Aber ich darf ihn nicht zu sehr fordern. Immerhin ist er noch ein Kind, das darf ich nicht vergessen."

„Richtig. Morgen werdet ihr vormittags nicht trainieren. Dafür öffnen wir am Nachmittag gemeinsam das Portal nach Terranus."

„Das wird ihn freuen. Danke, für deine Hilfe und Unterstützung."

„Ich bin nur um eure Sicherheit besorgt. Das heißt nicht, dass ich damit einverstanden bin."

„Ich weiß. Aber wenn du dabei bist, fühle ich mich sicherer."

Leise näherten sich tapsende Schritte.

„Daniel kommt", flüsterte sie Marius zu.

„Ich kann nicht einschlafen. Darf ich noch ein wenig hier bei euch sitzen?"

Er durfte und kuschelte sich zwischen die beiden unter eine warme Decke. Wenig später fielen auch schon seine Augen zu und er schlief friedlich ein.

„So fühlt es sich also an, ein eigenes Kind zu haben."

„Was?" Verwirrt öffnete Dajana ihre Augen. Sie war kurz davor gewesen einzuschlafen und fragte sich jetzt, ob sie Marius eben richtig verstanden hatte.

Hatten wir nicht eben noch über den Trainingsplan der nächsten Woche gesprochen?

„Ein eigenes Kind?"

„Ja. Das ging mir gerade so durch den Kopf. Was meinst du dazu?"

Dajana sah Marius in die Augen und horchte in sich hinein. Dann schüttelte sie entschieden den Kopf.

„Also, im Moment kann ich mir das so rein gar nicht vorstellen. Ich wollte noch nie Kinder und wenn ich an meine Freundinnen denke… nein, die haben sich alle so verändert und das möchte ich nicht."

Begreift er, dass ich als Hüterin der Erde nicht auf ein Kleinkind aufpassen kann?

Marius Stimme zitterte etwas, als er weiter sprach:

„Bisher habe ich auch noch nicht darüber nachgedacht. Aber jetzt, wo ich sehe, wie du mit Daniel umgehst, und wie viel er uns zurückgibt, kann ich mir sehr gut vorstellen, mit dir ein Kind zu haben."

Dajanas Herz hörte für einen kurzen Moment auf zu schlagen, setzte dann aber doch, wenn auch holprig, wieder ein. Sie dachte an die Sternenkugel, die geplante Reise durch die Galaxie und an ihre Bestimmung.

Ist das mit einem Kind möglich? Oder muss ich dann alles aufgeben? Könnte ich das? Die Antwort auf diese Frage kannte sie noch nicht.

„Ich glaube, im Moment bin ich noch nicht so weit. Vielleicht später. Der Gedanke an ein eigenes Kind ist noch so neu für mich. Und ich weiß nicht, ob er mit meiner Bestimmung als Hüterin des Portals in Einklang zu bringen ist."

„Ja, deine Bestimmung geht dir über alles, ich weiß."

Marius klang beleidigt.

„Vielleicht ist es wirklich der falsche Zeitpunkt. Aber ich werde nicht ewig warten."

Sie blickten sich an und Dajana meinte, sogar Verständnis in Marius' Augen zu erkennen, aber vielleicht bildete sie sich das auch nur ein. Sie war jedenfalls froh darüber, Marius zu haben. Gemeinsam trugen sie den inzwischen tief schlafenden Daniel in sein Bett zurück und legten sich dann auch selbst schlafen.

Am nächsten Mittag gingen sie zu dritt in die Scheune und ließen ihr verwirrtes Personal alleine im Gastraum zurück. Natürlich fragten sich ihre Angestellten schon längst, was Dajana und Daniel den ganzen Tag über in der Scheune machten. Doch Dajana hatten den Gerüchten vorgebeugt und erklärt, dass sie Daniel Nachhilfe gab. Nicht nur in Sprache und Mathematik, sondern auch in Chemie, Physik und Sport.

Dass die Scheune tabu war, hatte Dajana ihnen schon lange vorher gesagt und sie hielten sich daran. Auch hatte noch keiner von ihnen versucht, hineinzuschauen. Heute allerdings steigerte sich ihre Neugier. Dajana spürte förmlich, dass sie ihnen hinterher blickten und sie hörte sie leise tuscheln. Bisher war Marius zumindest immer in der Raststätte oder in seinem Büro. Heute war das anders und das ließ sie natürlich aufhorchen.

Marius war das erste Mal wieder in der Scheune und staunte nicht schlecht. Er erkannte sofort ein paar Stellen, die repariert werden mussten, dennoch wirkte alles sehr ordentlich.

„Räumt ihr etwa jeden Tag auf?"

„Das gehört doch zum Training. Darf ich es zeigen?"

„Ja. Marius darfst du alles zeigen. Vielleicht ist es sogar ganz gut, wenn du vorher noch etwas mit deinen Fähigkeiten trainierst. Dann bist du schon etwas erschöpft, wenn wir das Portal öffnen."

Daniel platzte fast vor Stolz und grinste breit.

„Das bisschen Aufräumen wird mich nicht schwächen."

Da bewegte sich auch schon der Besen von der hinteren Ecke bis zur Mitte der Scheune. Aus einer anderen kam das Kehrblech heran und aus der dritten die Mülltonne. Das war Dajanas Idee, die Aufräumgeräte in verschiedenen Ecken zu lagern.

„Wow!", staunte Marius.

Nur Dajana erkannte, dass Daniel unterschiedliche Fähigkeiten einsetzte, um die Gegenstände zueinander zu bringen. Nur sie sah, dass es Daniel anstrengte und dass man ihn im Moment lieber nicht stören sollte. Es war eine gute Idee, ihn vor der Aktivierung der Sternenkugel noch ein wenig seine Fähigkeiten nutzen zu lassen. So wurde er sich ihrer noch einmal bewusst und war hoffentlich geschwächt genug, um nicht auf die dumme Idee zu kommen, sich gegen Zarteus aufzulehnen.

Marius applaudierte und Daniel verbeugte sich übertrieben. Er strahlte über das ganze Gesicht und wirkte glücklich und zufrieden. Dajana spürte, dass er jetzt deutlich ruhiger und entspannter war. Vorher war er ziemlich aufgeregt.

Voller Würde schritt Dajana in den Käfig und Marius schloss hinter ihr die Tür ab.

Ich bin gefangen.

Der Gedanke beunruhigte sie und bevor Panik in ihr aufsteigen konnte, sprach sie sich selber Mut zu. Es wäre ein Leichtes für sie, aus dem Käfig zu entkommen. Der Käfig hatte mehr symbolischen Charakter. So konnte sie sich schneller daran erinnern, dass es noch eine Grenze zwischen der Sternenkugel und der Erde gab und die durfte nicht ohne ihre Erlaubnis überschritten werden.

Wie verabredet standen Daniel und Marius auf der anderen Seite. Außerhalb vom Käfig und getrennt von der Sternenkugel. Es fühlte sich gut an, beide in Sicherheit zu wissen. Sie wusste, dass Marius auf Daniel aufpassen würde. Ebenso, wie sie wusste, dass er auch immer über sie wachen würde.

Dajana ahnte, dass Daniel jetzt nur zu gerne bei ihr wäre. Ihr war auch bewusst, dass er jetzt womöglich alles dafür geben würde, die Sternenkugel anfassen zu dürfen. Am liebsten würde er sie selber aktivieren, ein Portal öffnen und dann die Galaxie betrachten. Doch das hätte sie nie zugelassen. Sie wusste um die trügerische Macht der Sternenkugel und auch, wie stark ihr Bann sein konnte.

Dajana aktivierte die Sternenkugel und Sekunden später schwebte sie majestätisch in der Mitte des Käfigs. Ihr Blau strahlte etwas Beruhigendes aus und sie zog sogar die beiden Männer außerhalb des Käfigs in ihren Bann. Sie selbst widerstand der Wirkung inzwischen. Sie hatte sie oft genug aktiviert, um sie nicht mehr als etwas Besonderes wahrzunehmen. Sie hatte sich daran gewöhnt und automatisch unterdrückte sie ihren Bann. Daniel musste das erst noch lernen, das wusste sie. Deshalb war es gut, dass er nicht im Käfig stand.

Dajana ging jetzt langsam auf Marius und Daniel zu. Sie starrten die strahlende Sternenkugel an und waren ihr voll und ganz ergeben. Es wunderte Dajana ein wenig, dass sogar Marius jetzt scheinbar ihrem Bann unterlag.

„Hey", sie umfasste Marius' Hände. Sofort spürte sie, wie er zusammenzuckte und sie wenig später verwirrt anschaute.

Menschen ohne Fähigkeiten unterlagen diesem Bann normalerweise nicht, deshalb wurde Dajana stutzig über Marius' Verhalten.

Hat Marius etwa doch Fähigkeiten?

Sie erinnerte sich daran, dass die Sternenkugel auf ihren Freund Peter gar keine Wirkung gehabt hatte. Auch bei Marius schien die Wirkung jetzt erst entstanden zu sein.

Haben sich seine Fähigkeiten etwa jetzt erst entwickelt? Oder sind sie so schwach, dass ich sie nicht spüren kann?

Menschen mit Fähigkeiten wurden scheinbar stärker in ihren Bann gezogen und schienen empfänglicher für ihre Rufe. Aus genau diesen Gründen reagierte Daniel auch überhaupt nicht auf Berührungen. Dajana fühlte, wie die Sternenkugel mit ihm kommunizierte, seine Augen zuckten von rechts nach links und er hatte ein zufriedenes Lächeln auf den Lippen. Wie beim ersten Mal schien es ihn zu überwältigen.

„Es reicht erst einmal", flüsterte Marius und Dajana deaktivierte die Sternenkugel.

Sie schrumpfte auf die Größe einer Glasmurmel zusammen und fiel leise klickernd zu Boden. Unverzüglich löste sich Daniel aus seiner Starre.

„Warum? Da ist so viel Wissen, ich muss das alles erforschen. Wir können so viel lernen. Es ist so unsagbar schön. Ich will unbedingt durch ein Portal!"

„Später. Nicht alles auf einmal", beruhigte Marius ihn.

Dajana wusste, dass Marius recht hatte.

„Es stimmt. Wir sollten eine kleine Pause einlegen. Du darfst dich ihr nicht komplett hingeben, sonst benutzt sie dich und raubt dir deine gesamte Energie. Versuche deine Fähigkeiten einzusetzen und schau, ob es noch so geht wie vorhin."

„Warum sollte es nicht gehen?"

„Versuch es einfach, du wirst es schon merken."

Daniel konzentriert sich und schien seine kleine Übung von vorhin wiederholen zu wollen. Doch nichts passierte. Weder der Besen, noch das Kehrblech oder die Mülltonne bewegten sich.

„Mist! Es geht nicht mehr", fluchte er.

„Die Sternenkugel zieht dich in ihren Bann und zehrt von deiner Energie. Das musst du verhindern. Ich werde dir gleich zeigen, wie das geht."

„Warum hast du mir das nicht gleich gezeigt?"

„Du hättest es mir nicht geglaubt. Und jetzt ist es einfacher für dich, weil du genau weißt, was passiert. Bau einfach einen kleinen Schutzschild um deine Gedanken und lass die Sternenkugel nicht in deinen Kopf hinein."

„Aber dann bekomme ich doch keine Informationen mehr über die anderen Planeten und die Galaxie."

„Doch. Du machst einfach eine kleine Tür auf und holst dir das, was du möchtest. Wollen wir es ausprobieren?"

„Ja. Ich will es versuchen."

Dajana hob die Glasmurmel vom Boden auf, sie war fast glühend heiß. Sie forderte ihre Aktivierung und wollte scheinbar den Kontakt zu den anderen Sternenkugeln wieder aufnehmen. Sofort als Dajana daran dachte, schwebte sie auch schon empor. Dajana schaute auf die blaue Sternenkugel, sie widerstand ihr und war glücklich darüber.

Sie schaute zu Marius und Daniel. Marius hatte sich dieses Mal besser unter Kontrolle. Er kniff die Augen, aber er lag nicht im Bann der Sternenkugel. Daniel schon. Sein aufgerichteter Schutz war noch nicht kräftig genug, das merkte Dajana sofort.

„Daniel, du musst deinen Schild stärken, er ist zu schwach", rief sie ihm zu. Wenig später war sein Schild kräftig genug. „So ist es gut. Schaffst du das auch, wenn ich gleich das Portal nach Terranus öffne?"

„Auf jeden Fall! Es fällt mir jetzt schon viel leichter. Gut, dass wir Schutzschilde geübt haben. Ich kann es jetzt kaum noch erwarten, ein offenes Portal zu sehen."

Die Worte schienen aus ihm herauszusprudeln.

„Okay! Dann werde ich gleich das Portal nach Terranus öffnen. Marius, bist du bereit?"

„Ja. Es kann losgehen."

Dajana hoffte, dass Marius Daniel wirklich aufhalten konnte.

Kann er es schaffen?

Sie drehte sich noch einmal um und sah, dass Marius' kräftige Armmuskeln unter seinem engen T-Shirt hervortraten. Auch Daniel war angespannt.

Kann Marius ihn wirklich aufhalten?

Sie bezweifelte es. Sie wusste, wie stark Daniels Fähigkeiten waren. Verglichen mit ihr war er um einiges stärker. Zwar noch untrainiert, aber er hatte weit mehr Potenzial. Er bräuchte nur einmal mit dem Finger zu schnippen und Marius würde am Boden liegen. Das war Dajana bewusst und sie hoffte, dass das nicht passieren würde.

Hoffentlich weiß ich, worauf ich mich da eingelassen habe. Es ist eigentlich noch zu früh. Daniel hat sich noch nicht komplett unter Kontrolle. Doch ich kann seinen Wunsch nachvollziehen, und will ihm das nicht verwehren.

Weder Marius noch Dajana bekamen mit, wie Daniel leise und mithilfe von etwas Windkraft das Schloss der Gittertür öffnete. Ganz ohne Schlüssel, so leise, dass es nicht einmal eine Maus gehört hätte.

Dajana legte jetzt beide Hände auf die aktivierte Sternenkugel, dann dachte sie an Terranus. Der Planet schwebte auf sie zu, die üblichen Informationen von ihm tauchten auf und sie schickte sie an Daniel weiter. Das hätte sie nicht zu machen brauchen, denn Daniel erhielt diese Informationen ebenfalls von der Sternenkugel. Doch sie wollte wichtige Informationen verstärken und Kleinigkeiten ergänzen.

Plötzlich hörte sie Geräusche hinter sich und widerstand dem Drang, sich danach umzudrehen. Sie wollte erst das Portal öffnen, die Sternenkugel schrie förmlich danach. Sie wollte Daniel Terranus zeigen und ihm Zarteus vorstellen, dann würde sie sich um das Geräusch kümmern.

DANIEL!

Erschrocken erkannte sie, dass die Geräusche von der sich öffnenden Gittertür stammten. Das konnte nur Daniel gemacht haben.

Wieso habe ich das übersehen? Er hat das Schloss einfach mit seinen Fähigkeiten geöffnet!

Sie kam erst dazu, nach hinten zu blicken, als sich das Portal nach Terranus komplett geöffnet hatte.

„Dajana!"

Marius wollte sie warnen, er hielt Daniel an den Schultern fest. Doch der schüttelte sich nur kurz. Er hatte sich mittels seiner Fähigkeiten Unterstützung geholt.

Er ist wirklich gut!

Erschrocken musste sie mit ansehen, wie Marius mit schmerzverzerrtem Gesicht auf dem Boden landete.

Die Tür des Käfigs stand weit offen. Marius lag auf dem Boden und rieb sich seine Hände. Daniel hingegen befand sich schon fast neben ihr. Es trennten ihn nur noch wenige Schritte bis zum Portal. Sie sah wilde Entschlossenheit in seinen Augen aufblitzen.

Ich muss das verhindern. Er darf hier nicht durch!

„Nein! Wir dürfen nicht hindurch treten. Es ist noch zu früh. Du bist noch nicht so weit. Bleib stehen!"

Dann fiel ihr auf, dass sein Schutzschild erloschen war. Er befand sich vollständig unter dem Einfluss der Sternenkugel. Er lag in ihrem Bann und wurde regelrecht nach Terranus gezogen. Sie musste das verhindern. Um jeden Preis. Dajana baute sich vor dem Portal auf, sie musste ihre Position verteidigen. Sie trug die Verantwortung für die Erde und die Sternenkugel.

Daniel stoppte und schaute sie an. In seinen Augen sah sie Zorn, Hass und Wut. Dajana atmete tief ein und spannte ihre Muskeln an. Ihre Sinne gewannen an Schärfe und sie spürte, dass Zarteus auf dem Weg zu ihnen war. Erleichterung machte sich bei ihr breit. Aber es war ihr auch peinlich, dass sie Daniel scheinbar nicht richtig vorbereitet hatte.

Auch Daniel musste bemerkt haben, dass Zarteus da war, denn sein Blick veränderte sich. Dajana hörte Zarteus in ihren Gedanken sprechen und wusste, dass auch Daniel ihn hören konnte. Marius war für Zarteus nicht wichtig. Er ignorierte ihn, da er in seinen Augen eine niedere Lebensform war. So war es bei ihrer ersten Begegnung und so würde es immer sein.

„Hallo Daniel! Hallo Dajana! Ich grüße euch von Terranus. Daniel, es freut mich, dich endlich persönlich kennenzulernen. Doch du musst als Erstes lernen, dich nicht von der Sternenkugel gefangen nehmen zu lassen. Ich sehe, Dajana hat dir schon ein wenig beigebracht hat. Das ist gut. Achte darauf, dass dein Schutzschild immer aktiviert ist. Im Moment ist er es nicht und deshalb hat dich die Sternenkugel unter Kontrolle. Nichtsdestotrotz seid ihr beide noch nicht soweit, durch das Portal zu treten, um andere Planeten zu besuchen."

Daniel stellte sich kerzengerade auf.

„Doch. Ich bin bereit."

Er sprach lauter als sonst und ging einen weiteren Schritt auf Dajana und das Portal zu. Dajana atmete tief ein und baute einen Schutzschild vor sich und der Sternenkugel auf. Sie würde Daniel nicht durch das Portal lassen. Sie wusste, dass Zarteus auf ihrer Seite war und genauso dachte.

Zarteus war innerhalb ihres Schutzschildes gefangen. Er konnte ihn aber, wenn ihm danach war, durchdringen. Marius hatte sich wieder aufgerappelt und stand jetzt direkt hinter Daniel. Sie wusste, er würde weiterhin versuchen, ihn aufzuhalten. Auch wenn er erneut auf dem Boden landen würde. Doch das war nicht notwendig, denn Zarteus schob sich zwischen sie und Daniel.

„Daniel, lass dich von der Sternenkugel nicht so stark beeinflussen. Das ist wichtig! Du musst dir bewusst werden, wo deine Heimat ist. Die Erde muss von euch beschützt werden. Solltet ihr durch das Portal gehen, darf die Sternenkugel nicht ungeschützt auf der Erde bleiben! Ihr hättet sonst ein über längere Zeit offenes Portal. Gefährliche Planeten könnten das ausnutzen. Dajana weiß das. Es ist schon passiert. Und auch du weißt davon."

Dajana erinnerte sich noch gut daran, als sie das erste Mal vor einem geöffneten Portal stand und nicht wusste, was sie zu tun hatte. Daniel hatte bestimmt eine Menge davon mitbekommen. Was genau, wusste sie jedoch nicht. Sie hörte wieder Zarteus Stimme, dieses Mal klang sie bestimmter. Und leicht verärgert.

„Willst du das wirklich? Willst du, dass die Erde von Dämonen heimgesucht wird? Die Menschheit versklavt oder gänzlich ausgerottet wird? Denk mal an deine Familie und an deine Freunde."

Danke Zarteus.

„Nein. Das wird nicht passieren. Nicht, wenn wir das Portal offenlassen. Ich will doch nur einmal kurz hindurch und gleich wieder zurück. Dajana kann hier bleiben und auf die Erde aufpassen. Bitte! Es wird nichts passieren."

Daniels Augen leuchteten und er trat noch einen weiteren Schritt auf Zarteus, Dajana und das Portal zu, bevor er wieder das Wort ergriff:

„Ich kann dich spüren. Du bist irgendwie Luft, aber ich merke, wie du dich veränderst. Deine Masse wächst an und du willst mich aufhalten. Das spüre ich genau."

Dajana sah Daniels erstaunten Blick. Er kniff die Augen zusammen, wahrscheinlich um mehr erkennen zu können. Doch da war nichts. Zarteus konnte man nur spüren, das wusste sie, sie hatte ihn ausgiebig gescannt.

„Was bist du genau?"

Daniels Neugier war geweckt. Der Wille nach Terranus zu gehen, schien nicht mehr so groß zu sein.

„Ich bin Energie. Eine höher entwickelte Lebensform. Von mir aus auch ein Außerirdischer. Soll ich dir ein Geheimnis verraten?"

Zarteus rückte näher an Daniel heran. Dajana bemerkte das, weil sich die feinen Härchen auf Daniels Armen aufstellten. Das schien ihn zu ängstigen, denn er baute um sich herum einen elektrisch geladenen Schutzschild auf, sodass Zarteus zurückwich. Daniel grinste.

„Ich habe mich gegen eine fremde Rasse behauptet!"

In gewisser Weise war Dajana stolz auf ihren Schüler. Immerhin war es seine eigene Idee, den Schutzschild mit Energie aufzuladen.

„Jetzt das Geheimnis", sagte er fordernd.

Dajana schmunzelte. Sie wusste, Zarteus würde lächeln, wenn er könnte. Er prüfte gerade, wie weit er bei Daniel gehen konnte. Wie stark sein Wille war und wie gut er seine Fähigkeiten unter Kontrolle hatte. Dasselbe hatte

Dajana auch erleben müssen. Sie wusste, Zarteus ließ ihn bewusst in dem Glauben, dass er die Oberhand hatte. Was allerdings zu keiner Zeit so war.

„Dajana war auch noch nicht auf der anderen Seite."

Zarteus sprach ruhig und langsam.

„Stimmt das?"

Dajana nickte.

„Ja. Ich war auch noch nicht auf Terranus. Auch nicht auf einem der vielen anderen Planeten. Ich kann die Erde nicht ohne passende Bewachung zurücklassen."

Daniel hatte sofort eine einfache Lösung parat.

„Dann gehe ich jetzt durch das Portal und du passt solange auf die Erde auf! Zarteus kann mir dann auf Terranus alles zeigen und ich würde richtig was erleben. Außerdem kann ich da bestimmt noch mehr lernen."

Er hätte womöglich noch weiter geredet, doch Marius hatte es geschafft, Daniel an der Schulter zu packen und somit seinen wirklich schwachen Schutzschild durchdrungen. Verwirrt blickte Daniel sich um.

„Ich dachte, dass er stark genug ist. Marius, wie hast du ihn so einfach überwinden können? Mist, dann war mein Schutzschild wohl doch zu schwach. Dann habe ich Zarteus gar nicht in die Schranken gewiesen?"

„Stimmt! Das war ein kleiner Test. Aber du brauchst keine Angst vor mir zu haben. Jetzt kannst du mich weiter scannen, wenn du möchtest."

„Scannen? Warte, das kann ich auch?"

„Oh ja. Hat dir Dajana das noch nicht gezeigt?"

„Nein." Daniel schaute Dajana fragend an.

„Ich sah es noch nicht als wichtig an. Außerdem finde ich es gut, wenn du durch deine eigenen Ideen oder auch Fehlversuche deine Fähigkeiten kennenlernst. Zarteus wird es dir zeigen."

Daniels Augen weiteten sich und seine Knie zitterten.

„Du bist ein mächtiges Wesen. Ich habe deiner Kraft nichts entgegenzusetzen. Wie konnte ich denken, ich könnte dich mit meinem einfachen Schutzschild aufhalten."

Das Zittern seiner Beine nahm weiter zu. Er musste bald am Ende seiner Kräfte sein. Dann sackte er zu Boden. Doch er wurde von Marius aufgefangen und sanft auf den Boden gelegt.

„Zarteus? Ich glaube, wir schließen das Portal wieder. Es war anstrengend genug."

„Oh ja, das glaube ich auch. Ihr solltet die nächste Woche weiter mit Training verbringen. Ich glaube, der Junge macht sehr gute Fortschritte und wird dir irgendwann ebenbürtig sein. Wenn nicht sogar stärker. Woher hat er das mit dem elektrisch geladenen Schutzschild?"

Dajana kicherte.

„Ich glaube, er hatte denselben Gedanken wie ich. Mein Schutzschild hat so einiges an Zusätzen erhalten und Daniel sieht ihn jedes Mal beim Trainieren. Manchmal variiere ich ihn mit ein paar neuen Fähigkeiten und Daniel scheint das inzwischen auch gerne zu machen. Auch ich habe in dieser Woche viel gelernt."

„Ihr müsst mir eines versprechen. Ich bin zwar nicht für die Erde zuständig, aber irgendwie fühle ich mich euch verbunden. Du hast mir erzählt, dass Daniel die Zeit beeinflussen kann. Hast du das auch schon ausprobiert?"

Dajana schüttelte entschieden den Kopf.

„Nein. Das ist viel zu gefährlich und ich empfinde es als falsch."

„Genau. Das musst du auch Daniel sagen. Er darf diese Fähigkeit nicht einsetzen. Das kann unabsehbare Folgen haben. Du hast sicherlich schon gemerkt, dass das auf dich keinen Einfluss hat. Es hat auf alle Menschen mit Fähigkeiten keinen Einfluss. Vielleicht auf die, mit sehr stark ausgeprägten Fähigkeiten. Doch das reicht schon aus. Du weißt nicht, wer in dem Moment auf der Erde gerade etwas mitbekommt und diesen Zustand eventuell ausnutzt. Noch schlimmer wäre es, wenn dieser unbekannte Jemand diese Fähigkeit kopieren würde, sie einsetzt und zu seinem Vorteil nutzt. Das würde Chaos bedeuten."

Dajana lief ein eiskalter Schauer über den Rücken. Daniels Augen waren weit aufgerissen. Er schien langsam zu begreifen, dass sie nicht alleine waren und ihre Fähigkeiten nicht nur Vorteile brachten.

„Auf jeden Fall müssen wir sehr vorsichtig sein. Gibt es denn noch mehr Menschen auf der Erde, die ähnliche Fähigkeiten haben wie wir?"

Zarteus kam etwas näher und umhüllte Dajana.

Dajana wusste, dass er die Erde scannte, und sie ließ es zu.

„Es gibt noch mehr, aber ihr müsst sie selber finden oder sie finden euch. Ihr beiden seid die stärksten unter ihnen, das fühle ich deutlich. Ich kann nicht die gesamte Erde scannen, das war jetzt nur oberflächlich."

„Gut. Vielleicht werden wir sie früher oder später treffen. Jedenfalls hoffe ich das, sie könnten uns bei der Verteidigung des Portals nützlich sein."

„Ihr solltet eure Stammbäume und die eurer Vorfahren überprüfen. Vielleicht könnt ihr so herausbekommen, woher ihr eure so kräftigen Fähigkeiten habt. Womöglich habt ihr gemeinsame Vorfahren. Es ist gut möglich, dass auch Martha über einige Ecken mit euch verwandt war."

Dajana wusste schon, wo sie zu suchen anfangen würde. Ihre Eltern waren sehr stolz auf die vollständige Familienchronik. Sie reichte mindestens zehn Generationen zurück. Hoffentlich fand sie in ihr auch die benötigten Informationen. Aber was wäre, wenn die Chronik gefälscht war? Ein Schauer lief über ihren Rücken. Wenn die Chronik gefälscht war, könnte das unter Umständen einen erneuten Familienstreit entfachen. Das wollte sie nicht, sie verstanden sich gerade so gut. Sie musste also vorsichtig sein und eventuelle Auffälligkeiten für sich behalten.

Dann dachte sie an Daniels Vorfahren und an Martha. Beide hatten Fähigkeiten und die mussten von irgendwo hergekommen sein. Daniels Stammbaum war leicht zu bekommen, doch der von Martha?

Wie komme ich an ihren Stammbaum? Marius!

Der Gedanke schoss ihr durch den Kopf. Immerhin war Martha mit Marius' Mutter verwandt und vielleicht hatte sie beim Aufräumen der Raststätte eine Familienchronik oder Ähnliches gefunden.

Dajana sah, wie Marius neben Daniel hockte und schützend seine Hände auf ihn legte. Sie spürte etwas Neues und fragte sich, warum ihr das nicht schon früher aufgefallen war.

Konnte das sein? Was kann er?

„Ja!" Sie hörte Zarteus' Stimme und hätte fast laut aufgeschrien, so sehr hatte sie sich erschrocken.

Marius schaute sie mit hochgezogenen Augenbrauen an und die sonderbare Stimmung war weg. Doch Dajana hatte es gespürt. Ihr Marius hatte auch Fähigkeiten! Er selber war sich dessen nicht bewusst. Sie waren auch nur schwach, aber er hatte welche! Dajana wusste sofort, dass er sie nur von Martha haben konnte.

Wie viele gibt es noch?

Sie wusste keine Antwort darauf. Dann hörte sie Zarteus wieder.

„Er wird es nicht wahrhaben wollen. Es ist besser, du erzählst es ihm nicht. Jedenfalls noch nicht. Irgendwann kommt die richtige Zeit und er versteht es."

Sie konnte Marius' Fähigkeiten jetzt genauer einschätzen und wusste, dass sie nur schwach waren. Sie schienen sich nur auf das Beschützen zu beschränken.

Noch weiß er nicht, dass er sie überhaupt hat. Ich sollte ihn erst einmal in diesem Glauben lassen. Er würde mir wohl sowieso nicht glauben.

Dajana war erstaunt darüber, dass es Menschen mit nur einer ausgeprägten Fähigkeit gab. Das war ihr bisher nicht bewusst.

„Daniel? Dajana? Ich werde mich jetzt zurückziehen und wünsche euch noch einen entspannten Tag. Ich glaube, für heute gab es Aufregung genug. Gebt die Suche nach anderen Menschen mit Fähigkeiten nicht auf und trainiert so weiter, wie bisher. Dann werdet ihr irgendwann durch das Portal treten können, um Terranus zu sehen. Ich werde euch bei euren ersten Schritten begleiten und die Terraner natürlich auch."

„Mach es gut, Zarteus. Wir sehen uns schon bald wieder."

Daniel saß noch immer geschwächt auf dem Boden und wurde von Marius gestützt und beschützt. Aber er hob seine Hand zum Gruß.

„Tschüss!"

Oh ja, wir haben heute viel erlebt und noch viel mehr gelernt.

Sie spürte, wie Zarteus nach Terranus zurückging, sofort konnte sie freier atmen. Es missfiel ihr, wenn er hier auf der Erde war. Doch sie musste sich daran gewöhnen. Dann schloss sie mit einem kurzen Gedanken das Portal, deaktivierte die Sternenkugel und ging zu Daniel und Marius. In der Scheune war es jetzt merklich dunkler, deswegen schaltete sie das Deckenlicht ein.

Marius machte einen erschöpften Eindruck, er stützte sich auf seine Oberschenkel.

„Ich hätte nicht gedacht, dass Daniel mich so kräftig zu Boden werfen kann. Obwohl ich es eigentlich von dir hätte wissen müssen. Aber so viel Kraft und so ein kleiner Junge?"

Dajana lächelte. Sie wusste, dass seine Erschöpfung nicht nur von dem Sturz herrührte, sondern auch, weil er unbewusst seine ihm unbekannten Fähigkeiten eingesetzt hatte.

„Es ist aber auch ein ganz besonderer Junge. Da ist es doch wohl klar, dass du ihn nicht aufhalten kannst."

„Stimmt. Ich bin wirklich froh, dass Zarteus uns geholfen hat."

„Da stimme ich dir zu. Zwar hätte ich ihn auch aufhalten können, aber Zarteus war schneller. Ich hätte es mir nie verzeihen können, wenn Daniel etwas passiert wäre."

„Oh ja. Stell dir vor, wie seine Eltern reagiert hätten, wenn wir ihnen erklärt hätten, dass sich ihr geliebter Sohn auf einem fremden Planeten befindet und ihm dort etwas passiert ist. Sie hätten uns für verrückt erklärt."

„Ja, das stimmt. Für Daniel war dieser erste Schritt notwendig. Jetzt weiß er, was auf ihn zukommt und er kann beim nächsten Mal bewusster reagieren. Es war wichtig, dass er die Macht der Sternenkugel selber gespürt hat. So hat er gelernt, dass er nicht überheblich sein darf. Vor allem weiß er jetzt, dass er im Vergleich zu anderen Lebensformen sehr schwach ist und sie sorgsam scannen sollte, bevor er sich mit ihnen anlegt."

Dajana sah aus den Augenwinkeln, dass Daniel mit gierigem Blick die Sternenkugel fixierte. Entschieden schüttelte sie den Kopf, hob die Glasmurmel auf und legte sie zurück in die kleine Schachtel. Sicher verstaut, verschwand sie in ihrer Hosentasche und ein Schutzschild baute sich auf.

„Kämpfe dagegen an! Du darfst dich nicht von ihr fesseln lassen und musst immer die Kontrolle behalten. Für heute haben wir genug erlebt. Lasst uns zurück in die Raststätte gehen."

Daniel nickte, aber seine Augen drückten etwas anderes aus. Dajana entschied, die Sternenkugel ein paar Tage im Tresor zu belassen. Das würde ihr selbst zwar auch schwer fallen, aber es war sicherer. Daniel konnte sich noch nicht so gut beherrschen. Sie mochte gar nicht daran denken, was passieren würde, wenn er sie sich heimlich nahm, um ein Portal zu öffnen. Vielleicht würde sie es rechtzeitig mitbekommen. Aber war sie sich da sicher? Nein! Niemand außer ihr durfte die Sternenkugel aktivieren. Sie war dafür verantwortlich. Sie war die neue Hüterin. Daniel würde diese Aufgabe irgendwann von ihr erben. Aber er war noch lange nicht bereit dafür, denn er musste noch viel lernen. Vor allem musste er erwachsen werden.

Die zweite Woche verging wie im Flug. Als Daniel von seinen Eltern abgeholt wurde, kam es Dajana vor, als wäre er gerade erst angekommen.

Wir haben doch nicht etwa die Zeit beeinflusst?

Nein, hatten sie nicht. Da war sie sich sicher. Zarteus hatte ihr und auch Daniel eingebläut, die Zeit nur in absoluten Notfällen zu beeinflussen. Nur wenn es um das Wohl des Planeten und der darauf lebenden Kultur geht. Selbst dann barg es hohe Risiken.

Sollte die Zeit über einen längeren Zeitraum eingefroren werden, so konnte das zu Körperschädigungen bei den Lebensformen kommen. Von den nicht unerheblichen psychischen Belastungen mal ganz abgesehen. Bei ganz kurzen Zeitspannen würde das nicht weiter auffallen, aber bei einer längeren Zeit? Diese Fähigkeit hatte Dajana bei Daniel extra stark blockiert. Es war besser so und auch sicherer.

Dajana musste an Zarteus' Worte denken. Er hatte gesagt, dass es auf der Erde noch mehr Menschen mit Fähigkeiten gab. Sie dachte an das erste Mal, bei dem Daniel ihr durch einen Zufall gezeigt hatte, wie man die Zeit anhält. Diese anderen Menschen, die auch Fähigkeiten hatten, mussten das doch auch gemerkt haben, oder? Da jagte ihr ein Gedanke durch den Kopf.

Dann muss auch Marius etwas gemerkt haben! Nein! Marius' Fähigkeiten können damals noch nicht aktiv gewesen sein, sonst hätte er doch was gesagt.

Dajana überlegte, ob sie auch Marius' Fähigkeiten unterdrücken sollte.

Nein, das wäre nicht fair.

Zu gegebener Zeit würde sie mit ihm sprechen. Noch war er nicht bereit dafür.

Marius hatte in der vergangenen Woche ein Mal beim Training zugeschaut, sich dann aber schnell wieder zurückgezogen. Dajana wusste, dass es für ihn sehr komisch war, ihnen beim Training zuzuschauen. Mitzuerleben, wie sich Dinge scheinbar durch Geisterhand in Bewegung setzen. Noch dazu von einem kleinen Jungen. Zu sehen, wie Daniel eine Eiskugel schweben lässt und Dajana sie mit Feuerbällen bombardiert. Dazu Rauchwolken, die daran erinnern, dass das Ganze wirklich gefährlich ist.

Kopfschüttelnd hatte er sich danach von ihnen verabschiedet. Dajana hoffte, dass er sich irgendwann einmal daran gewöhnen würde, denn zu ihrem Leben gehörte das einfach dazu.

Genau in dem Moment hatte Dajana gemerkt, dass er noch nicht bereit dazu war, seine Fähigkeit als Beschützer zu akzeptieren. Auch wenn sie nur schwach war, sie war deutlich vorhanden. Und sie wurde stärker, je öfter er sich einsetzte. Wenn auch unbewusst.

Von nun an fühlte Dajana seine Fähigkeit jeden Tag. Sie wollte genauer auf ihn achten. Ihr war jetzt auch klar, warum sie Marius unbedingt mit auf ihre Reise durch das Portal nehmen musste. Er würde sie beschützen. Überall und vor allen Gefahren. Doch er musste das erst einmal selber begreifen und akzeptieren. Sie wusste, dass das schwierig werden würde.

Familientreffen

Dajana saß mit Marius und ihrem Bruder Tim im Flugzeug. Sie waren auf dem Weg nach Deutschland. Es stand ein Familienbesuch bei Dajanas Eltern und Mirko, ihrem anderen Bruder, an. Dajana hatte dieses Treffen lange hinausgezögert, doch jetzt freute sie sich. Nicht zuletzt wollte sie etwas mehr über ihre Fähigkeiten herausfinden und sie hoffte, dass sie in der Familienchronik etwas darüber finden würde.

Eine schwarze Limousine holte sie ab und brachte sie zu Dajanas Elternhaus. Viel zu lange war sie nicht mehr hier gewesen. Sie sah sofort, was sich alles verändert hatte. Der Kontakt zu ihren Eltern hatte sich zwar weiter verbessert, dennoch lag der letzte Besuch schon lange zurück. Jetzt stand sie glücklich vor der großen Villa, genoss die warmen Sonnenstrahlen und lächelte zufrieden.

Nach einem gemeinsamen Mittagessen stöberte Dajana in der alten Familienchronik. Ihr Vater zeigte ihr stolz den lückenlosen Stammbaum. Es freute ihn, dass Dajana sich dafür interessierte, auch wenn er nicht wusste, warum.

Dajanas Eltern wussten noch nicht, dass sie Fähigkeiten hatte und die Hüterin des Portals geworden war. Es würde eher schlecht zu diesem perfekten Stammbaum passen, den sie gerade vor sich hatte. Viele Adelstitel waren darunter, hauptsächlich von der Seite ihres Vaters. Sie fühlte sich aber eher zur Seite ihrer Mutter hingezogen. Irgendetwas kam ihr merkwürdig vor. Andächtig versuchte sie herauszufinden, was sie in der Liste störte.

Da waren ihre Mutter und ihr Vater. Darüber standen jeweils entsprechend die Eltern und auch deren Eltern. Doch mit dem Vater ihrer Mutter stimmte etwas nicht. Es war nur so ein Gefühl, mehr nicht. Er passte nicht ins Bild. Dajana schob den Gedanken erst einmal beiseite. Vorläufig wollte sie herausfinden, von welchem Elternteil sie ihre Fähigkeiten hatte.

Kann ich das überhaupt? Müsste dann nicht einer von ihnen wenigstens ein winziges Anzeichen einer Fähigkeit haben? So wie Marius?

Doch sie fand bei ihren Eltern keinerlei Anzeichen. Stattdessen kam eine alte Erinnerung hoch. Fast hatte sie dieses traurige Erlebnis ihrer Kindheit vergessen. Um ihren Gedanken auf die Sprünge zu helfen und die

Erinnerungslücken zu füllen, musste sie in ihre alten Tagebücher schauen. Damals hatte sie es nicht verstanden. Doch jetzt schloss sich eine Erinnerungslücke und ihr Verdacht bestätigte sich.

Das könnte das fehlende Puzzlestück sein.

Wenig später ging sie auf den Dachboden und suchte ihre alten Unterlagen. Schnell fand sie die gesammelten Habseligkeiten ihrer Kindheit. Sie musste sich durch zwei Kartons mit altem Spielzeug wühlen, bis sie zu ihren Tagebüchern kam.

19.11.

Liebes Tagebuch,

heute waren Oma und Opa zu Besuch und Mama war noch aufgeregter als sonst. Wir wurden immer wieder ermahnt, höflich zu sein, und ich musste dieses grässliche Kleid anziehen, was ich so hasse. Es ist übrigens das erste Mal, dass Oma und Opa uns besuchen und ich war richtig aufgeregt, sie kennenzulernen. Sie reisen viel um die Welt und wir bekommen immer wieder Pakete mit Geschenken von ihnen.

Vieles davon hängt Mama sich in ihrem Zimmer an die Wand. Papa versteht sich mit ihnen nicht so gut. Ich weiß nicht warum, aber vielleicht ist es, weil sie keine Firma haben so wie er, sondern nur das geerbte Geld ihrer Eltern ausgeben. Mama hat auch noch einen Bruder, aber der hat uns noch nie besucht. Bis heute wusste ich noch nicht einmal, dass es ihn gibt.

Ich kann mir gut vorstellen, später auch einfach durch die Welt zu reisen. Es muss schön sein, wenn man alle diese herrlichen Orte sieht und man so viel zu erzählen hat. Jedenfalls haben mir die Geschichten von ihnen immer sehr gefallen und in ihren Briefen schreiben sie auch jedes Mal ein paar von ihren erlebten Geschichten auf.

Als ich vorhin noch einmal heruntergegangen bin, um mir ein Glas Milch zu holen, stand die Wohnzimmertür halb offen. Ich habe Mama gehört und sie klang sehr traurig. Papa war auch da und war wegen irgendetwas sauer. Ich habe nicht viel gehört, nur dass Mamas Bruder wohl sehr krank sein soll. Opa bat Mama darum, sich von einem Arzt untersuchen zu lassen, damit sie ihrem Bruder vielleicht helfen kann. Ich weiß nicht, warum Papa so sauer darüber war, aber vielleicht finde ich es noch heraus.

20.11.

Hallo Tagebuch,

heute war Mama bei einem Arzt und hat sich untersuchen lassen, doch als sie wieder zu Hause war, war sie sehr komisch. Irgendetwas stimmte nicht mit ihren Werten, sie passten nicht zu denen ihres Bruders. Ich habe nur mitbekommen, wie sie in ihr Zimmer gegangen ist, und sie war sehr traurig.

Ich bin zu ihr hin und habe gesagt, dass ich helfen kann. Doch sie hat nur traurig den Kopf geschüttelt und gesagt: „Nein, ganz bestimmt nicht. Deine Werte passen auch nicht." „Aber es ist doch mein Onkel", habe ich gesagt und Mama hat den Kopf geschüttelt. „Nein. Meine Mutter hat damals einen Fehler begangen. Erst durch die Untersuchung heute hat Opa das erfahren. Sie haben sich gestritten und getrennt. Ich will jetzt alleine sein."

Ich verstehe das nicht, was für einen Fehler soll meine Oma begangen habe und warum können wir meinem Onkel nicht helfen?

Dajana spürte die Tränen in ihren Augen. Sie erinnerte sich gerade wieder ganz genau an die Situation von damals und verstand jetzt, was ihre Mutter meinte. Dajanas Oma war auf einer der vielen Reisen fremd gegangen! Das war der Punkt, der sie an ihrem Stammbaum gestört hatte. Intuitiv wusste sie, dass der abgebildete Mann nicht ihr Opa war. Sie durfte es aber auf keinen Fall erzählen!

Aber wer war dann mein Opa? Woher haben Mama und ich unsere Fähigkeiten? Warum haben meine Brüder sie nicht? Gibt es da etwa Unterschiede? Wie wird so etwas weiter vererbt?

Viele Fragen schossen Dajana durch den Kopf. Sie wusste nicht, worüber sie zuerst nachdenken sollten.

Moment mal, woher weiß ich überhaupt, dass meine Mutter auch Fähigkeiten hat? Stimmt das überhaupt? Ja. Es stimmt!

Dajana spürte ganz genau, dass ihre Mutter auch Fähigkeiten hatte. Nur waren sie ihr anscheinend nicht bewusst, genau wie bei Marius. Im Gegensatz zu Marius aber, waren sie um einiges stärker und hatten sich über die Jahre hinweg gebildet.

In wie vielen Menschen schlummern wohl noch Fähigkeiten?

Dajana schloss die Augen und setzte ihre Mutter auf die Liste der ihr bekannten Menschen mit Fähigkeiten.

Sie hatte auch Daniels Eltern vor deren Abfahrt überprüft, doch sie hatten keinerlei Anzeichen für Fähigkeiten gezeigt. Auch seine Schwester Claire nicht. Wie wurden die Fähigkeiten dann vererbt? Gab es unterschiedliche Gene, die dafür verantwortlich waren? Ihre Informationen waren einfach zu dürftig, mal abgesehen davon, dass sie sich auf dem Gebiet der Genetik sowieso kaum auskannte.

Wie gerne würde sie jetzt mit ihrer Oma sprechen, aber die war schon lange tot. Nach diesem einmaligen Besuch damals hatten sich die Großeltern getrennt. Es kamen keine Päckchen mehr mit Reiseandenken oder Geschichten. In der Familie sprach man nicht mehr über die beiden. Dajana erinnerte sich nur noch daran, dass ihre Mutter irgendwann einmal zu einer Beerdigung fuhr und danach sehr traurig war. Das musste wohl die Oma gewesen sein.

Sollte ich vielleicht doch noch mal mit ihr sprechen? Nein, lieber nicht. Ich reiße womöglich alte Wunden wieder auf. Obwohl... sie könnte mir bestimmt ein paar Fragen beantworten. Vielleicht hat sie doch noch ein paar mehr Informationen über Oma.

Dajana war sich nicht sicher, ob sie mit ihrer Mutter sprechen sollte.

Sie legte ihr Tagebuch zurück in den Karton. Die gesuchte Information hatte sie, auch wenn sie ihr nichts brachte. Wie konnte man jemanden finden, wenn man nichts über ihn wusste? Erst recht, wenn er wahrscheinlich schon längst nicht mehr am Leben war.

Hier habe ich keine Chance auf weitere Informationen.

Dennoch wollte sie eines unbedingt herausfinden: Wie stark waren die Fähigkeiten ihrer Mutter, was konnte sie? Hatte sie ihre Fähigkeiten vielleicht unbewusst schon eingesetzt? Sie musste es wissen, denn wenn es gefährliche Fähigkeiten waren, konnte sich ihre Mutter selbst Schaden zufügen oder auch andere verletzen.

Dajana verließ den Dachboden und fand ihre Familie im Wohnzimmer. Sie setzte sich neben Marius auf die Couch und konzentrierte ihre Gedanken auf ihre Mutter. Es war erstaunlich, mit welcher Kraft sie gegen den Krebs angekämpft und ihn besiegt hatte. Dajana hätte das eigentlich damals schon auffallen müssen, doch da wusste sie ja selber noch nicht, was sie war und was sie konnte.

Jetzt traf sie die Erkenntnis. Oh ja, ihre Mutter hatte eine wirklich außerordentliche Fähigkeit und sie schien sie auch schon eingesetzt zu haben. Und zwar zu ihrem eigenen Überleben!

Weiß sie, dass sie anders ist? Ahnt sie, dass ich so viel von ihr und ihrer Gabe geerbt habe?

Dajana beobachtete ihre Mutter genau und versuchte herauszufinden, ob sie sich bewusst war, welches großartige Geschenk sie in sich trug.

„Was hast du?", hörte sie die Stimme ihrer Mutter.

Erst jetzt fiel Dajana auf, dass sie sie wirklich lange angestarrt hatte.

„Nichts. Alles ist gut. Ich bin nur glücklich, euch alle endlich wiederzusehen. Mehr nicht."

Der Blick ihrer Mutter verwandelte sich von fragend nach skeptisch.

„Das könntet ihr öfter haben. Ihr müsst uns einfach nur öfter besuchen kommen. Wir beißen nicht."

Sie lachten gemeinsam. Dajana hatte den Eindruck, dass zwischen ihnen wieder alles in Ordnung war. Sie war glücklich darüber und freute sich, dass ihr Vater sich mehr und mehr aus dem anstrengenden Tagesgeschäft zurückzog. Er sah besser aus, wirkte gesünder und hatte gut zehn Kilo abgenommen. Offenbar dachte er nicht mehr den ganzen Tag an die Firmengeschäfte. Dajana wusste, dass die Firma sehr gut lief.

An Marius' Schulter gelehnt, spürt sie seine beschützende Aura und fühlte sich noch wohler. In Marius' Nähe würde sie immer beschützt sein. Auch wenn er das selber nicht wusste, so legte sich doch ein ganz spezieller Schutzschild um sie.

Warum ist mir das vorher nie aufgefallen?

Vermutlich hatte Zarteus ihr beigebracht, wie man die Fähigkeiten anderer Menschen herausfand, anders konnte sie sich das nicht erklären.

Nach und nach scannte sie ihre Familienmitglieder. Bis auf ihre Mutter Maria und Marius hatte scheinbar niemand etwas Außergewöhnliches abbekommen. Sie ärgerte sich darüber, so wenig über Genetik zu wissen. Warum sich manche Gene nur auf die weibliche Seite vererbten, oder welche Rolle die Gene des Partners spielten.

Wenn sie doch nur mehr über diesen Liebhaber ihrer Oma herausfinden könnte, aber der war wohl kaum mehr am Leben. Sie hatte niemanden, den sie danach fragen konnte. Ihre Oma war tot. Sollte sie ihre Mutter fragen? Sie wusste es nicht.

Wie würde sie reagieren? Wusste sie etwas? Bestimmt. Aber so traurig wie sie damals war, würde sie wahrscheinlich nicht darüber sprechen wollen.

Verstohlen schaute Dajana zu ihrer Mutter. Sie musste mit ihr reden, musste ihr sagen, dass sie etwas Besonderes war. Sie hatte die Fähigkeit sich selbst zu heilen und würde das bestimmt auch für andere einsetzen können.

Sie könnte so vielen Menschen helfen und hat es bestimmt auch schon getan. Unbewusst.

Erinnerungen kamen bei Dajana hoch.

War es nicht immer so, dass ich schneller gesund geworden bin, wenn anstelle des Kindermädchens Mama an meinem Bett gesessen hat?

Als Kind hatte sie das nicht verstanden, aber jetzt schloss sich der Kreis.

Ich muss mit ihr reden! Vielleicht weiß sie ja doch etwas über Omas Liebhaber.

Sie hatte ihre Entscheidung getroffen! Sie wusste, dass das Gespräch für sie und ihre Mutter nicht einfach werden würde. Vor allem, weil sie nicht einschätzen konnte, wie ihre Mutter zu ihren Fähigkeiten stand, ob sie überhaupt eine Ahnung davon hatte.

Nach dem Abendessen ging Dajana in das Zimmer ihrer Mutter und setzte sich zu ihr an den kleinen Arbeitstisch.

„Hallo, Mama.“

„Hallo, Dajana.“

Sie schauten sich an und schwiegen. Dajana genoss es, bei ihrer Mutter zu sitzen und sie einfach nur anzusehen. Sie spürte sofort, wie ihre Nackenmuskeln sich entspannten.

„Danke.“

„Wofür?“

Sie wusste nicht, wie sie anfangen sollte. Sie wollte so viel sagen, hatte sich Sätze zurechtgelegt. Und jetzt war ihr Kopf leer.

„Für alles! Und dass du meine Mutter bist."

Maria blickte ihr tief in die Augen und sah Tränen darin. Dajana gelang es nicht, sie wegzuzwinkern.

„Du hast vorhin schon geweint, das habe ich genau gespürt. Ich wusste schon immer, wie es meinen Kindern geht. Leider habe ich dieses Gefühl zu oft ignoriert. Du wolltest mich doch etwas fragen, richtig?"

Dajana wich dem Blick ihrer Mutter aus und tat, als wäre die schwarze Nacht viel interessanter.

„Na komm. Frag doch einfach. Es bleibt in diesem Raum. Ich verspreche dir, dass ich deine Fragen beantworten werde. Egal, um was es geht."

Dajana nahm all ihren Mut zusammen, sie sah die Frage vor sich.

„Ich habe auf dem Dachboden in meinen alten Tagebüchern gelesen, weil mir ein Erlebnis aus der Kindheit nicht mehr aus dem Kopf ging. Es geht um deine Eltern, Oma und Opa. Sie haben uns nur ein einziges Mal besucht. Du solltest deinem Bruder Blut spenden. Erinnerst du dich?"

„Das ist lange her. Aber ich erinnere mich noch sehr gut an diesen Tag. Ich habe dir angemerkt, dass es dir nicht gut ging, doch ich konnte es dir nicht erklären. Selbst dein Vater hat es nicht verstanden und nie wieder darüber gesprochen. Ich glaube, er hat geschwiegen, um mich nicht noch trauriger zu machen."

Dajana versuchte, ihr etwas von ihrer beruhigenden Kraft zu geben. Mit ruhiger Stimme sprach sie das aus, was sie dachte:

„Ich habe das als Kind nicht verstanden, doch heute begreife ich es. Ihr habt damals erfahren, dass deine Mutter fremdgegangen ist."

Stille breitete sich in dem kleinen Arbeitszimmer aus. Maria schien mit den Tränen zu kämpfen, ihre Unterlippe zitterte. Dajana ging es ähnlich. Sie stand auf und nahm ihre Mutter in den Arm. Nach ein paar Minuten wirkte Maria gefasster und fing an zu erzählen:

„Es war ein schrecklicher Tag für mich. Es hätte mich schon wundern müssen, dass meine Eltern überhaupt vorbei kamen. Unser Verhältnis war immer gut, keine Frage. Doch nachdem wir Kinder ausgezogen waren, gingen sie fast nur noch auf Reisen und gaben ihr hart erarbeitetes Geld und das ihrer Eltern mit vollen Händen aus. Mir gefiel das nicht. Ich bat sie oft darum, es doch für später zu sparen. An dem Tag als sie uns besuchen kamen, war ich überrascht und aufgeregt. Als ich dann erfuhr, dass mein

Bruder schwer krank war, wollte ich sofort helfen. Deine Oma war zurückhaltend, aber dein Opa war hellauf begeistert. Eigentlich hat er es vorausgesetzt. So war er eben. Wir haben dann diesen Test machen lassen und das Ergebnis war niederschmetternd. Ich glaube, meine Mutter hat das schon irgendwie geahnt. Jetzt hatte sie die Bestätigung. Es war der einzige Seitensprung in den vielen Jahren ihrer Ehe. Dein Opa hat das nicht verkraftet und sich noch am selben Abend von ihr getrennt. Auch mich wollte er nie wieder sehen und beschimpfte mich als Bastard. Oma hat noch lange nach ihrem damaligen Liebhaber gesucht, doch sie fand ihn nie. Ich hüte dieses Geheimnis, denn es ist ein schwarzer Fleck auf unserem Familienbaum. Dajana, ich bitte dich, belass es dabei!"

Dajana sah in die flehenden Augen ihrer Mutter und nickte.

„Ja, klar. Das bleibt unter uns."

Es vergingen einige Minuten, bevor Dajana das nächste Thema ansprach:

„Mama, dieser Liebhaber… er hat dir etwas mitgegeben. In seinen Genen muss etwas gewesen sein."

Maria schaute sie verwundert an und schüttelte fragend den Kopf.

„Was soll da gewesen sein? Du bist einzigartig, du bist etwas Besonderes. Genau wie ich. Jeder Mensch ist etwas Besonderes, jeder ist einmalig. Sogar bei Zwillingen ist das so."

„So meine ich das nicht. Du hast eine Gabe. Etwas Gutes."

Jetzt lächelte Maria und ihre Heilfähigkeit verstärkte sich. Sofort fühlte Dajana sich ein bisschen besser. So war es früher schon, wenn sie in der Nähe ihrer Mutter war. Ob ihre Brüder das auch gefühlt haben, oder war nur sie dafür empfänglich? Lag es daran, dass sie so viel von ihrer Mutter mitbekommen hatte? Mit Sicherheit wusste Dajana jetzt, woher sie ihre Fähigkeiten hatte und das sollte ihre Mutter wissen.

„Mama! Früher, wenn ich krank war, ging es mir schneller wieder besser, wenn du an meinem Bett warst. Sobald du weg warst, wurde ich langsamer gesund."

„Ich bin deine Mutter. Das war der Gedanke daran, der dich schneller gesunden ließ."

„Ja, das habe ich früher auch gedacht. Doch seit heute weiß ich es besser. Mama, auch ich habe eine Gabe. Mehrere sogar. Ich beherrsche die Elemente."

Sie weiß es! Aber ihr Verstand will es noch nicht begreifen. Ich muss es ihr zeigen.

„Schau her, Mama."

Dajana hob ihre Hände und hielt sie mit den Handflächen nach oben.

„Das sind deine Hände, Dajana, ich kenne sie."

„Ja. Aber warte ab, was gleich passiert."

Sie konzentrierte sich und wie selbstverständlich bildete sich ein winziger Feuerball, der über ihrer rechten Handfläche schwebte. Wenig später bildete sich eine ebenso winzige Eiskugel über der anderen Handfläche. Marias Augen waren vor Erstaunen weit aufgerissen. Dajana lächelte und löschte die Feuerkugel mit der Eiskugel. Wasserdampf stieg auf und rieselte dann in winzigen Tröpfchen zu Boden. Maria ließ ihre Hand durch diesen Nebel gleiten und betrachtete sie anschließend.

„Woher?"

„Von dir! Du hast es mir vererbt."

„Nein. Ich kann so etwas nicht."

„Das stimmt. Aber du kannst etwas anderes."

Maria atmete hörbar ein und aus. Sie schien sich zu entspannen.

„Deine beiden Kugeln haben mir Angst gemacht. Sie haben mich an etwas aus meiner Vergangenheit erinnert. Etwas, was ich bis jetzt unterdrückt habe und worüber ich noch nie mit jemandem gesprochen habe. Eigentlich wollte ich auch nie wieder daran denken, denn es hat mein Leben sehr stark beeinflusst."

Dajana horchte auf.

„Du hast eine Gabe! Und du hast sie mir vererbt. Nur durch dich und diese Fähigkeiten, konnte ich die Erde retten. Von ganzem Herzen danke ich dir für diese Gabe."

Sie wollte ihr gerade von ihrem Kampf erzählen, doch die zerfurchte Stirn ihrer Mutter ließ sie zögern.

„Du siehst es als Gabe an?"

„Ja. Klar!"

„Es ist ein Fluch!"

Marias Stimme war laut und scharf. Dajana zuckte merklich zusammen und schaute ihre Mutter verwirrt an.

„Ein Fluch? Wie kommst du darauf?"

Leise und kaum wahrnehmbar sagte Maria:

„Ich kann nicht sterben."

Dajana starrte ihre Mutter entsetzt an und überprüfte sofort ihre Fähigkeiten. Dann sah sie es und ärgerte sich, dass ihr das nicht vorher schon aufgefallen war. Marias heilende Gabe galt auch für sie selbst. Kleine Wunden heilten umgehend, gebrochene Knochen wuchsen schneller zusammen. Sie hatte den Krebs besiegt, obwohl ihr niemand eine Chance gegeben hatte.

Dajana nahm ihre Mutter in die Arme und versuchte sie zu trösten.

„Es ist kein Fluch! Es ist etwas Schönes. Du kannst anderen damit helfen. Du hast mir damit immer geholfen."

Dajana begriff, dass sie hier etwas über ihre Mutter erfuhr, was niemand sonst wusste. Neugierig darauf die Geschichte zu hören, lauschte sie angespannt.

„Als junges Mädchen spielte ich mit meinen Freunden oft auf einem alten Fabrikgelände. Es war schön, wir hatten viel Spaß und erlebten jeden Tag etwas Neues. Es gab viel zu entdecken und eines Tages stießen wir auf diese Grube. Sie war tief und die Leiter wackelig, doch wir stiegen alle mutig hinunter. Wir wollten unbedingt ein Abenteuer erleben. Unten war es dunkel und wir konnten nicht viel sehen. Taschenlampen hatten wir keine dabei. Doch es gab eh nichts Interessantes zu erkunden. Kein Gänge, keine Geräte oder so etwas. Es war einfach nur dunkel. So kletterten wir wenig später wieder einer nach dem anderen die Leiter hinauf. Ich war die Letzte. Als meine Hand schon fast den Rand erreicht hatte, brach die Leiter unter mir zusammen. Ich konnte mich nirgends festhalten und fiel rückwärts in die Dunkelheit. Ich muss wahnsinnig geschrien haben, denn es hallte von allen Wänden wider und schien mir unendlich laut."

Dajana gab ihr ein Taschentuch und wartete geduldig ab, bis sie sich die Nase geputzt hatte und weitererzählte.

„Ich fiel und sah das Sonnenlicht über mir. Meine Freunde schauten zu mir hinunter. Ich sah ihre erschrockenen Gesichter und schien immer noch zu fallen. Es kam mir endlos vor und ich betete, dass ich das überleben würde. Der Aufprall kam unerwartet und war hart. Ich fühlte, wie jeder Knochen meines Körpers brach und ich spürte einen heftigen Druck auf meinem Kopf. Das war es. Dachte ich. Ich war bereit, meinem Schöpfer gegenüberzutreten. Doch ich starb nicht. Da waren nur diese unendlich großen Schmerzen und gleichzeitig das Gefühl, dass sich irgendetwas in mir regte, um die kaputten Knochen wieder zusammenzusetzen. Ich sah, wie die Sonne verschwand und die ersten Sterne am Himmel standen. Es wurde kälter und meine Schmerzen schwanden. Kannst du dir vorstellen wie man nach Erklärungen sucht, wenn man als Kind erfährt, dass der eigene Körper sich reparieren kann? So etwas kannte ich nicht!"

Dajana verstand sie sehr gut. Es musste ihrer Mutter ähnlich wie ihr ergangen sein, als sie damals ihre erste Vision hatte. Als sie zusehen musste, wie Martha zu Staub zerfiel. Auch sie war nicht darauf vorbereitet und hatte die Vision für real gehalten. Sie konnte sich gut vorstellen, wie es ihrer Mutter ergangen sein musste. Alleine dort unten zu liegen, während sich ihre Knochen langsam wieder zusammensetzten.

„Am nächsten Tag war ich repariert. Ich nannte es so, denn ich fühlte mich nicht mehr so an, wie vorher. Es fühlte sich falsch an und ich wusste nicht, warum ich überhaupt noch lebte. Zuerst dachte ich, dass ich ein Geist war. Aber ich konnte nicht fliegen. Ich war in diesem Loch gefangen. Die Leiter war der einzige Ausweg gewesen. Wo waren meine Freunde? Ich rief nach ihnen, schrie so laut ich konnte. Irgendwer musste mich doch hören und mir helfen. Doch es war niemand da. Ich war allein. Erst spät am Nachmittag wurde auf einmal ein Seil zu mir heruntergelassen. Ich weiß bis heute nicht, wer von meinen Freunden das war. Ich kletterte langsam daran hoch. Als ich endlich oben stand, war da niemand. Vielleicht waren sie es auch alle zusammen gewesen. Ich weiß es nicht. Auf jeden Fall wollten sie von da an nicht mehr mit mir spielen. Sie mieden mich und nannten mich Zombie. Ich war verwirrt und wusste selber nicht mehr, was ich war. Ich zog mich zurück und blieb viel alleine auf meinem Zimmer."

Marias Stimme war leiser geworden. Dajana spürte, wie schwer es ihr fiel, darüber zu sprechen.

„Ich kann das gut verstehen", flüsterte sie leise.

„Ich habe viel über mich nachgedacht. Habe versucht, zu verstehen, was in dieser Nacht passiert ist. Doch eine Antwort fand ich nie. Meinen Eltern fiel auf, dass ich kaum noch aus dem Haus ging. Als sie nachfragten, behauptete ich, mich mit meinen Freundinnen zerstritten zu haben. Das reichte ihnen als Erklärung. Wie es wirklich in mir aussah, fanden sie nicht heraus. Ich aber auch nicht. Wochenlang grübelte ich über das, was passiert war, nach. Ich wusste nur, dass das nicht normal war. Statt mich aber darüber zu freuen, dass ich überlebt hatte, fing ich an, mich zu hassen.

Eines Tages war mein Mut groß genug. Ich nahm mir eine Rasierklinge meines Vaters und ritzte mir tief ins Bein. Es brannte und das Blut floss an meiner Wade herunter. Dann fing es an zu kribbeln. Da war wieder dieses Gefühl, was ich auch schon in der Grube hatte. Kurz danach konnte ich nur noch die Spur des Blutes sehen. Mehr nicht. Keine Narbe, nichts. Es tat auch nicht mehr weh. Ich hielt mich für ein Monster, verabscheute meinen Körper. Meine Freunde hatten recht. Aus mir war ein Zombie geworden."

Dajana standen Tränen in den Augen. Sie hätte nicht gedacht, dass ihre Mutter eine solche Vergangenheit hatte. Wahrscheinlich war sie deshalb so eine starke Persönlichkeit geworden.

„Und dann? Hast du es jemandem erzählt?"

„Du musst wissen, unsere Eltern hatten uns streng gläubig erzogen. Deshalb war das für mich auch ein Fluch. Eine Bestrafung Gottes, weil wir auf dem Fabrikgelände herumgespielt hatten. Es war nicht normal. Ein Jahr später zogen wir aus der Stadt weg, dein Opa hatte einen neuen Job und so fiel es mir leichter, das Ganze zu vergessen.

Als ich dann auf der Universität von meinem Freund verlassen wurde, schnitt ich mir in wilder Entschlossenheit die Pulsadern auf. Ich war so voller Trauer, dass ich einfach nicht mehr weiter leben wollte. Das war meine erste große Liebe und dieser Idiot hatte nichts anderes im Kopf, als mit einer Kommilitonin herumzumachen. Ich fiel in ein tiefes Loch, war voller Trauer, Wut und Hass. Ich lag also in der Badewanne und sah zu, wie das Blut aus mir heraus floss. Ich spürte, wie mein Körper müde wurde und wie sich langsam eine eisige Kälte ausbreitete. Ich dachte, jetzt ist es endlich vorbei. Jetzt habe ich es geschafft. Falsch gedacht. Ich wurde bewusstlos, aber als ich aufwachte, war das Badewasser kalt und klar. Meine Wunden waren nicht mehr vorhanden und es gab keine Spur mehr von meinem Blut. Eine Zeit lang bildete ich mir ein, dass ich das alles nur geträumt hätte, aber dann blickte ich der Wahrheit ins Gesicht. Mein Blut muss zurück in meinem Körper geflossen sein, mein Körper wollte leben.

Was auch immer mir zwei Mal das Leben rettete, ich musste mich damit arrangieren. Von da an kam ich mit dem Fluch besser klar. Als ich dann ein Jahr später Papa traf, deinen Vater, wusste ich, dass mein Leben endlich so verlaufen würde, wie es sollte. Ich war wirklich glücklich und bin es auch noch heute. Dass du etwas Besonderes bist, habe ich immer gespürt. Aber ich dachte, das liegt daran, dass du mein kleines Mädchen bist. Jetzt weiß ich, du trägst etwas von meinem Fluch in dir. Es tut mir leid."

„Nein, Mama. Es ist kein Fluch. Es ist eine Gabe. Etwas Gutes. Ich habe in Wales eine Sternenkugel gefunden, oder besser gesagt, sie hat mich gefunden. Durch sie öffnete sich ein Portal zu einer fremden Welt, einem anderen Planeten. Er wurde von einem Dämon beherrscht, der gefährliche Kreaturen auf unsere Erde schickte. Er wollte unsere Welt auslöschen und für seine zerstörerischen Zwecke benutzen. Dank dir und dem, was du mir vererbt hast, konnte ich ihn besiegen und das Portal wieder schließen. Die Erde steht jetzt unter meinem Schutz. Ich bin für die Sternenkugel und die Verbindungen zu den verschiedenen Planeten verantwortlich. Ich bin die Hüterin über die Sternenkugel. Ich passe darauf auf, dass keine fremdartigen Kreaturen unseren Planeten angreifen. Dank dir und Omas Seitensprung."

„Meine Tochter! Du bist stark und hast so viele Möglichkeiten mit deinen Fähigkeiten umzugehen. Meine Fähigkeiten habe ich unbewusst genutzt und wenig Gutes damit getan, weil ich es nicht wahrhaben wollte. Für mich war es ein Fluch. Du hingegen hast diese Gabe voll und ganz akzeptiert. Du bist stark und kräftig. Doch warum sollte mein kleines Mädchen gegen Ungeheuer kämpfen? Das ist nicht fair. Ich hatte mir eine andere Zukunft für dich gewünscht. Weiß Marius es?"

„Ja. Er war bei dem Kampf dabei und hat ebenfalls eine schwache Fähigkeit. Er beschützt mich, aber du darfst es ihm nicht sagen. Noch nicht. Ich möchte nicht, dass er es weiß. Womöglich würde er es verdrängen, so wie du."

„Versprochen! Aber du musst mir auch versprechen, nichts über meine Fähigkeit zu erzählen. Ich möchte nicht als Wunderheilerin gelten."

„Was wir hier besprochen haben, bleibt unter uns. Und… Danke."

„Ich danke Dir! Es hat gut getan, endlich darüber zu reden. Langsam fange ich an, zu begreifen und es als Wunder zu sehen."

„Auch das ist es nicht. Es ist einfach nur eine Gabe. Es gibt noch mehr Menschen mit Gaben. Im letzten Sommer habe ich angefangen, einen Jungen zu trainieren, dem ich einmal das Leben gerettet habe."

Sie lächelte, als sie an Daniel und ihre gemeinsamen Übungsstunden dachte. Es hatte gut getan, die gemeinsamen Grenzen herauszufinden und zu lernen, wie man seine Fähigkeiten einsetzt.

„Wie viele gibt es noch?"

„Bestimmt eine Menge. Ich versuche herauszufinden, wo das herkommt. Du hast nicht zufällig noch alte Unterlagen von Oma? Ich meine, ich würde gerne wissen, wer dieser Liebhaber war."

Maria schüttelte den Kopf.

„Nein, wüsste ich nicht. Ich habe mit Oma nie darüber gesprochen. Mein Vater hielt mich seit dem für einen Bastard. Ein Kuckuckskind. Oma reiste danach noch mehr umher. Ich glaube, sie suchte nach ihrem Liebhaber. Ob sie ihn gefunden hat, weiß ich nicht. Möglich ist es aber. Als sie starb, habe ich eine kleine Kiste mit ihren wichtigsten Habseligkeiten bekommen. Schmuck, ein paar Bücher, Andenken, Fotos von ihr und ihren Reisen. Viel war es leider nicht."

„Darf ich es sehen?"

„Na klar, ich habe es in einem kleinen Karton aufbewahrt."

Mittlerweile war es draußen stockdunkel geworden. Erschrocken dachte Dajana an Marius, der bestimmt schon im Bett lag und auf sie wartete.

Wie spät ist es? Hat uns niemand vermisst?

Ein Blick auf ihre Uhr zeigte ihr, dass es weit nach Mitternacht war. Sie hatte unbemerkt einen Schutz um das Zimmer gelegt und so hatten die anderen gar nicht erst daran gedacht, nach ihnen zu sehen.

Sie fröstelte. Ihr wurde bewusst, dass sie ihre Fähigkeiten jetzt schon ganz unbewusst eingesetzt hatte. Sie musste besser aufpassen.

„Mama, ich glaube, wir sollten uns das morgen anschauen. Es ist schon spät, wir sollten uns hinlegen und etwas schlafen."

„Oh ja, du hast recht. Also dann, schlaf gut, mein kleines Mädchen. Ich werde es, denn ich habe heute etwas sehr Wichtiges und Gutes erfahren."

Dajana nahm ihre Mutter ganz fest in den Arm.

„Du bist die Beste und wirst es auch immer bleiben. Ich liebe dich."

„Ich liebe dich auch. Schlaf gut."

Am nächsten Tag schauten sich Dajana und ihre Mutter die alten Unterlagen der Oma an. Enttäuscht mussten sie feststellen, dass sich dort keine neuen Hinweise auf den heimlichen Liebhaber befanden. Auch aus dem Tagebuch ihrer Oma ging nichts hervor, außer dass sie zu dem Zeitpunkt irgendwo in Südspanien unterwegs waren. Sie hatte nicht viel über ihren Liebhaber geschrieben, nur dass sie ihn ein einziges Mal getroffen hatte und unverzüglich mit ihm im Bett landete.

Enttäuscht legte Dajana das Buch zurück und betrachtete die Schmuckstücke. Sie waren sehr schön und gefielen ihr. Besonders angetan hatte es ihr ein goldener Anhänger. Andächtig strich sie über ihn und wusste sofort, dass er nicht von der Erde war. Das Material war anders. Es sah zwar golden aus, aber es war kein Gold. So ein Material gab es auf der Erde nicht.

Ihr Herz schlug schneller und sie zeigte ihrer Mutter den Anhänger. Es war eine Art Sonne. In der Mitte war eine himmelblaue Kugel eingearbeitet. Goldene Strahlen schienen von ihr auszugehen. Dajanas Mutter nahm den Anhänger und lächelte glücklich.

„Oma hat diesen Anhänger oft getragen, ich erinnere mich genau daran. Jeder hat sie gefragt, wo sie ihn her hat. Sie hat dann immer gesagt, es sei ein extra für sie angefertigtes Unikat."

„Es ist nicht von dieser Welt! Es erinnert mich an die Sternenkugel. Ich glaube, es ist eine Abbildung von ihr."

„Dajana!"

„Was denn, Mama? Ich spüre es."

„Ich habe doch gestern schon gesagt, dass das ein Fluch ist. Ich kann das alles nicht so ganz verstehen. Auch nicht, wie du so einfach damit umgehen kannst. Du hast mir zwei Kugeln gezeigt, eine aus Eis und die andere aus Feuer. Dann löschst du die Feuerkugel mit der aus Eis. Ich verstehe den Trick immer noch nicht. Was ist aus meinem kleinen Mädchen geworden?"

„Mama! Nur weil ich meine Fähigkeiten so schnell akzeptiert habe und so gut damit umgehen konnte, habe ich die Erde retten können! Es gibt diese anderen Planeten und auf vielen von ihnen existiert Leben. Gutes und Böses. Meine Aufgabe ist es, die Erde zu beschützen und darauf zu achten, dass nichts Gefährliches herkommt."

„Andere Planeten. Gut und Böse", Maria seufzte. „Das habe ich mir nicht für dich als Zukunft gewünscht."

„Ich auch nicht, glaube mir. Anfangs wollte ich es auch nicht wahrhaben. Doch dann habe ich gemerkt, dass ich den Menschen helfen kann. Ich kann etwas bewirken. Ich habe Daniel, diesen kleinen Jungen gerettet. Ohne mich wäre er in diesem See ertrunken. Es ist kein Fluch. Es ist eine Gabe. Etwas Gutes."

„Für dich mag das so sein, aber ich empfinde es als Fluch. Daran kann ich auch so schnell nichts ändern. Ich kann nicht sterben! Das habe ich an dem Tag begriffen, als ich versucht habe, mich umzubringen."

„Aber dank deiner Gabe hast du den Krebs besiegt. Deine Gabe hat dich gerettet. Nur durch sie und deinen starken Willen hast du überlebt."

„Glaubst du, dass das so einfach war? Es gab eine Zeit, da wollte ich sterben. Ich spürte den Krebs in mir. Fühlte, wie er sich weiter ausbreitete und war bereit zu sterben. Doch dieser Fluch reparierte alles wieder."

Dajana sah Marias tränennasse Augen.

„Dajana, ich hoffe, alle Menschen mit Fähigkeiten denken so wie du. Ich will gar nicht daran denken, was passieren könnte, wenn es Menschen gibt, die einfach so Feuer machen können."

„Das hoffe ich auch!"

„Dieses Portal... zu den anderen Planeten... du bist dir sicher, dass du es kontrollieren kannst? Es klingt so unwirklich und irreal. Es fällt mir schwer, dir das zu glauben."

„Ich weiß. Aber es ist wahr. Alles was ich dir erzählt habe, ist wahr. Soll ich dir die Sternenkugel zeigen?"

Entschieden schüttelte Maria den Kopf.

„Nein. Ich glaube, ich würde es sowieso nicht verstehen."

„Ich möchte aber, dass du es verstehst. Du könntest anderen mit deiner helfen."

„Ich weiß. Gib mir etwas Zeit. Ich kann das nicht so schnell akzeptieren wie du. Dafür habe ich es zu lange als Fluch angesehen. Ich kann nicht sofort umschwenken und das als Geschenk Gottes feiern."

„Okay. Ich lasse dir etwas Zeit."

Am nächsten Tag saßen Dajana und Marius nachmittags in dem kleinen Café, in dem Marius früher gekellnert hatte. Henry arbeitete dort immer noch als Kellner und Anna, seine Freundin, hatte sich den Nachmittag freigenommen. So saßen sie zu dritt in einer der gemütlichen Polsterecken und unterhielten sich. Immer wenn Henry Zeit hatte, setzte er sich kurz zu ihnen.

Auf dem Tisch verteilt lagen Prospekte, Anna hatte sie mitgebracht. Es waren Reiseprospekte, denn die beiden wollten nach ihrer Hochzeit im nächsten Frühjahr für zwei Wochen in die Flitterwochen fahren und ihr Glück genießen.

„Irgendwo in den Süden. Mit viel Sonne, Sand und Meer", schwärmte Anna. „Ihr seid natürlich herzlich zu unserer Hochzeit eingeladen."

Dajana freute sich und Marius antwortet für sie beide:

„Wir freuen uns schon auf eure Hochzeit! Ich finde es schön, dass ihr euch gefunden habt. Schließlich musste ich ja etwas nachhelfen..."

Marius zwinkerte Henry zu.

„Ja. Das musstest du und das war echt gut. Aber ihr müsst dann auch noch heiraten."

Dajana sah, wie Marius sie anlächelte. Sie wusste, dass sie Marius irgendwann heiraten würde. Anna fiel lachend ein:

„Das wäre es doch! Du fängst auf unserer Hochzeit meinen Brautstrauß und dann müsst ihr heiraten."

„Durchaus möglich. Aber ich glaube, das besprechen wir später unter vier Augen."

Dajana zwinkerte Marius zu und sah, wie er leicht errötete.

„Ja. Machen wir."

Da sie mit Daniels Eltern offen über ihre eigenen und Daniels Fähigkeiten sprechen konnte, rief sie dort an und fragte nach deren Familienchronik. Doch sie wurde enttäuscht. Daniels Mutter war ein Findelkind und wurde als Baby vor einem Krankenhaus abgelegt. Sie hatte sich ihren Weg durch mehrere Pflegefamilien erkämpfen müssen. Väterlicherseits gab es eine fast makellose Chronik, die sich Dajana ganz aufgeregt schicken ließ.

Daniels Mutter hatte schon selber versucht, ihre leiblichen Eltern zu finden. Ohne Erfolg. Die nächste Sackgasse für Dajana. Irgendwie hatte sie das Gefühl, dass sich die wirklich stark ausgeprägten Fähigkeiten nicht in jeder Generation entwickelten. Daniel und sie blieben vorerst Einzelfälle. Das war vielleicht auch ganz gut.

Wenig später las Dajana die Liste der Vorfahren von Daniels Vater. Für sie waren es einfach nur unbekannte Namen. Dajana war sich sicher, dass sie etwas gespürt hätte, sofern sich dort die Quelle von Daniels Fähigkeiten versteckt hätte. Nein, woher Daniels Fähigkeiten kamen, blieb weiterhin ungewiss. Vielleicht ja durch seinen Opa oder seine Oma mütterlicherseits. Oder doch eher von der Linie seines Vaters? Sie schaute erneut auf den Stammbaum. Doch auch dieses Mal fühlte sie nichts und war enttäuscht.

Und Marius? Wenn sie jetzt anfangen würde, in seiner Familienchronik zu forschen, würde ihn das ziemlich verwirren. Also hatte sie nur noch Marthas Familienchronik.

Als sie später bei Marius' Eltern zu Besuch waren, fragte Dajana danach. Marius hatte sie vorher informiert, damit er sich nicht wunderte. Dajana kannte Heinz und Helga schon von früheren Besuchen. Helga kam öfter mal vorbei um nach ihren Restaurants und der Raststätte zu schauen.

„Sag mal Helga, hast du eigentlich auch persönliche Unterlagen von Martha mit nach Deutschland genommen?"

Helga sah Dajana irritiert an und wusste nicht, worauf sie hinaus wollte.

„Was meinst du genau?"

„Wir wollen in einer Ecke der Raststätte etwas über ihre Geschichte aushängen und dazu gehört natürlich Martha. Ich suche jetzt alles, was mit ihr in Verbindung steht. Vor allem mit ihrer Vergangenheit."

Sie zögerte und sprach dann das eigentlich wichtige Thema an:

„Ich würde gerne einen Blick auf Marthas Familienstammbaum werfen, wenn es denn einen gibt."

„Oh, das ist eine schöne Idee. So bleibt Martha für alle in Erinnerung. Ich habe nicht viel von ihren Sachen mitgenommen. Ich denke, du weißt selber, wie der Dachboden der Raststätte aussieht."

Dajana verdrehte die Augen und sie mussten beide lachen.

„Oh ja, da hat sich viel angesammelt. Hast du denn gar nichts von Martha mitgenommen?"

„Doch natürlich. Aber ein Stammbuch oder andere Informationen über sie und ihre Familie habe ich leider nicht gefunden. Ich muss allerdings gestehen, dass ich auch erst drei Kisten durchgeschaut habe."

„Schade! Dann werde ich mir das wohl auch mal etwas näher anschauen."

Marius' Vater Heinz schaltete sich ein:

„Wir könnten dir dabei auch helfen. Im Herbst wollten wir euch sowieso besuchen kommen. Dann könnten wir eine große Aufräumaktion starten. Ich finde das mit der kleinen Ecke für Martha übrigens auch eine sehr schöne Idee. Deinen Erzählungen nach scheint ihr ja viel an dieser kleinen Raststätte gelegen zu haben. Mittlerweile habt ihr sie ja zu einem wirklich beliebten Ausflugsziel gemacht. Habt ihr schon mal darüber nachgedacht, die Scheune auszubauen, für weitere Schlafplätze?"

Das Wort Scheune ließ Dajana unruhig werden. Marius schien das bemerkt zu haben. Er drückte sanft ihre Hand und übernahm die Antwort auf diese Frage.

„Nachgedacht? Nein! Ich glaube, wir sollten da lieber etwas Neues bauen, als die baufällige Scheune zu renovieren. Die Bauern würden sie vermissen, wenn sie weg wäre. Wo sollten sie ihre landwirtschaftlichen Geräte unterstellen? Mal sehen, vielleicht kaufen wir die kleine Wiese gegenüber vom Parkplatz und bauen dort noch ein Gästehaus. Das wäre ganz idyllisch."

„Das ist eine gute Idee! Auf jeden Fall steckt in der Raststätte eine Menge Potenzial. Es ist gut, dass ihr euch dort vor Ort um alles kümmern könnt. Wenn ihr Hilfe braucht, werden wir euch unterstützen. Sagt uns bitte bescheid, wenn das der Fall sein sollte."

Marius und Dajana freuten sich über diesen Zuspruch.

„Keine Sorge, das wird uns nicht zu viel. Es macht uns Spaß und es läuft wirklich gut. Finanziell brauchen wir uns keine Sorgen zu machen. Ich denke sogar, ich werde meinen Kumpel Henry fragen, ob er nicht Lust hat, bei uns einzusteigen. Arbeit wäre genug da. Ich weiß, dass er hier eine gute Stelle hat, aber richtig zufrieden ist er nicht. Erst einmal soll er aber seine Freundin heiraten."

„Das sind doch mal gute Neuigkeiten. Dann hat er jetzt also doch eine feste Freundin gefunden? Das ist ja schön. Freut mich für ihn. Wie sieht denn eigentlich eure weitere Planung aus?"

Das war die Frage, vor der Dajana Angst hatte. Obwohl es unbegründet war. Ohne darüber gesprochen zu haben, waren sie sich einig. Es war aber doch etwas anderes, wenn die Frage dann ausgesprochen im Raum stand.

Sie warf Marius einen verstohlenen Blick zu und merkte, dass auch er sich in die Enge gedrängt fühlte. Die direkte Frage seiner Eltern schien ihn auch zu überrumpeln. Er druckste herum.

„Och, Mama. Du weißt doch, wie viel Arbeit wir gerade haben mit der Renovierung von der Raststätte. Wir wissen doch auch ohne Trauschein, dass wir für immer zusammengehören. Wenn ich schon sehe, was Henry und Anna jetzt für einen Stress mit den ganzen Hochzeitsvorbereitungen und so haben...“

Dajana legte ihre Hand auf Marius' Oberschenkel, so dass er sofort schwieg. Ihr Herz schlug viel schneller als sonst und ihr wurde bewusst, dass sie selber auch schon wieder über das Thema Hochzeit nachdachte. Aber sie lächelte und sagte verschmitzt:

„Wir werden heiraten! Ganz bestimmt. Die Geschichte will es so. Doch das Wann und Wie muss noch verhandelt werden...“

Sie zwinkerte Marius zu. Sie wollte ihn heiraten und hatte es mit deutlichen Worten ausgesprochen. Es fühlte sich so gut an.

Ahnenforschung

Zurück in Wales hatte der Alltag Dajana und Marius nach zwei entspannten Tagen wieder gefangen. Doch eines ließ Dajana keine Ruhe: sie wollte unbedingt mehr über ihre Vergangenheit, ihre Geschichte herausfinden. Mit Daniel hatte sie schon gesprochen, doch auch in seiner Familienchronik hatte sie keinen nützlichen Hinweis gefunden. Sie saß gemütlich mit Marius zusammen und dachte nach.

„Kann es wirklich sein, dass sich diese Fähigkeiten über Jahre hinweg entwickelt haben?"

Marius hob seinen Kopf und schaute Dajana verwundert an.

„Was meinst du?"

„Ich meine die Gabe, die ich habe. Sie muss doch von irgendwoher gekommen sein. Es kann doch nicht sein, dass sie einfach von heute auf morgen auftaucht, oder?"

„Keine Ahnung. Bio war noch nie mein Fach, schon gar nicht das Thema Vererbung. Kannst du mir bei der Abrechnung helfen?"

Lachend schüttelte Dajana den Kopf.

„Nein. Das weißt du. Bei mir waren Zahlen noch nie ein Thema."

„Eben! Vielleicht solltest du mit einem Ahnenforscher sprechen. Oder mit einem Arzt, der sich mit Vererbung auskennt."

„Nein. Ich müsste ihm zu viel von dem erklären, was er nicht wissen muss. Er würde zu viele Fragen stellen und mehr wissen wollen als nötig. Womöglich noch alle möglichen Tests und Untersuchungen durchführen."

„Da hast du recht. Bist du über das Internet auch nicht weitergekommen?"

„Nein, leider nicht."

„Wie weit bist du denn zurückgekommen?"

„Nicht weit. Bei Daniel ist gar nichts zu finden. Ich glaube fast, dass seine Mutter fremdgegangen ist. Oder, es stammt doch aus der Linie seines Vaters. Allerdings kann es auch etliche Generationen früher in den Genpool gekommen sein. Das kann ich nicht herausfinden. Bei Mama weiß ich es. Sie hat mir gebeichtet, dass sie durch einen Fehltritt von Oma entstanden ist. Aber ihren Vater, also meinen Opa, habe ich nicht ausfindig machen können. Ich habe einfach zu wenig Informationen über ihn."

„Du weißt also nicht weiter? Das ist schade"

„Richtig! Was ich mir bis jetzt noch nicht angesehen habe, ist Marthas Stammbaum."

„Martha?"

„Richtig! Deine Oma. Sie hatte auch Fähigkeiten. Anders als meine, aber sie waren vorhanden. Sie wusste es auch. Weißt du zufällig, wo deine Mutter die alten Unterlagen von Martha hat und ob dort ein Stammbaum dabei war?"

„Puh, das ist eine gute Frage. Warte mal, hat sie nicht gesagt, dass sie die gesamten Unterlagen von Martha hiergelassen hat und noch durchschauen will?"

Marius sprang auf und fasste sie an den Händen. Schwungvoll zog er sie von ihrem Stuhl und wirbelte sie wild herum.

„Hey! Nicht so schnell!", juchzte Dajana und versuchte Marius aufzuhalten. Es gelang ihr und wenig später standen sie sich schwer atmend gegenüber.

„Was war das?"

„Das war mal notwendig! Komm, wir gehen auf den Dachboden."

„Okay! Schauen wir uns die alten Unterlagen von Martha an."

„Naja, ich zeige dir, wo die Kartons stehen. Durchschauen musst du sie schon selber."

„Warum das?"

„Meine Abrechnung macht sich nicht von alleine. Und ich muss morgen damit fertig sein, damit der Monat abgeschlossen ist."

„Hm, schade! Dann muss ich halt alleine in den alten Unterlagen wühlen." Gemeinsam gingen sie auf den Dachboden und Marius zeigte auf einen großen Stapel Kartons.

„Da drin sind alle Unterlagen. Martha hat nicht viel Persönliches besessen, erhoff dir also nicht zu viel."

„Danke."

„Nicht dafür."

Kurze Zeit später saß Dajana inmitten der Kartons und suchte nach einem Anhaltspunkt auf Marthas Eltern. Sie war enttäuscht, denn sie fand nichts. Dann schloss sie die vierte Kiste und zog aus der hintersten Ecke einen kleineren Karton hervor. Sie versuchte, die dicke Staubschicht wegzublasen und musste husten. Gleich darauf jubelte ihr Herz, sie fand einen dicken Stapel mit Büchern.

„Jippie!"

Das ist es! Jetzt werde ich Antworten finden!

Sie nahm das oberste Buch heraus, roch daran und schon wieder kitzelte der Staub in ihrer Nase.

Man sind die alt. Hoffentlich bekomme ich wirklich Antworten.

Sie musste niesen, niesen, niesen.

„Alles in Ordnung?", hörte sie Marius rufen.

„Ja! Nur etwas zu viel Staub. Ich glaube, ich habe etwas gefunden."

„Was denn?"

Marius' Kopf tauchte in der Dachbodenluke auf.

„Bücher. Und Staub."

Sie nieste noch einmal und hielt ein Buch nach oben. Dann blätterte sie es auf.

„Tagebücher! Wie ich gehofft habe."

Marius stieg die letzten Stufen hinauf und war mit wenigen Schritten bei ihr.

„Zeig mal her."

„Na? Doch neugierig?"

Er nahm das erste Buch und blätterte darin. Entschieden schloss er es wieder.

„Neugierig? Ja! Aber das sind ihre Tagebücher. Ihre Geheimnisse. Man liest nicht in fremden Tagebüchern."

Dajana schaute ihn enttäuscht an und seufzte.

„Ja, da magst du recht haben. Aber vielleicht bringt es etwas Licht ins Dunkel. Ich hab da so ein Gefühl…"

„Ja, ich weiß. Aber auch wenn sie tot ist, hat sie ein Recht auf Privatsphäre. Wir sollten erstmal nicht in ihren Tagebüchern lesen. Vielleicht gibt es ja noch andere Bücher, die uns weiterhelfen."

Er zog den mit Büchern gefüllten Karton zu sich heran und nahm die oberste Lage heraus.

„Nein… nein… nein…"

Eins nach dem anderen legte er zur Seite. Schnell hatten sie die Bücher aussortiert.

Enttäuscht schüttelte Dajana den Kopf.

„Leider alles Tagebücher."

„Ja. Tut mir leid. Aber es ist ja noch jede Menge anderer Kram im Karton, vielleicht findest du noch etwas."

Dajana zog den Karton zu sich heran. Mit etwas Herzklopfen suchte sie weiter.

„Das ist unsere letzte Chance."

„Die Vorletzte! Die Tagebücher sind die letzte Chance. Ich fände es allerdings gut, wenn wir sie nicht lesen müssten."

Ziemlich enttäuscht schaute Dajana auf die alten Klamotten, die sich noch in dem Karton befanden und sank zurück. Aufgewirbelter Staub stieg in die Luft und ließ sie erneut niesen.

„Gesundheit!"

„Danke!"

„Und? Was ist noch in dem Karton?"

„Keine Bücher mehr, nur alte Kleidung."

Marius linste in den Karton und zeigte auf den Inhalt.

„Dajana?"

„Ja?"

„Schau dir die Klamotten mal genau an. Irgendetwas stimmt damit nicht."

„Was denn? Was meinst du? Das sind doch nur Klamotten, so wie in den anderen großen Kartons."

Marius hob das oberste Kleidungsstück hoch.

„Hier, schau! Das sind Männerklamotten!"

„Was?"

„Tatsächlich. Du hast recht! Merkwürdig, in den anderen Kartons waren ausschließlich private Dinge oder Frauenklamotten. Was bedeutet das?"

„Ich weiß es nicht. Komm, lass uns nach unten gehen und den Abend mit einem heißen Tee ausklingen lassen. Es ist schon spät und die Kartons laufen nicht weg."

„Ist es schon so spät?"

„Ja. Ich bin sogar mit meiner Abrechnung fertig."

„Einverstanden! Ich kann heute auch keinen Staub mehr sehen. Ich fühle mich total dreckig und freue mich auf eine heiße Dusche."

„Na, das kriegen wir hin."

Marius strich mit seinen Fingern sanft über Dajanas Gesicht und präsentierte ihr hinterher den Staub.

„Ich glaube, du musst wirklich unter die Dusche."

Am nächsten Tag überprüfte Dajana die letzte Kiste. Sie brachte außer weiterer mysteriöser Männerkleidung nichts Neues hervor.

Und jetzt? Wie finde ich jetzt etwas über Marthas Vergangenheit heraus?

Ihr Blick wanderte zu den Tagebüchern. Es kribbelte ihr in den Fingern.

Soll ich? Was wird Marius dazu sagen?

„Nein", sagte sie zu sich selber, um sich davon abzuhalten.

Wenig später stand sie mit dem Karton und den Tagebüchern vor Marius.

„Nein. Das dürfen wir nicht."

„Marius, bitte! Ich muss wissen, durch wen sich diese Fähigkeiten vererbt haben und woher sie stammen. Marthas Tagebücher könnten darüber Aufschluss geben."

Marius zog den Karton näher zu sich heran.

„Gibt es wirklich keine anderen Schriften?"

„Nein. Halt, warte mal!"

Sie zog den Karton zurück und griff nach dem ersten Buch. Schnell hatte sie es aufgeblättert. Bevor Marius etwas einwenden konnte, legte sie das Buch offen vor ihn hin und zeigte begeistert auf den ersten Eintrag.

„Das ist kein Tagebuch!"

„Wie meinst du das?"

„Da! Lies die Überschrift"

„Eine neue Kreatur. Ja und?"

„Das ist eine Auflistung! Angriffe von Kreaturen, die durch das Portal gekommen sind!"

Dajana konnte ihre Aufregung nicht mehr verbergen und griff nach dem nächsten Buch. Sie achtete nicht mehr auf Marius. Sie war nur noch an den Berichten ihrer Vorgängerin interessiert und vertiefte sich sofort in eine äußerst spannende Geschichte. Sie handelte von einer offenbar ausgebrochenen Kreatur, ungefähr so groß wie eine Katze, mit kleinen, spitzen Zähnen. Allerdings ohne Fell und mit sechs Beinen. Martha hatte sie nach einer wilden Hetzjagd mit Hilfe eines Tierfängers einfangen können und sie zu einer Mutation erklärt. Der Tierfänger jedoch hatte eine ziemlich tiefe Fleischwunde, die sich unverzüglich entzündete.

Bakterien fremder Planeten vertragen sich nicht mit unseren Organismen.
Das war der letzte Satz. Dajana ahnte, was aus dem armen Tierfänger geworden war.

„Du meinst, das sind gar keine Tagebücher?"

Dajana erschrak fast, als sie Marius' Stimme hörte, so vertieft war sie.

„Ja, das meine ich. Hier schreibt sie etwas über eine Kreatur, die durch das geöffnete Portal gekommen ist. Alles ist mit Datum versehen. Wow! Das ist wirklich ein bedeutender Fund für mich!"

Marius lehnte sich zurück

„Puh, das ist heftig. Meinst du denn, diese Aufzeichnungen würden dir weiterhelfen?"

„Bei der Ahnenforschung sicher nicht. Aber es ist spannend, das zu lesen. Außerdem kann ich sehr viel lernen über fremde Kreaturen."

Dajana hoffte auf Marius' Zustimmung.

„Okay! Lies weiter. Ich kann dich ja eh nicht davon abhalten."

Er lachte und blätterte in dem vor ihm liegenden Buch ein paar Seiten weiter.

„Das hier muss noch vor der Geburt meiner Mutter gewesen sein."

„Dann habe ich hier ein aktuelleres Buch. Ca. zwei Jahre, bevor ich sie getroffen habe."

Gemeinsam blätterten sie sich durch die Bücher.

„Ich glaube, ich habe hier etwas Interessantes gefunden."

„Zeig her!"

Dajana zog Marius das eben neu aufgeschlagene Buch vor der Nase weg und blickte auf die befremdlich wirkenden Buchstaben und Worte. Sie zog die Augenbrauen hoch und kniff ihre Augen zusammen.

„Das...", sie beendete den Satz nicht, sondern stieß stattdessen einen lauten Schrei aus. Marius zuckte merklich zusammen.

Binnen weniger Sekunden lief Dajana um den Tisch herum und schlang ihre Arme um Marius' Hals.

„Du hast es gefunden!", flüsterte sie und spürte wenig später Marius' weiche Lippen auf den ihren.

„Ja."

„Wow! Das ist es, wonach ich gesucht habe. Das bringt mich hoffentlich weiter. Gibt es noch mehr davon?"

Neugierig blätterte Dajana durch die noch verbliebenen Protokollbücher. Doch es handelte sich bei allen um die gleiche Schrift. Diese Bücher waren alle von Martha.

Nur dieses eine war von jemand anderem geschrieben. Diese Handschrift konnte nicht von Martha stammen. Sie war härter und kantiger. Auch war die Tinte eine andere und die Wortwahl erschien sehr einfach.

„Als wenn es jemand geschrieben hat, der unsere Sprache gerade erst gelernt hat", flüsterte sie und eine Kälte durchdrang sie. „Das bedeutet wahrscheinlich, dass dieses Buch von einer Person geschrieben wurde, die von einem anderen Planeten kam."

„Du meinst doch nicht etwa…? Nein, das glaube ich nicht."

„Oh doch. Das würde einiges erklären! Die Sternenkugel war aktiv und es gab niemanden, der auf sie und ein eventuell geöffnetes Portal aufgepasst hat. Da fiel es auch nicht auf, dass sich ein Außerirdischer hier niedergelassen hatte. Er kam von weit her und hatte diese Fähigkeiten."

Dajana sprach nicht weiter, sie ließ sich auf den Stuhl zurücksinken und legte das Buch auf den Tisch.

„Wow!"

Sie, ihre Mutter, Daniel, Martha und auch Marius hatten diese Fähigkeiten nur, weil sich vor Ewigkeiten eine außerirdische Person auf die Erde verirrt hatte. Streng genommen waren sie gar keine Menschen und gehörten auch nicht auf die Erde.

„Scht! Alles wird gut", hörte sie Marius sagen und merkte, dass ihr Tränen über das Gesicht liefen. Marius war ihr Beschützer. Marius war auch ein Außerirdischer.

Wie viele gibt es noch?

„Ich weiß, was du jetzt denkst! Aber du bist ein Mensch! Genau wie deine Mutter oder Daniel. Wir sind alle Menschen, daran ändert dieses Buch überhaupt nichts."

Dajana wollte den Worten von Marius nicht ganz Glauben schenken. Sie fühlte sich plötzlich fremd in ihrem eigenen Körper.

„Wie lange hat er hier wohl gelebt?"

„Ich weiß es nicht. Aber ich denke, du hast hier deine Antwort gefunden. Jetzt weißt du, woher deine Gabe kommt."

„Vielleicht sind ja noch mehr durch das Portal gekommen? Ich meine, wenn sich einer hierher verirrt hat, dann ist es doch auch durchaus möglich, dass noch mehr gekommen sind. Vielleicht haben sie ihn gesucht? Er hatte bestimmt auch eine Familie, oder so was ähnliches."

Dajana blätterte weiter in dem Buch und kam zur letzten beschriebenen Seite. Sie las laut vor:

„Heute ist es soweit. Ich werde diesen schönen Planeten wieder verlassen. Dieses Buch lasse ich bei Martha, meiner Enkeltochter. Sie hat von mir die Aufgabe bekommen, auf die Sternenkugel aufzupassen. Alles, was hindurch kommt, muss sie genau prüfen. Sollte Martha irgendwann einmal etwas passieren - ich weiß, dass sie früher oder später einmal sterben wird - so soll mein Buch dem nächsten Hüter helfend zur Seite stehen.

Martha, du hast einen Teil meiner Fähigkeiten geerbt. Ich weiß nicht mehr, wie viele damals von unserem Planeten zur Erde geflüchtet sind, aber ich kann spüren, dass es noch viele andere mit außerordentlichen Fähigkeiten gibt. Unsere Gene verbinden sich sehr gut mit euren. Es war nie unser Bestreben, eure Rasse zu verändern. Vielmehr ist es ein Versuch, einen Teil unseres Erbgutes zu erhalten.

Wie du weißt, bin ich als einer der letzten von unserem Planeten geflohen. Vorher musste ich mit ansehen, wie diese widerlichen Kreaturen unsere schönen Städte zerstört haben. Das war grausam. Ich war froh, dass ich es noch geschafft habe, das Portal rechtzeitig zu schließen. Trotzdem wird es nur eine Frage der Zeit sein, bis diese Kreaturen unseres Planeten überdrüssig sind und zum nächsten vorrücken.

Durch meine Flucht zur Erde habe ich ihnen leider meine Position in der Galaxie mitgeteilt. Ich befürchte, dass sie als nächstes hierher kommen werden. Es wird noch dauern, aber sie werden kommen. Diese Kreaturen beuten die Planeten über Jahrzehnte hinweg aus und zerstören ihn dann. Danach ziehen sie weiter.

Martha, ich würde dir gerne bei deinem Kampf gegen sie helfen, doch das würde bedeuten, dass ich ihnen unmittelbar ausgeliefert wäre. Das darf nicht passieren, denn ich bin womöglich der Letzte meiner Art. Ich werde durch die Galaxie reisen und versuchen, gegen diese zerstörerische Spezies anzugehen. Ich muss versuchen, sie aufzuhalten. Doch ich brauche Hilfe und ich muss herausfinden, ob noch mehr aus meinem Volk überlebt haben.

Deine Aufgabe ist von nun an, zu kontrollieren, was durch das Portal kommt. Es liegt in deiner Entscheidung, ob du die Lebensform auf die Erde lässt oder nicht. Sollten sie aber Zerstörung, Tod und Chaos bringen, so musst du sie umgehend zurückschicken oder vernichten.

Ich hoffe, du gewinnst den Kampf gegen die Kreaturen. Vielleicht kommt irgendwann einmal eine wahre Hüterin, die die Sternenkugel deaktivieren kann. Glaube mir, wenn ich es könnte, würde ich es tun und für immer hier verweilen. Nur so sind die Planeten vor dem herrschenden Chaos in der Galaxie sicher. Nur so kann man diese bösartigen Kreaturen aufhalten."

Dajana hatte aufgehört zu lesen und sah Marius mit großen Augen an.

„Wow! Das waren also die Kreaturen, gegen die ich gekämpft habe. Da hatten wir ja wirklich viel Glück. Ich will mir gar nicht vorstellen, was mit der Erde passiert wäre, wenn wir den Kampf verloren hätten."

„Und ich möchte nicht wissen, auf welchem Planeten jetzt gerade Unheil verbreitet wird."

Dajana konnte die Sternenkugel spüren, obwohl sie oben im Schlafzimmer lag.

„Oh ja, das geht mir genauso. Aber das bedeutet, dass die gesamte Galaxie in Gefahr ist. Jeder Planet mit aktiver Sternenkugel kann von ihnen angegriffen und zerstört werden. Einschließlich der sich darauf befindlichen Lebensformen. Ich muss unbedingt mit Zarteus darüber reden, er wird es wissen."

Ruckartig sprang sie in Richtung Treppe, doch Marius hielt sie zurück.

„Ruhig, ruhig! Das hat auch noch Zeit bis morgen. Was soll er denn bitte unternehmen? Diese Kreaturen haben sich schon längst einen neuen Planeten gesucht und sind dabei ihn zu zerstören. Zum Glück ist es dieses Mal nicht die Erde. Ich weiß, dass du ihnen am liebsten hinterher reisen willst, doch das kann ich nicht zulassen. Es ist einfach zu gefährlich. Selbst wenn du Zarteus jetzt darüber informierst, was soll er tun? Er kann Terranus weder verlassen noch ihn in Gefahr bringen."

„Du meinst, ich soll zulassen, dass diese Kreaturen einen Planeten zerstören? Dass sie über Jahrhunderte hinweg die Lebensformen darauf vernichten und sie einfach aussterben lassen? Das soll ich zulassen?"

„Nein! So meinte ich das doch gar nicht. Aber Zarteus würde Terranus in Gefahr bringen, wenn er jetzt von dort aus etwas unternehmen würde. Hast du nicht gesagt, dass es nicht mehr viele von seiner Rasse gibt? Es geht ihm wie diesem Maxim, dessen Buch wir gelesen haben. Seine Rasse stirbt aus und er versucht, möglichst lange zu überleben und alles zusammenzuhalten. So gut es eben geht."

Dajana stand auf der ersten Treppenstufe und schaute ihm direkt in seine ruhigen Augen.

„Gut. Ich werde nichts überstürzen. Aber morgen werde ich ihm davon berichten. Dann habe ich eine Nacht darüber geschlafen und vielleicht auch eine Idee, was man gegen diese Kreaturen unternehmen kann. Damals haben wir den Dämon schließlich auch besiegen können!"

Dieser Gedanke gefiel Marius gar nicht.

„Ich hoffe, dass du die richtige Eingebung bekommst. Ich glaube nämlich, dass du alleine nicht den Hauch einer Chance hast, eine hoch entwickelte Rasse aufzuhalten, die ganze Planeten ins Chaos stürzen kann. In der alten Stadt war es nur ein Dämon und nur dank Daniel hast du ihn besiegen können. Vergiss das bitte nicht, wenn du Hals über Kopf gegen einen Feind antreten willst, den du nicht einmal kennst."

Dajana musste sich eingestehen, dass er recht hatte.

„Das stimmt wohl", gab sie kleinlaut zu.

„Das klingt doch schon mal ganz gut. Du solltest das Buch von Maxim durchlesen, dir ein Urteil bilden und dann mit Zarteus reden. Ich denke mal, dass diese Kreaturen gerade erst angefangen haben, den Planeten zu plündern, auf dem sie sich gerade befinden. Mit anderen Worten, bis sie weiterziehen, wird es wohl noch etwas dauern. Wenn es so weit ist, können wir immer noch überlegen, was dann zu tun ist."

„Ja, mag sein. Ich möchte aber auch nicht unvorbereitet sein. Es wäre eine Möglichkeit, die Sternenkugel auf ihrem derzeitig belagerten Planeten zu deaktivieren. Das würde natürlich bedeuten, dass jemand, der eine Sternenkugel deaktivieren kann, dort hinreisen müsste. Außerdem müsste diese Person dann auf dem Planeten bleiben, die Sternenkugel deaktivieren, sie verstecken und dafür sorgen, dass die Kreaturen sie nicht bekommen. Ich gehe stark davon aus, dass sie in der Lage sind, die Sternenkugel auch wieder zu aktivieren. Immerhin schaffen sie es, Portale zu anderen Planeten aufzubauen."

Dajana fiel es schwer, nicht sofort ein Portal nach Terranus zu öffnen und Zarteus die Neuigkeiten zu erzählen. Doch Marius hatte recht, sie sollte es nicht überstürzen. Zarteus würde bestimmt schon alles über das neue Tätigkeitsfeld der Kreaturen wissen. Außerdem galt es für sie jetzt erst einmal, die Sternenkugel hier auf der Erde zu beschützen.

Ich bin ihre derzeitige Hüterin. Ich darf die Erde nicht verlassen, damit ich Kreaturen jagen kann, gegen die ich eh nicht kämpfen kann.

Sie seufzte. Auf dem Tisch lag immer noch das Buch von Maxim. Sie blätterte nachdenklich darin herum und las zwischendurch einzelne Passagen. Als sie das Buch zuklappte, saß er ihr gegenüber und schob ihr einen heißen Tee zu, der wie immer mit einem Schuss Milch verfeinert war.

„Danke."

Sie nahm den ersten Schluck. Sofort breitete sich eine wohlige Wärme in ihr aus und sie fühlte sich gut. Das war es, was sie liebte. Gemeinsam mit Marius im Gastraum sitzen und einen heißen Tee zu trinken.

„Jetzt fehlt nur noch ein kleines Unwetter mit Regen, Wind und Gewitter", hörte sie Marius und es bildete sich ein breites Grinsen auf ihrem Gesicht.

„Soll ich?", fragte sie und es blitzte in ihren Augen.

„Das war ein Scherz."

Marius sackte auf seinen Stuhl zurück und lachte ebenfalls.

„Das ist auch gut so."

„Ja, es könnte Komplikationen geben. Und wenn es noch mehr Menschen gibt mit meinen Fähigkeiten, würden sie es womöglich merken, oder gar auf ihre Möglichkeiten hingewiesen werden."

„Das stimmt. Stand in Maxims Buch etwas darüber, wie viele von seiner Rasse auf der Erde gestrandet sind?"

Dajana schüttelte enttäuscht den Kopf

„Nein, leider nicht. Er hat zwar geschrieben, dass er ab und an mal jemanden von seiner Rasse durch das Portal gelassen hat, aber nie genau gesagt, ob diese Person auch auf der Erde geblieben ist, oder sie wieder verlassen hat."

Sie überlegte kurz.

„Maxim verließ ja als Letzter seinen Heimatplaneten um zur Erde zu fliehen. Hier traf er dann auf seine Verwandten, die vorher schon hier gestrandet waren. Über die Jahre hinweg kamen einige dazu und es gingen einige. So stelle ich mir das vor. Es ist also gut möglich, dass irgendwo noch jemand von seiner Rasse unter uns lebt. Glauben tu ich das allerdings nicht."

Dajana nippte an ihrem heißen Tee und sah auf den dunklen Parkplatz hinaus. Alles war ruhig und auch auf der Schnellstraße war kein Auto mehr unterwegs.

„Wir sollten schlafen gehen. Ich werde morgen mit Zarteus sprechen und ihm von Maxims Buch erzählen. Vielleicht weiß er ja, wohin er geflohen ist. Ich würde ihn auch gerne treffen, aber ich glaube nicht, dass er noch am Leben ist. Okay, du siehst auch ziemlich müde aus", stellte sie nüchtern fest und schluckte den letzten Rest Tee hinunter. „Den Abwasch können wir morgen noch machen, der läuft uns nicht weg. Lass uns schlafen gehen."

Marius blieb ihr eine Antwort schuldig. Er gähnte mit weit aufgerissenem Mund.

Sie gingen ins Schlafzimmer und schliefen sofort ein.

Maxim

Am nächsten Morgen wachte Dajana später auf als sonst. Sie setzte sich auf ihren Lieblingsplatz auf die Fensterbank und ließ sich von Marius einen heißen Kaffee bringen. Er setzte sich zu ihr und gemeinsam schauten sie auf das vor ihnen liegende, grüne Tal. Dajana genoss diese Momente. Schweigend hing sie ihren Gedanken nach.

„Heute werde ich Terranus anwählen und Zarteus von Maxim und seinem Besuch auf der Erde erzählen. Ich muss wissen, woher unsere Fähigkeiten stammen. Es würde mich brennend interessieren, ob es noch mehr von Maxims Rasse auf der Erde gibt. Meinst du, wir können das herausbekommen?"

„Nein, glaube ich nicht. Wie willst du das anstellen? Du kannst ja schlecht einen Aufruf starten, so nach dem Motto: Suche Außerirdischen mit besonderen Fähigkeiten."

Dajana kicherte. Sie musste an die vielen verrückten Leute denken, die meinten außerirdisch zu sein.

„Das wäre doch witzig! Aber ich glaube, ein wahrhaftiger Außerirdischer würde sich nicht zu erkennen geben. Also, ich meine, wenn sie durch das Portal der Sternenkugel hier auf die Erde gekommen sind, so wissen sie doch auch, wo sich Sternenkugel und Portal befinden. Maxims Erzählungen zufolge, hat die Sternenkugel ihren Standort hier auf der Erde nie verlassen. Demzufolge müssten Außerirdische also wieder hierher zurückkehren, wenn sie von der Erde wegwollen."

„Wenn sie wirklich wegwollen, werden sie auch hierher kommen. Ich denke aber, dass es nur noch Nachkommen sind und keine Lebensform wie Maxim. Womöglich war der Liebhaber deiner Oma einer von ihnen. Oder es war Maxim selber."

„Nein. Maxim hat die Raststätte hier nie verlassen. Er hatte zu viel Angst, dass diese Kreaturen seine Abwesenheit dazu nutzen würden, die Erde zu übernehmen. Es muss jemand anderes gewesen sein."

„Das ist beruhigend. Ich dachte schon, wir wären über viele Ecken miteinander verwandt."

„Nein, keine Angst. Wir sind seelenverwandt, aber mehr auch nicht."

„Das ist gut. Und bei Daniel?"

„Ich weiß nicht. Bei seinem Vater gab es keinerlei Lücken oder Ungereimtheiten im Stammbaum. Mütterlicherseits war ja leider nicht viel vorhanden. Aber irgendwo muss es eine Verzweigung zu dieser anderen Rasse geben. Schade, dass wir sie nicht gefunden haben."

„Sie muss vor allem sehr stark sein. Daniel scheint mir fast schon mehr Fähigkeiten zu haben, als du."

„Ja. Und dadurch, dass er sie so früh entdeckt hat, hat er sehr viel mehr Möglichkeiten sie zu verbessern und sein Wissen zu erweitern. Ich bin immer wieder erstaunt, wie schnell er etwas lernt und wie leicht es ihm fällt, sich Neues zu merken. Irgendwann wird er mich ablösen. Dann ist er der Hüter des Portals."

Allein der Gedanke daran verursachte Angstgefühle bei Dajana. Sie war sich nicht sicher, ob sie dazu in der Lage war, ihre Aufgabe an Daniel zu übergeben. Irgendwann musste sie das. Sie wollte durch die Galaxie reisen. Dieser Wunsch wurde von Tag zu Tag größer.

Nach dem Frühstück ging Dajana mit Marius zur Scheune. Sie trat in den Käfig und Marius schloss die Tür.

Eigentlich überflüssig und auch nicht sicher. Aber ich fühle mich besser, wenn die Tür verschlossen ist.

Sie holte die kleine Schachtel mit der Glasmurmel hervor. Augenblicklich fühlte sie sich von ihr gefangen.

Sie will aktiviert werden.

Wie üblich ließ sie die Glasmurmel über ihre Handflächen rollen und widerstand dem Drang, sie sofort zu aktivieren. Für sie war es ein Test. Auf keinen Fall wollte sie von der Sternenkugel zu stark beeinflusst werden. Sie versuchte, die Aktivierung noch etwas hinauszuzögern und konzentrierte sich auf ihre Wärme. Dann ließ sie die Kugel in der Luft schweben und aktivierte sie langsam. Die blau schimmernde Kugel überwältigte sie. Dieses Gefühl hatte sie jedes Mal.

„Terranus", flüsterte sie.

Noch bevor sie alle Planeten der Galaxie sah, öffnete sich das Portal nach Terranus und keine Sekunde später fühlte sie Zarteus' Präsenz. Dajana konzentrierte sich und baute den üblichen Schutzschild um den Käfig auf. Das Gefühl, beschützt zu sein, verschwand. Ihr Beschützer Marius stand außerhalb des Schutzschildes. Doch es was besser so, denn es beschützte ihren Beschützer.

„Hallo Dajana. Schön, dich zu sehen!"

Sie ging einen Schritt zurück, um Zarteus etwas mehr Platz zu lassen.

„Hallo Zarteus!"

Sie konnte das aufgeregte Zittern in ihrer Stimme nicht verbergen.

„Was ist passiert? Du wolltest dich doch erst in drei Tagen melden."

„Das stimmt, aber ich habe neue Informationen über unsere Vergangenheit und die Herkunft unserer Fähigkeiten herausgefunden."

„Ich weiß. Deine Gedanken sind so klar, ich kann in ihnen lesen, wie in einem offenen Buch."

Unverzüglich baute Dajana einen Schutz um ihre Gedanken auf.

„Du verdirbst mir die Überraschung!", fluchte sie leise.

„Nein. Ich versuche nur, dir klarzumachen, dass du immer mit Angriffen rechnen musst. Es sollte dir doch inzwischen klar sein, dass du deine Gedanken schützen musst."

„Ist es doch auch. Ich bin nur so aufgeregt."

„Okay. Du hast also ein Buch von Maxim gefunden. Und jetzt kennst du deine wahre Herkunft und sein Vermächtnis an euch."

„Ja. Aber es ist nicht ausschließlich von Maxim, es waren noch mehr von seiner Rasse auf der Erde. Kennst du Maxim? Weißt du, was aus ihm geworden ist? Lebt er noch?"

„Moment, nicht alles auf einmal."

Dajana schwieg. Zarteus drang etwas weiter zur Erde vor. Aber er verließ Terranus nicht, sondern zog sich einfach ein Stückchen in die Länge. So befand er sich auf beiden Planeten und blockierte das Portal.

„Ich kenne zwar nicht Maxim, aber seine Geschichte. Terranus war eine Weile abgeschnitten von der Galaxie. Als ich wieder Zugriff auf die Daten der Sternenkugel hatte, konnte ich eine Geschichte über den letzten einer äußerst interessanten Rasse lesen. Sie hätte das Zeug gehabt, unser Nachfolger zu werden. Doch dann fielen diese Kreaturen über ihren Heimatplaneten her und die meisten von Maxims Rasse wurden im Kampf gegen sie getötet. Nur wenige konnten durch das Portal fliehen. Sie landeten fast ausschließlich auf der Erde. Ich wusste das, aber ich habe es verschwiegen. Bewusst. Ich dachte mir schon, dass sowohl deine als auch

Daniels Fähigkeiten von dieser Rasse stammen würden. Ich wusste allerdings nicht, wie du darauf reagierst, dass du zum Teil außerirdisch bist."

„Ja, das war für mich wie ein Schlag ins Gesicht. Aber ich sehe das als Chance für uns. Und für die Erde. Dank Maxim ist die Erde gesichert und bleibt hoffentlich von diesen Kreaturen verschont. Was aber können wir im Falle eines Falles tun gegen sie?"

Zarteus lachte.

„Was?", fragte sie zögernd.

„Wie willst du das anstellen? Du alleine. Kannst du dir überhaupt vorstellen, wie alt diese Kreaturen sind und wie viel Macht sie haben?"

Dajana lief ein eisiger Schauer über den Rücken.

„Nein. Aber ich erinnere mich an meinen eigenen Kampf. Es war nur ein Dämon und es war grauenvoll."

„Siehst du, du hast schon deine Erfahrungen mit den Kreaturen gemacht. Jetzt stell dir vor, dass auf den Planeten, die sie übernommen haben, Tausende von ihnen leben, nicht nur einer."

Dajana schüttelte ungläubig den Kopf.

„Nein", flüsterte sie, obwohl sie wusste, dass Zarteus die Wahrheit sagte.

„Doch. Es ist die Wahrheit! Ich habe nicht gewagt, ein Portal zu ihnen aufzubauen, denn dann wüssten sie den Weg nach Terranus. Sie können zwar Portale öffnen, aber sie brauchen den direkten Weg zu einem Planeten, denn sie können sich nicht mit dem Netzwerk der Sternenkugel verbinden. Es wird noch Jahrzehnte dauern, bis sie ihren derzeitigen Planeten verlassen und sich einen neuen suchen. Wir beobachten sie. Leider haben wir noch keine Möglichkeit gefunden, sie auszulöschen, ohne dass einer von uns bei ihnen verweilt und sich selber opfert. Wir wissen also um das Problem. Ich kann dir nur raten, den von mir markierten Planeten, tiefrot markierten Planeten, zu meiden."

„Tiefrot bedeutet also, dass sie sich da befinden? Du sagst, es reicht aus, dass sie den Weg zu einem Planeten kennen, sie würden früher oder später zurückkommen? Den Weg zur Erde kennen sie ja."

„Richtig. Früher oder später kommen sie zur Erde zurück. Keiner kann sagen, wann und wie. Aber wenn ihr die Sternenkugel deaktiviert haltet, kann nichts passieren. Es ist nur gefährlich, wenn sie aktiviert ist. Dann können sie ein Portal aufbauen. Deshalb darf die Sternenkugel der Erde nie dauerhaft aktiviert sein, die Gefahr ist einfach zu groß. Wer weiß, vielleicht erlebst selbst du den Angriff schon gar nicht mehr mit."

„Aber Daniel wird ihn erleben", flüsterte sie leise. Sie wusste nicht warum, sie fühlte es einfach. Wenn Daniel der Hüter war, würden diese Kreaturen über die Erde herfallen.

Und trotzdem werde ich ihm die Sternenkugel überlassen, weil ich durch die Galaxie reisen will.

„Und Maxim? Gibt es ihn da draußen noch? Kann er uns helfen?"

„Ja. Der Geschichte nach ist er unsterblich und reist durch die Galaxie. Doch getroffen hat ihn noch niemand. Wer weiß, vielleicht ist er auf einem Planeten gestrandet und kommt von dort nicht weg, weil die dortige Sternenkugel deaktiviert oder verschwunden ist. Er wäre eine Hoffnung. Er könnte helfen. Vielleicht wird er von einem Reisenden gefunden."

Ich habe meine Bestimmung gefunden! Ich muss Maxim finden.

„Das glaube ich kaum! Man kann ihn nicht finden, denn er will es nicht. Außerdem bist du eine Hüterin. Es wäre töricht, die Erde jetzt zu verlassen."

„Du liest schon wieder meine Gedanken!"

„Dein Schutz ist ja auch schon wieder gefallen."

„Das ist nicht fair!" Dajana verstärkte ihren Schutzwall und schaute Zarteus grimmig an.

„Ich werde die Erde verlassen! Aber erst, wenn Daniel bereit ist und alleine auf die Sternenkugel aufpassen kann! Erst wenn er der Hüter über die Sternenkugel ist, kann ich meine Suche nach Maxim beginnen und die Galaxie erforschen. Bis dahin bin ich für die Erde verantwortlich. Sollte eine der Kreaturen ein Portal zur Erde öffnen, so werde ich sie in den Abgrund scheuchen, aus dem sie kommen. Mit aller mir zur Verfügung stehenden Kraft. Das verspreche ich."

„Weise Worte. Genieße deine Zeit als Hüterin! Und lerne! Deine eigene große Reise durch die Galaxie hat noch Zeit. Vor allem solltest du sie nicht unvorbereitet antreten."

Und du solltest Marius mitnehmen. Er ist dein Beschützer.

Sie hörte Zarteus' Stimme und wusste, dass diese Worte nur für sie bestimmt waren. Nicht für Marius.

„*Ja, ich weiß. Irgendwann werde ich es ihm sagen müssen, wenn er es nicht selber merkt. Eigentlich müsste er es schon wissen, Martha war immerhin seine Oma. Er wird es zur rechten Zeit erfahren und seine Rolle akzeptieren. Noch ist das nicht notwendig.*"

„Wir sehen uns nächste Woche wieder. Bis dahin werde ich täglich trainieren."

„Tu das. Versuche deinen Schutzwall aufrecht zu erhalten, auch wenn dich etwas Überraschendes trifft. Das ist eine gute Übung, die du auch außerhalb der Scheune trainieren kannst. Gehe durch die Straßen und halte den Schutzwall aufrecht. Egal, was passiert."

„Ich werde es ausprobieren."

Zarteus zog sich nach Terranus zurück und Dajana schloss das Portal. Im Anschluss riskierte sie einen Blick auf den dunkelrot markierten Planeten, erhielt jedoch keinerlei Informationen über ihn. Oder doch? Versuchte da gerade jemand, ein Portal zur Erde zu öffnen? Sie fühlte es, noch bevor es sich öffnen konnte. Schnell deaktivierte sie die Sternenkugel und Sekunden später fiel die kleine Glasmurmel klackernd zu Boden.

Das war knapp.

Dajanas Anspannung fiel ab, genau wie der Schutzwall um den Käfig. Sofort konnte sie Marius, ihren Beschützer, wahrnehmen. Die Sternenkugel versprühte noch immer ihre Wärme. Oh ja, sie wollte wieder aktiviert werden. Sie wollte das Portal zu diesem von Zarteus dunkelrot markierten Planeten aufbauen. Erschrocken verschloss Dajana die Sternenkugel in ihrer Schachtel.

Das darf ich nicht!

Die Tür des Käfigs öffnete sich quietschend. Sie hörte vertraute Schritte, die langsam näher kamen. Marius, ihr Beschützer, kam zu ihr.

„Alles in Ordnung?"

„Ja. Aber die Informationen gefallen mir nicht."

„Mir auch nicht. Den größten Teil konnte ich mit anhören, aber Zarteus hat auch mental mit dir gesprochen."

„Richtig. Gewisse Dinge waren nur für mich bestimmt. Zu gegebener Zeit werde ich sie dir erzählen. Doch bis dahin dauert es noch."

„Wie immer."

Dajana lehnte ihren Kopf an Marius' starke Schulter, sie spürte seine Wärme und fühlte sich geborgen.

„Danke, dass du da bist."

„Ist meine Aufgabe."

„Ich weiß. Lass uns in die Raststätte gehen. Ich habe Hunger und hätte gerne einen heißen Tee."

Wir werden Maxim suchen, wenn die rechte Zeit gekommen ist. Vorher muss Daniel zum Hüter ausgebildet werden und ich denke, er wird ein starker Hüter. Er kann das. Ich werde mit ihm auf Reisen gehen. Ich werde von Planet zu Planet reisen und mir die Galaxie anschauen. Marius wird dabei sein und mich beschützen. Er wird seine Rolle akzeptieren.

Ich hoffe nur, dass die Kreaturen uns noch genug Zeit lassen, bis sie zum nächsten Planeten ziehen!

Besuch von Terranus

„Hallo Daniel, hier ist Dajana. Wie geht es dir?"

„Dajana! Hallo! Schön, dich zu hören. Ich habe heute eine Eins in Mathe bekommen."

„Super! Herzlichen Glückwunsch! Du bist ja ein richtig guter Schüler."

„Ja klar. Mama hat mir versprochen, dass ich mir dafür eine neue DVD kaufen darf."

„Und? Weißt du schon, welche?"

„Noch nicht, aber ich werde bestimmt eine finden."

Wie soll ich es Daniel bloß erklären? Ahnt er schon etwas?

„Dajana? Warum rufst du an?"

Sie seufzte.

Sag es einfach, er wird es schon verstehen.

„Es ist so... Du weißt ja, was Zarteus gesagt hat, dass die kleine Gemeinschaft von Terranus gerne einmal die Erde besuchen möchte."

„Ja. Wann kommen sie?"

Sie spürte seine Aufregung und wusste genau, dass er den Telefonhörer mit beiden Händen ans Ohr presste, um ja alles zu verstehen.

„Daniel, es tut mir leid. Zarteus hat mir geraten, den Leuten von Terranus nicht alles von uns zu erzählen. Ich soll sie erst einmal kennenlernen und dann selber entscheiden, ob ich ihnen vertraue oder nicht. Auf jeden Fall hat er mir aber abgeraten, dich bei dem ersten Treffen mit dabei zu haben."

Stille breitete sich aus. Dajana sah Daniels enttäuschtes und trauriges Gesicht vor ihrem geistigen Auge. Sie konnte ihn so gut verstehen. Wie gerne würde sie ihn jetzt in den Arm nehmen und einfach nur drücken. Er war so ein lieber Junge. Gut erzogen, verständnisvoll und er lernte schnell. Wie gerne hätte sie es ihm ermöglicht, das erste Treffen einer nicht irdischen Rasse mitzuerleben.

„Warum?"

Er flüsterte und musste offenbar schon mit den Tränen kämpfen. Dajana hatte sofort Mitleid mit ihm. Schon wollte sie ihre logische Entscheidung wieder über den Haufen werfen, da spürte sie Marius' warme Hand auf ihrer Schulter.

„Halt ihn da raus, egal wie sehr er bettelt."

„Daniel, es geht nicht. Ich kenne die Gruppe nicht und weiß so gut wie nichts über sie. Zarteus hat sich, was das Vertrauen angeht, nicht eindeutig ausgedrückt. Er meinte, ich solle mir meine eigene Meinung bilden und nicht auf ihn vertrauen. Ich bin nun mal für die Sicherheit der Erde zuständig."

„Aber ich könnte doch in einer Ecke stehen und einfach nur zuhören. Ich bin auch ganz still, ich sage nichts und beobachte nur. Das wäre so cool, ich gehöre doch schließlich auch dazu. Ich könnte dir auch helfen, wenn etwas passiert. Du weißt, dass ich schon viel gelernt habe. Ich kann helfen, bitte."

Dajana schüttelte entschieden ihren Kopf. Dann erst wurde ihr bewusst, dass Daniel das ja nicht sehen konnte.

„Nein! Es geht nicht, Daniel. Wenn die Gruppe wirklich nicht vertrauenswürdig ist, könnten sie mich hintergehen und dann brauche ich dich in der Hinterhand. Sie dürfen auf keinen Fall erfahren, dass es noch eine zweite Person gibt, die dazu in der Lage ist, die Sternenkugel der Erde zu verteidigen."

Stille auf der anderen Seite.

„Daniel, es tut mir wirklich leid. Es geht nicht. Wenn du darüber nachdenkst, wirst du es verstehen. Bitte. Ich will dich nicht ausschließen und ich will die Sternenkugel auch nicht für mich alleine beanspruchen, das weißt du. Doch im Moment bin ich nun mal die Hüterin und muss an die Gefahren denken, die bei so einem Erstkontakt entstehen könnten."

Sie ließ Daniel etwas Zeit, damit er über ihre Worte nachdenken konnte. Er war noch in der Leitung, sie hörte ihn ruhig atmen.

„Daniel? Sag doch bitte etwas. Bist du sauer?"

„Nein, nur traurig."

Dajana schloss die Augen und lehnte sich gegen Marius' starke Schultern.

„Die Entscheidung ist richtig", flüsterte er ihr ins Ohr und Dajana musste ein Kichern unterdrücken, denn sein Bart kitzelte sie am Ohrläppchen.

„Dajana?"

„Ja? Entschuldige, was hast du gerade gesagt?"

„Marius ist bei dir, das spüre ich."

„Oh ja. Er steht neben mir und lässt dich schön grüßen."

Dajana wunderte sich, woher Daniel wusste, dass Marius da war. Sie konnte nicht fühlen, ob noch jemand bei Daniel in der Nähe war.

„Spürst du es auch?"

„Was denn?"

„Dass Claire bei mir ist!"

Obwohl Dajana sich anstrengte, fühlte sie nichts. Natürlich wusste sie, wie Claire aussah, doch sie spürte nicht, ob sie bei Daniel war.

„Nein, ich fühle es nicht."

Sie stockte und warf Marius aus großen Augen einen erstaunten Blick zu. Mit dem gleichen Blick antwortete er ihr.

„Wow! Ich habe eine Fähigkeit, die du nicht hast."

„Wie äußert sich das?"

„Dass Marius bei dir ist, habe ich gespürt. Ich kann es dir nicht näher erklären, ich weiß es einfach."

Dajana hörte es im Hörer rascheln und dann drang Daniels gedämpfte Stimme zu ihr durch.

„Claire, kannst du mal bitte zu Mama gehen und mir eine Flasche Wasser holen?"

„Warum?"

„Ich habe Durst. Geh schon."

Es raschelte erneut im Hörer und Daniels Stimme war wieder klar und deutlich zu hören.

„So, Claire ist jetzt kurz raus. Ich wollte dir sagen, dass ich Claire und meine Eltern immer spüren kann. Ich weiß sogar, ob sie weit weg sind oder ganz in meiner Nähe. Ich weiß nicht, ob sich diese Fähigkeit noch weiter entwickelt, aber seit dem letzten Sommer bei euch, habe ich das."

Dajana schwieg. Sie wartete auf weitere Ausführungen von Daniel, doch die kamen nicht. Wahrscheinlich war Claire wieder im Raum und so kam sie auf das Grundthema zurück.

Ich werde später noch einmal in aller Ruhe und alleine mit ihm darüber sprechen.

„Es tut mir wirklich leid, Daniel, aber du kannst nicht dabei sein, wenn die Gruppe von Terranus eintrifft. Ich werde über deine neue Fähigkeit nachdenken, sie könnte nützlich sein. Du könntest mal versuchen herauszufinden, ob du auch Personen erahnen kannst, die dir unbekannt sind. Aber sei bitte vorsichtig! Du weißt ja…"

Ihre Stimme wurde jetzt sehr bestimmt. Doch Daniel kannte den Rest des Satzes und fiel mit ein:

„… keine Benutzung der Fähigkeiten alleine oder vor nicht eingeweihten Personen."

„Genau, das habe ich dir beigebracht. Das sollte unser höchster Leitsatz sein."

„Ich weiß."

„Gut. Dann mach es gut und schöne Grüße an deine Eltern und Claire."

„Richte ich aus und du grüße Marius! Ich freue mich schon auf deinen nächsten Anruf."

„Natürlich. Ich melde mich sofort bei dir, wenn die Gruppe von Terranus wieder gegangen ist."

„Ja, bitt. Ich bin schon ganz aufgeregt. Wann genau kommen sie eigentlich?"

„Ach ja, das habe ich ja noch gar nicht gesagt. Wir haben uns für Samstag verabredet. Ich werde um 10:00 Uhr das Portal öffnen und Zarteus lässt die kleine Gruppe dann zu uns auf die Erde. Ich weiß noch nicht, wie lange sie bleiben. Ich muss sie ja erst einmal kennenlernen."

„Alles klar. Dann bis später, tschüß."

Dajana legte den Hörer auf. Erleichtert sagte sie zu Marius:

„Er hat es verstanden."

„Ja. Trotzdem ist mir nicht ganz wohl bei dem Gedanken. Komm her, du wirst das schaffen. Ich werde dabei sein und dich beschützen. Zarteus hat doch gesagt, dass sie über keinerlei Fähigkeiten verfügen und friedliche Forscher sind."

Dajana kuschelte sich in Marius' Arme und seufzte zufrieden.

„Ja, sie sollen friedlich sein. Trotzdem werden sie bei ihrem ersten Besuch im Käfig bleiben und ich werde ihn zusätzlich mit einem energetischen Schutzbild umfassen. Sicher ist sicher. Ich will kein zu hohes Risiko eingehen."

Marius strich ihr über ihre langen Haare und küsste sie sanft auf die Stirn. Dajana vergaß all ihre Sorgen und fühlte sich sicher. Marius war bei ihr, sie konnte sich nicht mehr vorstellen, alleine zu sein. Er war immer für sie da und würde es auch immer sein. Das fühlte sie in diesem Moment.

Endlich war es Samstag. Dajana war schon mit den ersten Sonnenstrahlen wach und schaute auf die grünen Wiesen des Tals. Sie saß an ihrem Lieblingsplatz und genoss den Sonnenaufgang. Immer wieder streifte ihr Blick dabei über das verlassene Dorf.

Es hatte nichts von seinem Charme verloren und noch immer reizte es Dajana, dorthin zu gehen. Sie konnte es, sie hatte den Schlüssel für das große Tor. Irgendwann würde sie es machen. Irgendwann. Noch zu deutlich waren die Erinnerungen an den Kampf. Sie sah die Bilder vor sich und wusste auch, dass sie damals sehr viel Glück gehabt hatte. Sie mochte gar nicht daran denken, was passiert wäre, wenn es zwei Dämonen gewesen wären.

Sie fühlte die Wärme der Sternenkugel, sie war noch nicht aktiviert. Nie wieder würde sie sie unbedarft aktivieren, so hatte sie es Marius versprochen. Marius! Ihr Blick blieb auf seinen Konturen, die sich unter der Bettdecke abzeichneten, hängen. Sie sah seinen muskulösen Rücken und seinen kleinen Bauchansatz. Sie kicherte leise, denn sie stellte sich vor, wie er wohl in ein paar Jahren aussehen würde, wenn er nicht auf seine Linie achtete. Sie müsste ihn wohl auf Diät setzen, wenn er ihr weiterhin bei nicht irdischen Besuchern helfen sollte. Marius würde eine Diät nicht gefallen, doch wenn sie es ihm logisch erklärte, würde er es verstehen.

Nicht, dass sie davon ausging, sich heute auf einen großen Kampf vorbereiten zu müssen, doch sie musste auf alle erdenklichen Möglichkeiten gefasst sein. Vor allem, weil Inspektor Paul nicht mehr bei ihnen war, fehlte ihnen einfach eine Person.

Sie blickte wieder zum Tal und sah gerade noch, wie die Sonnenstrahlen die Kirche des verlassenen Dorfes streiften. Sie seufzte, sie hatte den schönsten Anblick des Sonnenaufgangs verpasst. Nun ja, der Tag würde aufregend und anstrengend genug werden. Sie sollte sich eigentlich noch etwas hinlegen, sich an Marius kuscheln und versuchen noch etwas zu schlafen.

Kaum ausgedacht, stieg sie von der Fensterbank herunter und huschte zurück unter die Bettdecke. Die war jedoch inzwischen kalt geworden, so schlüpfte sie hinüber zu Marius und sofort wurde ihr wieder warm. Marius drehte sich zur Seite, wachte aber nicht auf. Dajana schmiegte sich an seinen muskulösen Oberkörper. Sie strich über die feinen Härchen auf seiner Brust und kicherte leise. Dann rückte sie noch ein Stückchen näher an ihn heran, so dass sie seine Wärme spüren konnte. Solange Marius in ihrer Nähe war, war sie immer sicher.

Eigentlich hatte sie noch etwas schlafen wollen, doch ihre innere Unruhe weckte Marius wenig später auf und die beiden liebten sich stattdessen heiß und innig.

„Danke, das habe ich jetzt gebraucht", hauchte sie Marius ins Ohr.

„Ich auch, obwohl ich auch gerne noch etwas länger geschlafen hätte. Dass du aber auch immer so früh aufwachst."

„Tja, im Gegensatz zu dir brauche ich keinen Schönheitsschlaf."

„Du musst dich auch nicht mit der Verwaltung einer Raststätte und drei Restaurants herumschlagen."

Dajana lachte und wenig später landete ein Kissen an ihrem Kopf.

„Hey! Keinen Kampf. Wir brauchen unsere Kraft für nachher. Und komm mir nicht mit der vielen Arbeit, du hast deine Geschäftsführer und auf die kannst du dich zu hundert Prozent verlassen."

„Ja, du hast ja recht. Aber du solltest dich vielleicht mal untersuchen lassen. Du schläfst wirklich wenig in letzter Zeit."

Das wusste sie. Daran war die Sternenkugel schuld. Sie und die Geschichten, die sie ihr erzählte, wenn sie nachts wach lag und keinen Schlaf fand.

„Ich weiß! Ich verspreche dir, dass ich für die nächste Woche einen Check-up-Termin mache."

„Gut. Dann lass uns jetzt frühstücken. Es ist noch Zeit, bis dein Besuch kommt und wir sollten uns vorher ausgiebig stärken."

Marius lächelte sie an. Am liebsten wäre sie mit ihm wieder unter der Decke verschwunden, doch er hatte recht. Sie sollten jetzt frühstücken und danach wollte Dajana zusammen mit Marius den Käfig kontrollieren. Das hatten sie zwar gestern schon getan, doch die Erde musste sicher sein.

Während des Frühstücks schwiegen Dajana und Marius. Es schien so, als würde Marius sie ihren Gedanken nachgehen lassen. Dajana war ihm dafür dankbar. Immer und immer wieder überlegte sie, wie sie sich verhalten wollte und ob sie an alles gedacht hatte. Nicht irdische Lebensformen würden heute Vormittag den staubigen Boden ihrer Scheune betreten. Sie hatte sie eingeladen. Das war eine Premiere und sie wollte, dass alles gut verlief.

Mit Zarteus hatte sie mehrfach über diesen Besuch gesprochen. Sie hatte ihn sogar gefragt, ob sie der kleinen Gruppe Getränke oder etwas zu essen anbieten sollte. Nach kurzer Diskussion hatten sie sich dagegen entschieden. Sie würde der Gruppe eine Liste mit verschiedenen Lebensmitteln der Erde mitgeben und im Gegenzug würde sie eine ähnliche Liste über Terranus erhalten. Zarteus wollte nicht, dass sie ein zu hohes Risiko eingingen. Zu viel hing von diesem Treffen ab. Man wollte sich ja schließlich als Freund gewinnen und keinen negativen Eindruck hinterlassen. Zu viel hing von dieser notwendigen Freundschaft ab. Vor allem für die gesamte Galaxie.

„Haben wir auch wirklich an alles gedacht?"

Dajana nahm den letzten Schluck ihres Kaffees und schaute Marius fragend an.

„Es wird schon alles klappen. Du kannst ja gar nicht an alles denken. Du kennst diese Rasse nicht. Sie mag uns zwar ähnlich sein, aber dennoch sind sie anders. Ich denke, Zarteus hat dich gut genug vorbereitet. Es wird keine allzu großen Unterschiede zwischen uns und ihnen geben. Sei am besten so, wie du immer bist."

„Ja, du hast recht. Dasselbe hat mir Zarteus auch geraten. Die kleine Gruppe wird bestimmt genauso aufgeregt sein wie ich. Was Zarteus ihnen wohl über mich und unsere Rasse schon alles erzählt hat?"

Dajana versuchte sich vorzustellen, wie sie wohl aussehen würden. Laut Zarteus sollten sie ähnlich sein. Kein Wunder, sie stammten alle von derselben Spezies ab, hatten sich nur in eine andere Richtung entwickelt. Nach einem kurzen Augenblick, der ihr wie eine halbe Ewigkeit vorkam, unterbrach Marius die Stille.

„Sie wissen wahrscheinlich nicht mehr über dich, wie du über sie. Wir sollten rüber gehen."

„Ist es schon so weit?"

„Noch nicht. Aber du wolltest doch bestimmt den Käfig noch einmal überprüfen?"

„Ja, das stimmt. Lass uns gehen."

Gemeinsam traten sie in die Sonne hinaus. Dajana hielt ihr Gesicht in die wärmenden Strahlen und lächelte zufrieden. Ihre anfängliche Aufregung war einer tiefen Ruhe gewichen. Irgendwie wusste sie, dass alles klappen würde und sie freute sich auf die neuen Eindrücke.

Ganz kurz dachte sie an Daniel und seine neue Fähigkeit, Mitmenschen zu spüren. Wie viel von Maxims Rasse steckte in ihm? Wie würde er sich weiterentwickeln? Was konnte er noch alles? Es steckte eine Menge Potenzial in ihm und Dajana sah deutlich seinen Weg. Er war derjenige, der auf die Sternenkugel der Erde aufpassen würde, wenn sie später durch die Galaxie reiste. Das war seine Bestimmung. Ihre war das Reisen. Doch solange Daniel noch nicht alt genug war, sprang sie selber ein als die Hüterin der Sternenkugel. Die Beschützerin der Erde. Die Hüterin des Portals.

Das Vibrieren ihres Handys holte sie aus ihren Gedanken zurück.

Wer kann das jetzt sein? Hätte ich mir eigentlich denken können, dass er mich vorher noch anruft.

„Hallo Daniel! Guten Morgen."

„Guten Morgen, Dajana! Ich bin total aufgeregt."

„Oh ja, das denke ich mir. Soll ich dir etwas verraten?"

„Ich weiß es schon. Du bist auch aufgeregt, das spüre ich."

„Ja, das wird ein bedeutendes Treffen für uns und die Erde. Wir gehen jetzt in die Scheune und kontrollieren noch einmal den Käfig. Danach schalte ich mein Handy aus. Noch einmal, Daniel, mir ist wichtig, dass die Besucher von Terranus nichts von dir mitbekommen! Du wirst sie vielleicht spüren können, aber sei bitte sehr vorsichtig. Es ist durchaus möglich, dass sie in der Lage sind, Menschen mit Fähigkeiten aufzuspüren. Sie sollen auf keinen Fall erfahren, dass es dich gibt."

„Ja. Das hast du schon drei Mal gesagt."

Sie hörte Daniel aufstöhnen, war sich aber sicher, dass er sich an ihre Anweisung halten würde.

„Also, wir telefonieren nachher."

„Ist gut, aber ganz bestimmt!"

„Na klar. Versprochen. Du wirst es erfahren."

„Wer auch sonst."

Langsam wurde die Zeit eng und Marius wartete ungeduldig darauf, dass sie das Gespräch beendete und ihr Handy ausschaltete.

„Daniel, ich muss jetzt auflegen. Wir müssen noch den Käfig kontrollieren und alles vorbereiten. Ich wollte noch ein paar alte Heuballen in den Käfig stellen, damit wir uns hinsetzen können. Sie kommen schon in einer halben Stunde und ich will sie bei ihrem ersten Besuch nicht warten lassen."

„Viel Glück! Ich warte auf deinen Anruf."

„Danke!"

Sie schaltete ihr Handy aus. Sorgsam legte sie es in eine kleine Schachtel.

„Auf geht´s", sagte er und erzeugte bei Dajana Gänsehaut.

„Ja, wir schreiben jetzt Geschichte! Die Erde nimmt ihren Platz im Netzwerk der Sternenkugeln ein und das hier ist der erste Kontakt zu einer fremden Spezies."

„Ja. Mir ist nicht ganz wohl bei der Sache."

„Ich weiß. Doch es ist mein Weg und ich muss ihn gehen. Ich bereite der Erde ihren Platz in der Galaxie vor. Wenn Daniel soweit ist, dass er die Verantwortung für die Sicherung der Erde übernehmen kann, gehe ich meiner eigentlichen Bestimmung nach."

„Es gefällt mir trotzdem nicht."

„Ich weiß, doch es ist mein Weg."

„Ja. Leider."

Dajana sah über den fast leeren Parkplatz. Der letzte Gast hatte wohl etwas zu sehr auf das Gaspedal getreten und zwei tiefe Furchen im Kies hinterlassen. Ansonsten war es eine fast unnatürliche Stille. Hatte sie aus Versehen die Zeit angehalten? Nein. Ihre Uhr tickte weiter, das Leben ging seinen Weg. Und sie musste ihren gehen, auch wenn es Marius nicht gefiel. Doch darüber konnten sie später noch ausführlich sprechen.

Sie trat in die dunkle Scheune und sobald die Tür hinter ihr ins Schloss fiel, entzündete sie mit einem Fingerschnipsen die Fackeln an den Wänden. Das war ihr zur Gewohnheit geworden. Sogleich wurde es heller. Marius verkniff sich seine offenbar geplante Bemerkung. Dajana schenkte ihm dafür ihr schönstes Lächeln.

„So! Es kann jetzt endlich losgehen."

„Gut. Ich werde außerhalb des Käfigs bleiben, um schnell Hilfe holen zu können. Falls notwendig."

„Richtig, das ist der Plan. Ich werde den Käfig verschließen, danach die Sternenkugel aktivieren und Terranus anwählen. Ich denke, Zarteus wird erst einmal kurz mit mir sprechen wollen. Dann kommt die kleine Gruppe Terraner durch und wird den Boden unserer geheiligten Erde betreten."

„Oha, jetzt trägst du aber ein wenig auf."

„Okay, ein bisschen sehr stark. Das liegt daran, dass ich jetzt doch wieder aufgeregt bin."

„Okay. Einatmen, kurz die Luft anhalten und bis zehn zählen. Dann darfst du wieder ausatmen."

Dajana tat, wie er sagte und es half.

„Danke."

Sie hauchte Marius einen Kuss auf die Wange und ging durch die Gittertür. Die fiel so laut ins Schloss, dass Marius zusammenzuckte.

Seine Nerven sind also auch angespannt, habe ich es mir doch gedacht. Hoffentlich kann er mich wirklich so beschützen wie ich es erwarte.

Zwei Mal drehte Dajana den Schlüssel im Schloss herum und gab ihn dann Marius.

„Hier, nimm ihn! Denk bitte dran, lass nichts durch diese Tür. Gib mir den Schlüssel nur zurück, wenn du dir sicher bist, dass ich es auch bin. Wenn du die Tür wieder aufschließt und das, was sich im Käfig befindet, hinaus lässt, musst du dir ganz sicher sein, dass ich es bin."

Marius nickte fest entschlossen.

„Ich weiß, das haben wir schon besprochen. Solange der Besuch da ist, schließe ich diese Tür auf keinen Fall auf. Für dieses Mal werden sie nichts weiter zu sehen bekommen, als diese Scheune und den Gitterkäfig."

Dajana sah auf ihre Uhr. Nur noch zwei Minuten bis 10:00 Uhr. Sie wollte nicht zu spät sein und holte die Schachtel aus ihrer Hosentasche. Schnell war sie geöffnet und sofort rief die Sternenkugel. Sie wollte aktiviert werden. Sie wollte, dass Dajana ein Portal öffnete und sie wollte, dass Dajana hindurch ging und zu den fernen Planeten reiste.

„Heute noch nicht", flüsterte sie und hoffte, dass Marius es nicht gehört hatte.

Dajana hatte noch eine Minute, die aktivierte Sternenkugel schwebte schon majestätisch vor ihr. Das blaue Licht erhellte die Scheune zusätzlich und überstrahlte das gelbliche Licht der Fackeln. Innerhalb des Käfigs gab es keinen Schatten mehr. Ein letztes Mal schaute sie zu Marius, der mit leuchtenden Augen die aktivierte Sternenkugel bestaunte. Sofort fühlte sie, dass ihr das nicht passte. Sie gehörte ihr, sie hatte sie gefunden. Sie hatte damals so viel auf sich genommen, um das aktivierte Portal zu schließen. Sie hatte die Sternenkugel als Belohnung erhalten.

Halt! Marius ist mein Beschützer. Er weiß, wie viel mir die Sternenkugel bedeutet. Er würde sie mir nie im Leben wegnehmen. Außerdem gehört sie der Erde. Ich bin nur eine kurzfristige Hüterin, bis Daniel bereit ist für diese Aufgabe. Die Sternenkugel suggeriert mir nur, dass sie mir gehört.

Dajana ging näher an die Sternenkugel heran. Es wurde Zeit. Sie legte ihre Hände auf die kalte Glashülle. Sofort fühlte sie die anderen Planeten und sog das neu angesammelte Wissen in sich auf.

Oh, ich hätte sie öfter aktivieren sollen, so viel ist inzwischen passiert. Der kleine Planet, der neulich noch kurz vor einem Bürgerkrieg stand, hat wieder Ruhe gefunden. Schön. Das gefällt mir. Sie haben noch einmal die Kurve gekriegt und schwören, von nun an in Frieden zu leben. Sehr schön.

Da ist Terranus! Auch bei ihm gibt es scheinbar ein paar Neuerungen. Oh, es hat eine große Umweltkatastrophe gegeben. Weite Stellen einer kleinen Inselgruppe sind überflutet.

Dajanas erstickte ihren Aufschrei. Ihr Herz schlug schneller, sie hatte Mitleid mit den Menschen, die bei dem Taifun umgekommen waren oder ihr mühsam aufgebautes Heim verloren hatten.

Über 10.000 obdachlose Flüchtlinge und über 3.000 Tote. Das ist schrecklich. Doch ich sehe die Reaktionen der Menschen. Sie scheinen ebenso mitfühlend und hilfsbereit zu sein, wie wir. Das haben wir gemeinsam.

Nachdem sie der Sternenkugel den Befehl dazu gegeben hatte, öffnete sich das Portal unverzüglich. Dajana trat einen Schritt zurück, ließ ihre Hände sinken und wusste nicht so recht, was sie jetzt machen sollte. Sie wartete ab und hoffte, dass ihr Besuch pünktlich war. Und das war er.

„Hallo Dajana!"

„Hallo Zarteus!"

„Pünktlichkeit lobe ich. Hier bei mir steht eine kleine Gruppe, die schon ganz aufgeregt ist, die Erde zu betreten. Sie möchten unbedingt die Personen treffen, die ihrer Spezies so ähnlich sind."

„Oh ja, das kann ich gut verstehen. Ich bin auch aufgeregt. Wirst du als Vermittler anwesend sein? Ich bin mir nicht sicher, ob ich das alleine hier schaffe."

„Das wirst du schon. Du wirst sehen, ihr werdet euch gut verstehen. Außerdem sehe ich Marius. Du bist also nicht alleine."

„Ja, aber wir sind nur zu zweit. Wie viele Terraner kommen denn?"

Dajana bekam keine Antwort.

„Zarteus? Bist du noch da?"

„Ja! Sie überlegen noch, ob sie alle kommen dürfen, oder erst einmal nur Achim, ihr Anführer."

„Wow! Das habe ich nicht erwartet. Ich glaube, du solltest erst einmal ihren Anführer durch das Portal lassen. Wenn er mir sympathisch ist und ich merke, dass von ihm keine Gefahr ausgeht, können die anderen dann nachkommen."

„Eine gute Entscheidung! Genauso machen wir es. Ich schicke Achim gleich durch. Was meinst du, dürfen die anderen durch das Portal zuschauen?"

„Können sie das jetzt noch nicht?"

„Nein. Du kannst sie ja auch noch nicht sehen. Ich habe den Blick durch das Portal gesperrt."

„Deswegen kommt mir das Schwarz der Höhle noch dunkler vor."

Dajana staunte über die Vielseitigkeit der Sternenkugeln. Sie stellte an ihr immer wieder neue und vor allem nützliche Funktionen fest.

„Also, darf ich den Schleier lüften?"

„Ja, wenn das im Sinne der Terraner ist."

„Ist es."

Das Schwarz wurde heller und in der Höhle auf Terranus war jetzt mehr Licht vorhanden. Wenig später sah sie, woher dieses Licht kam. Es standen kleine tragbare Lampen auf dem Boden. Ihr Licht glich dem von Taschenlampen, doch es erschien Dajana unwirklich und irgendwie anders.

Andere Entwicklung. Womöglich sogar vermischt mit weiterer außerirdischer Technik. Ich muss vorsichtig sein, nicht dass sie Technik von der Erde mitnehmen. Wobei mich ihre Technik natürlich interessiert. Vielleicht könnten wir unsere Techniken austauschen? Halt! Ich denke schon wieder zu weit. Erst einmal den ersten Kontakt überstehen.

Dajana lächelte freundlich und versuchte, die Personen auf der anderen Seite zu erkennen. Sie sahen groß aus. Größer als sie und auch größer als Marius. Ihre Gedanken überschlugen sich.

Sie haben sich anders entwickelt. Interessant. Was ist noch anders? Ich kann zu wenig sehen. Oh, das muss Achim sein.

Einer aus der Gruppe ging auf das Portal zu. Sie trat einen Schritt zurück und gewährte ihm dadurch Einlass auf die Erde. Sie hatte das Gefühl, dass sie das Portal lieber schnell wieder schließen sollte. Doch sie widerstand diesem Drang. Zarteus konnte sie vertrauen. Er würde die Leute von Terranus wohl kaum hierher lassen, wenn man ihnen nicht trauen konnte.

Der Mann auf der anderen Seite winkte ihr freundlich zu und sie ertappte sich ein weiteres Mal, wie sie kurz davor stand, das Portal zu schließen. Dieses Mal konnte sie sogar ein Flackern am Rande des Portals beobachten. Sie musste sich konzentrieren. Das hier war ein wichtiger Abschnitt für die Erde, für Terranus und vor allem für die Galaxie.

Sternenkugel! Es ist in Ordnung, dass diese Person hindurch tritt. Ich, als deine derzeitige Hüterin, lasse es zu!

Dajana winkte Achim zu.

„Hallo", rief sie ihm entgegen und wenig später erklang ein Hallo zurück. Es war eine tiefe Stimme und die Worte klangen recht hart. Dajana wusste sofort, dass sie es mit einem sehr dominanten Wesen zu tun hatte.

Sollte ich sie wirklich Wesen nennen? Sind es nicht eher Menschen, wie Marius und ich? Halt, es sind Terraner. Ich sollte sie Terraner nennen und uns Erdaner. Das Wort Mensch werden sie nicht kennen.

„Du kannst rüber kommen. Ich, Dajana, lade dich herzlich ein, die Erde zu betreten. Ich bin die Hüterin der Sternenkugel auf der Erde. Ich habe das Recht, dich jederzeit nach Terranus zurückzuschicken, wenn du dich nicht akkurat verhältst. Für den Anfang werden wir uns hier in diesem Käfig aufhalten. Leider kann ich dir nicht mehr von der Erde zeigen, weil hier niemand etwas von der Sternenkugel weiß. Für den Anfang soll das auch so bleiben."

„Das hast du schön gesagt. Und ich, Achim, nehme deine Einladung an. Wir Terraner von Terranus werden uns an eure Regeln halten. Dazu gehört auch, dass ich erst einmal alleine komme."

Er trat einen Schritt nach vorn und befand sich auf der Erde.

Eine fremde Kreatur!

Dajana konnte sich nicht dagegen wehren, irgendetwas kreischte auf in ihr. Ehe sie sich versah, hatte sie den Schutzschild der Sternenkugel aktiviert und Achim konnte nicht weitergehen. Besser gesagt, er stieß gegen den Schild und blickte sie verwundert an.

„Oh! Entschuldigung!"

Peinlich berührt versuchte sie, die aufgekommene Panik zu unterbinden.

„Du musst ruhig bleiben, Dajana", hörte sie Marius von ganz weit weg.

Sie verbannte die Bilder ihres ersten Kampfes aus ihrem Kopf. Langsam atmete sie ein und wieder aus. Sie spürte, wie sich ihr Herzschlag normalisierte und sie wieder die Kontrolle über sich bekam. Sekunden später fiel der Schutzschild.

„Du kannst jetzt kommen, der Schutzschild ist weg. Es tut mir leid, aber das alles ist für mich noch ziemlich neu. Mein bisheriger Kontakt zu anderen Lebensformen war eher gefährlich."

Achim nickte und tat vorsichtig einen Schritt nach vorne. Dabei streckte er seine Arme gerade nach vorne, um nicht wieder gegen eine unsichtbare Wand zu prallen. Dajana lächelte ihm entgegen.

Der Start war ja schon mal peinlich. Ich hoffe, dass es nicht so weitergeht.

„Hallo noch mal!" Erstaunt nahm sie Achims Hand entgegen und schüttelte sie.

„Hallo! Tut mir leid mit dem Schutzschild. Ich erzähle dir und den anderen auch gerne, warum ich so vorsichtig bin. Doch zuerst habe ich wichtigere Fragen. Ihr wollt bestimmt auch einiges über uns und die Erde erfahren?"

„Oh ja, das stimmt. Wir waren ganz aufgeregt, als Zarteus uns erzählte, dass es einen neuen Planeten gibt, den man besuchen kann. Er schien selber aufgeregt zu sein. Als er dann noch sagte, dass sich eure Lebensformen so ähnlich entwickelt haben wie wir, konnte er uns nicht mehr davon abhalten, euch zu besuchen."

„Ja, er hat mehrfach gefragt, ob es auch wirklich okay ist, dass ihr uns so schnell schon besucht. Aber er hat mir die Entscheidung überlassen, schließlich bin ich für die Erde zuständig und er für Terranus. Ich habe vorhin ziemlich erschütternde Informationen über Terranus erhalten. Dieser Tsunami bei euch hat ziemlich viel Schaden verursacht, passiert so etwas häufiger?"

Achim starrte sie mit großen Augen an.

„Du hast Terranus angewählt und bist hier alleine? Ich meine, du hast keinen Figus, der dir hilft?"

Dajana biss sich auf die Zunge.

Habe ich zu viel gesagt? Was darf Achim alles erfahren? Ich wollte doch meine Fähigkeiten geheim halten. Andererseits will ich eine Freundschaft mit den Terranern nicht auf einer Lüge aufbauen!

„Ja, ich habe Terranus alleine angewählt. Wir haben hier keinen Figus, der die Sternenkugel bewacht und Portale öffnet. Das ist meine Aufgabe. Ich habe eine enge Bindung zur Sternenkugel, doch so ganz habe ich sie noch nicht unter Kontrolle. Du hast es ja vorhin bei dem Schutzschild gemerkt. Aber zurück zum Tsunami. Es hat mich berührt, dass so viele von euch bereit sind, zu helfen. Das kenne ich hier auf der Erde auch. Ich denke in diesem Punkt, und bestimmt auch in anderen, sind wir uns sehr ähnlich."

„Es stimmt, der Tsunami hat viele Opfer gefordert und auch meine Firma und ich haben Hilfe angeboten. Das alles kannst du über die Sternenkugel erfahren? Ich wusste ja, dass man Informationen über die Planeten erhält, aber dass sie so detailliert sind? Das hätte ich nicht gedacht."

Erst jetzt fiel Dajana auf, dass sie sich noch immer die Hände hielten und sie lockerte ihren Griff.

„Ich denke, wir können uns hier drüben hinsetzen. Komm her, wir wollen uns ein wenig unterhalten. Kannst du verstehen, dass ich erst einmal mit dir alleine reden möchte, bevor ich deine Freunde auch zu uns lasse?"

Dajana führte ihn zu den aufgestellten Heuballen. Sie wählte bewusst einen Platz, der weiter weg von Marius war. Sie wollte ihn nicht ausgrenzen, aber sie wollte auf Sicherheit gehen. Trotzdem wusste sie, dass sie auch weiterhin von Marius beschützt werden konnte. Vor allem konnte sie bei Gefahr den Schutzschild der Sternenkugel aktivieren, er würde diesen Bereich gerade noch so mit einschließen.

„Wer ist das dort hinter den Gitterstäben?", fragte Achim.

Dajana bemerkte, dass sie mit ihren Gedanken mal wieder zu sehr mit der Sicherheit der Erde beschäftigt war, als bei ihrem Gesprächspartner.

„Das ist Marius, mein Freund. Falls mir in dem Käfig hier etwas passieren sollte, kann er Hilfe holen. Deshalb steht er außerhalb."

Die beiden begrüßten sich und winkten einander zu.

Sie konnte Achim jetzt genauer mustern. Er saß und sie konnte ihm direkt in die Augen schauen. Vorher hatte sie zu ihm aufschauen müssen.

Die Terraner haben also längere Beine als wir. Ihr Oberkörper scheint fast genauso groß zu sein wie unser. Aber sind alle auf Terranus so groß?

Diese Frage und noch viele mehr brannten ihr auf den Lippen, doch es gab eine, die sie zuerst stellen musste. Sie war an Zarteus gerichtet.

„Zarteus? Zarteus, ich weiß, dass du da bist. Kannst du mir eine Frage beantworten?"

Ja!

Seine Stimme erklang in ihrem Kopf.

„Nein, sag es laut. So, dass es alle hören."

Sie meinte damit vor allem Marius. Dass Achim sich auch telepathisch mit Zarteus unterhielt, das dachte sie sich schon.

„Ja. Ich bin hier und werde deine Frage beantworten."

Aus den Augenwinkeln sah sie Marius leicht zusammenzucken.

„Zarteus, wie kommt es, dass Achim und ich uns unterhalten können? Ich meine, die Sprache auf Terranus wird sich bestimmt nicht genau so entwickelt haben wie bei uns, trotzdem verstehen wir uns. Warum?"

Auf Achims Gesicht bildete sich ein breites Grinsen, so, als wenn er es zu wissen schien. Leise hörte sie Zarteus schmunzeln.

„Kommst du nicht selber darauf, Dajana? Du nennst dich Hüterin des Portals und weißt so wenig über die Sternenkugeln und ihre Eigenschaften? Sie ist es, die eure Kommunikation ermöglicht. Eure Sprachen sind so verschieden, dass ihr euch selbst nach zwei Jahren intensivem Lernens noch nicht verstehen könntet. Reist ihr aber durch eine Sternenkugel, so passt sie eure Sprache automatisch an. Ihr bekommt davon nichts mit."

Jetzt verstand Dajana, warum sie damals den Dämon hatte verstehen können.

„Dann wird mir einiges klar."

Anerkennend blickte sie zur Sternenkugel und dem immer noch geöffneten Portal.

„Danke Sternenkugel", flüsterte sie und Achim kicherte leise.

Sie schaute in sein fröhliches Gesicht.

„Ihr habt sicher schon mehr Erfahrung mit der Sternenkugel sammeln können, als sich. Außerdem seid ihr schon zu anderen Planeten gereist, wie mir Zarteus erzählt hat. Ich möchte alles darüber hören. Doch zuerst möchte ich mehr über eure Rasse erfahren."

Abwehrend hob Achim die Hände.

„Langsam und nicht alles auf einmal. Ich glaube, ich erzähle kurz unsere Geschichte und wie wir die Sternenkugel gefunden haben. Du bekommst die Kurzfassung, okay?"

„Ja, ich bin gespannt! Danach werde dir dann meine Geschichte erzählen."

„So machen wir das. Ist es okay, wenn ich etwas trinke? Ich weiß, dass du mir erst einmal nichts anbieten wirst. Ich hätte es ähnlich gemacht, wenn du uns besucht hättest. Jedes Mal, wenn wir zu einem fremden Planeten reisen, nehmen wir genug zum Trinken und Essen mit. Und noch ein paar andere wirklich wichtige Dinge."

Achim öffnete seinen Rucksack, den Dajana schon neugierig beäugt hatte. Noch nie zuvor hatte sie so einen Stoff gesehen. Er wirkte leicht und dennoch sehr robust. Man sah allerdings an einigen Stellen schon deutliche Gebrauchsspuren, unter anderem einen schwarzen Fleck, der womöglich von einem Feuer stammte. Jetzt offenbarte sich der Inhalt des Rucksacks. Scheinbar automatisch leuchtete ein helles Licht im Inneren auf und gab den Inhalt preis.

„Wow! Wie cool!"

„Ja, das ist meine Erfindung. Äußerst praktisch, wenn man bei Nacht etwas benötigt. Schau her, das haben wir immer mit dabei."

Dajana staunte nicht schlecht über das, was sie sah. Zwar sahen die Dinge teilweise eigenartig aus, doch sie konnte erahnen, wofür man sie benötigte. Scheinbar einfache und handliche Werkzeuge. Vergleichbar mit Hammer, Zange oder Schraubendreher. Außerdem ein dünnes Seil, welches aus demselben Faden gesponnen schien, wie der Rucksack.

„Das Material aus dem der Rucksack ist, was ist das? Es sieht sehr robust aus. Ich glaube, wir haben nichts Vergleichbares hier auf der Erde. Wüsste ich jedenfalls nicht."

„Es ist eine sehr seltene Faser, sie ist nicht so einfach zu bekommen. Sie ist sehr teuer und schwierig in der Herstellung. Wir alle haben so einen Rucksack und so ein Seil, es hat uns schon ein paar Mal gerettet."

„Das klingt alles sehr spannend. Ihr plant eure Touren zu anderen Planeten scheinbar sehr gut."

Dajana war begeistert und neugierig. So gerne sie auch die weiteren Gegenstände im Rucksack begutachtet hätte, sie wollte jetzt endlich wissen, was Achim über sich und Terranus zu erzählen hatte.

„Ich halte es nicht mehr aus, erzähle mir jetzt bitte, wie ihr die Sternenkugel auf Terranus gefunden habt."

„Ja, klar."

Er holte einen dunkelschwarzen Behälter aus seinem Rucksack, schraubte den oberen Teil ab, so dass er einen Becher erhielt und goss sich eine süßlich riechende Substanz ein. Dajana schnüffelte.

„Riecht gut. Der Behälter ähnelt unseren Thermoskannen."

„Das ist gut möglich. Dieses Getränk ist bei unseren Jugendlichen sehr beliebt. Es steigert die Konzentration und sorgt dafür, dass man nicht so schnell müde wird."

„Solche Getränke haben wir auch."

Sie stimmte in Achims Lachen mit ein und schaute dann zu Marius hinüber. Er ließ sie nicht aus den Augen. Ihre Blicke streiften sich kurz und Dajana erkannte darin nicht nur Skepsis, sondern auch ein Fünkchen Eifersucht, die kurz aufflammte. Das versetzte ihr einen Stich ins Herz und sie ermahnte sich, nicht zu nahe bei Achim zu sitzen.

Ich darf Marius nicht zu sehr verärgern. Achim ist eine interessante Persönlichkeit, aber auch nur, weil er von einer anderen Spezies ist. Mehr nicht. Ich liebe nur dich, Marius.

Bei diesem letzten Gedanken hatte sie Marius verschwörerisch angeschaut und sie hoffte, dass er ihren Gedanken erraten würde. Glauben tat sie es allerdings nicht.

„Du liebst ihn aus ganzem Herzen?"

Offenbar hatte sie Marius ungeniert angeschmachtet. Peinlich berührt und mit leichter Röte im Gesicht wandte sie sich wieder ihrem Gast zu.

„Ja", stammelte sie verlegen und wusste nicht, wohin sie blicken sollte.

„Das ist doch etwas Schönes. Ich selber bin glücklich verheiratet."

Er betonte verheiratet und sagte es extra etwas lauter. Dajana entspannte sich wieder. Achim wendete sich an Marius:

„Keine Angst, ich nehme sie dir nicht weg. Du kannst dich glücklich schätzen, sie als Freundin zu haben."

Dajanas fühlte sich inzwischen wie ein Hochofen. So viel Lob auf einmal vertrug sie nicht. Marius hob zustimmend seine Hand und streckte den Daumen nach oben. Er lächelte und wirkte auf keinen Fall mehr eifersüchtig.

„Was bedeutet das?", wollte Achim wissen.

„Was?"

„Das Zeichen."

Achim ahmte Marius' Handbewegung nach.

„Ach das! Ihr kennt das nicht?"

„Nein."

„Das heißt, es ist alles okay."

„Ach so."

Grinsend zeigte Achim den erhobenen Daumen dem Rest seiner kleinen Gruppe auf der anderen Seite des Portals.

„Das heißt, alles ist okay!", rief er ihnen zu und die kleine Gruppe wiederholte das Zeichen. Im Hintergrund hörte sie Zarteus leise lachen.

„So, dann will ich mal von unserer ersten Begegnung mit einem Figus und dem Fund der Sternenkugel berichten", begann Achim seine Geschichte und nahm einen großen Schluck aus seiner Tasse.

Dajana lehnte sich gegen einen der hochgestellten Heuballen und lauschte seinen Worten. Ihr Blick wanderte dabei immer wieder zu Marius.

„ …wir brachen also ein paar Tage später auf und erkundeten zusammen die kleine Höhle. Du kannst dir sicher vorstellen, dass das sehr spannend und aufregend für uns war. Ich war damals schon jemand, der gerne auf Sicherheit ging und so waren wir alle gemeinsam mit einem Seil verbunden und drangen weiter in die Höhle vor. Es war dunkel und nur unser Lichtschein war zu sehen. Doch irgendetwas trieb mich voran. Ich hatte das

Gefühl, wir finden etwas Wichtiges. Und so war es auch. Doch nach unserem ersten Besuch hatten wir alle vergessen, was passiert war. Wir konnten uns das nicht erklären und waren verwirrt. Am nächsten Tag versuchten wir, darüber zu sprechen und teilten uns unsere in der Nacht erlebten Albträume mit. Wir verstanden nicht, was passiert war. Wie sollten wir auch begreifen, dass es Wesen aus purer Energie gab? Erst später fanden wir heraus, dass der Figus verrückt geworden war und uns manipuliert hatte. Er hatte dafür gesorgt, dass wir unser Gedächtnis verlieren."

„Und was dann? Wie sind eure Erinnerungen wiedergekommen?"

Dajana hing gebannt an Achims Lippen und brannte darauf, die gesamte Geschichte zu erfahren. Sie war überrascht, dass dieser Figus von Terranus angeblich verrückt gewesen sein soll. Doch sie wusste auch, dass es einige nicht normale Menschen gab. Boshaftigkeit gab es also überall, ebenso wie das Gute. Sie nickte Achim zu, um ihm zu zeigen, dass er mit seiner Erzählung fortfahren soll.

„Das war für uns damals komisch, ergab im Nachhinein aber einen Sinn. Erst war ich mit Markus noch einmal in der Höhle und bin danach zum ersten Mal durch ein Portal getreten. Wir betraten den Planeten Platarius. Markus hatte ein Gerät dabei, mit dem in der Höhle vorher ein Gitter unter Spannung gesetzt worden war. Wir hatten es bei unserem ersten Besuch mühsam entfernt. Ich weiß inzwischen, dass wir damals beide von Markies gesteuert wurden. Ich wurde nach Terranus zurückgerissen und musste mit ansehen, wie Markus von den wilden Bewohnern mitgenommen wurde. Dann fing es an zu regnen. Sintflutartig fiel das Wasser vom Himmel. Es bildeten sich große Seen und der Meeresspiegel stieg an."

„Mein Gott! Warum?"

Dajana schaute Achim erschrocken an. Mit ängstlichem Blick schaute sie zum immer noch offenen Portal nach Terranus. Dort irgendwo war Zarteus, ein Wesen aus Energie bestehend.

Könnte er genauso verrückt werden, wie dieser Markies?

„Ja. Leider kann jeder Figus verrückt werden. Ebenso wie ihr. Jedes Lebewesen hat das Gute und das Böse in sich. Jeder kann für sich entscheiden, welche Richtung er einschlägt. Es gibt aber auch viele Lebensformen, denen diese Entscheidung leider verwehrt wird."

Zarteus ist also noch hier und hört uns genau zu.

„Aber ihr als sehr hoch entwickelte Lebensform solltet doch darauf bedacht sein, zum Wohle aller zu handeln, oder? Wie kann es da sein, dass einer von euch für den Untergang eines ganzen Planeten verantwortlich ist? Hättet ihr ihn nicht aufhalten können?"

„Warte, Dajana, urteile nicht vorschnell über sie. Markies hat seine Strafe bekommen. Er hat sie nicht überlebt. Zarteus hat den Schaden auf Platarius gemindert. Er konnte nicht den gesamten Planeten retten, doch die Zivilisation hat überlebt. Und Markus hat er auch gerettet."

„Es stimmt, was Achim erzählt. Leider sah ich mich danach gezwungen, euer Wissen danach wieder zu verbergen. Doch das sollte besser Achim selbst erzählen."

Achim war der gleichen Meinung und erzählte weiter:

„Danke, Zarteus. Wir gingen ein drittes und letztes Mal in die Höhle, nachdem Zarteus uns die Erinnerungen wiedergebracht hatte. Wir halfen ihm dabei, Markies zu töten. Maik setzte das Metallgitter wieder unter Strom. Markies rechnete nicht damit und starb, als er von Zarteus gegen das Gitter gestupst wurde."

„Oha. Und danach habt ihr wieder alles vergessen?"

„Richtig. Wir trafen vor der Höhle auf Markus, wussten aber nicht, was passiert war. Wir wollten auch alle nicht darüber sprechen. Irgendwie wussten wir intuitiv, dass es besser für uns war, nicht zu viel darüber nachzudenken. Ich glaube, es hätte uns zu stark aus der Bahn geworfen. Dennoch hat es unseren weiteren Weg in gewisser Weise beeinflusst. Du weißt, dass die Sternenkugeln, wenn sie ausgeschaltet sind, die Form einer kleinen Glaskugel haben?"

„Klar weiß ich das. Ich muss die Sternenkugel der Erde immer deaktivieren, wenn ich aus der Scheune gehe. Die Glasmurmel verwahre ich dann in einer kleinen Kiste. Da wir hier keinen Figus haben, der dauerhaft auf die Sternenkugel aufpasst, muss ich das so machen."

Ihre Stimme wurde leiser, sie wusste, dass sie gleich von ihren eigenen Erlebnissen mit der Sternenkugel erzählen musste.

„Ich weiß auf jeden Fall, was passiert, wenn niemand da ist, der die Sternenkugel überwacht und darauf aufpasst."

„Dass hier kein Figus ist, wusste ich ja schon. Aber dass du die Sternenkugel immer deaktivieren musst? Ich bin schon ganz gespannt auf deine Geschichte. Okay, weiter mit unserer Geschichte. Die ausgeschaltete Sternenkugel blieb also als Glaskugel bei mir und geriet in Vergessenheit. Doch als die Zeit reif war und wir alle älter waren, erinnerte ich mich daran. Ich holte sie hervor und sie spendete mir neuen Mut und neue Hoffnung.

Von da an verlief mein Leben besser und wir trafen uns alle wieder. Wir betraten die Höhle erneut und brachten die Sternenkugel wieder an ihren Platz. Zarteus kam zurück. Er hatte uns nicht vergessen und auf uns gewartet. Jetzt begannen wir damit, fremde Planeten zu bereisen. Du musst wissen, dass Zarteus, solange die Sternenkugel bei mir war, auf Platarius war, um dem Planeten zu helfen."

„Das klingt spannend. Kannst du mir mehr davon erzählen? Wie bereitet ihr euch vor? Was nehmt ihr mit und vor allem, wie sehen die Planeten aus? Ich würde so gerne zu anderen Planeten reisen, doch ich kann die Sternenkugel hier nicht zurücklassen. Hier ist niemand, der auf sie aufpassen kann oder ein Portal öffnen könnte."

Dajana zupfte verlegen einen Halm aus dem Strohballen. Sie spielte damit herum und ließ ihn zu Boden fallen.

Hoffentlich merkt er nicht, dass ich ihn angelogen habe. Er darf nichts von Daniel erfahren.

„Es ist spannend, doch man muss sehr vorsichtig sein. Leider erfuhr mein Vater davon und er reiste ebenfalls zu anderen Planeten. Zarteus vertraute uns und wir gingen etwas unbedacht an die Sache heran. Die letzte Reise meines Vaters sorgte dafür, dass fast eine gesamte Zivilisation ausgelöscht wurde. Er nahm sich von seinen Expeditionen immer Bücher der neuen Rassen mit, doch dieses Mal erwischte er ausgerechnet das letzte Buch, in dem ihre eigene Geschichte niedergeschrieben stand."

Achim schaute traurig zu Boden, es schien ihm schwerzufallen, darüber zu reden. Seine Stimme wurde noch leiser.

„Diese Spezies verlor durch meinen Vater einen wichtigen Teil ihrer Geschichte. Danach ließ Zarteus wirklich nur noch uns als Gruppe hindurch. Ab dem Zeitpunkt durften wir nichts mehr von anderen Planeten mitnehmen. Das war zwar sehr schade für uns, aber wir konnten seine Entscheidung gut verstehen."

„Das ist schlimm. Habt ihr das Buch wieder zurückgebracht?"

„Na klar! Trotzdem ist ein kleiner Schaden entstanden."

„Ich verstehe. Schade. Habt ihr denn so viel von anderen Planeten nach Terranus gebracht?"

Achims Mund verbreitete sich zu einem Lächeln

„Oh ja! Wir haben viel von den anderen Planeten lernen können und einiges an Ideen und Techniken umgesetzt. Doch auch bei uns ist die Sternenkugel nur wenigen bekannt, von daher dürfen wir die Dinge nicht unbedacht jemandem zeigen. Du verstehst? Es wäre merkwürdig, wenn wir auf einmal ein fliegendes Auto herausbringen würden, mit einer Technik, die niemand verstehen könnte."

Dajana nickte.

„Ja, das stimmt natürlich. Ich glaube, ich muss hier ganz schön aufpassen, und sollte für den Anfang nur mit euch Kontakt haben."

„Das könnte sinnvoll sein. Ihr seid übrigens die erste Zivilisation, die sich ähnlich wie wir entwickelt hat. Alle anderen waren teilweise sehr stark unterschiedlich. Sei es nun ihr Aussehen, ihr Wesen oder ihre Technik. Aber es gibt einen Planeten, der, was die Technik angeht, sehr weit entwickelt ist. Dorthin hat Zarteus uns leider nur ein einziges Mal gelassen. Sie wissen dort alle um die Sternenkugel, wollen sie aber nicht nutzen. Sie widmen sich fast ausschließlich ihren komplexen Maschinen. Es war sehr spannend dort und wir habe vieles von ihren Lösungen in unsere bestehende Technik integrieren können."

Dajana hörte ganz genau zu und wagte es nicht, ihren Blick von Achim abzuwenden. Dieser Planet klang äußerst interessant und Achim gegenüber hatte sie den Vorteil, dass kein Figus sie an einem Besuch hindern konnte. Kaum hatte sie diesen Gedanken zu Ende gedacht, fiel ihr wieder ein, dass sie die Erde dann schutzlos mit aktivierter Sternenkugel hinter sich lassen müsste. Sie seufzte, diesen Gedanken musste sie auf später verschieben.

„Und bei dir? Wie hast du die Sternenkugel gefunden? Zarteus hat gesagt, dass es zu einem Kampf kam mit einer sehr gefährlichen Kreatur? Wir wissen, dass es auf einigen Planeten Lebensformen gibt, die wir uns nicht mal in den schlimmsten Albträumen vorstellen könnten. Wie war das? Was ist passiert und wie hast du sie besiegt? Du musst wissen, wir besitzen keine gefährlichen Waffen oder Ähnliches."

Zarteus, wie viel soll ich ihm erzählen?

Wenig später bekam sie die Antwort.

Du bist für die Erde verantwortlich, bedenke das. Du solltest aber berücksichtigen, dass Achim wirklich aufrichtig und ehrlich zu dir war. Er hat dir bereitwillig alles erzählt und nichts ausgelassen. Die Entscheidung liegt bei dir.

Dajana seufzte erneut.

Du bist mir ja eine große Hilfe.

Zarteus antwortete verschmitzt:

Du bist die Hüterin! Du musst deine eigenen Fehler machen, um herauszufinden, wie du dich richtig verhältst. Keiner hat gesagt, dass diese Aufgabe einfach ist.

Dajana entschied sich dafür, dass sie Achim und den anderen vertrauen konnte. Dennoch wollte sie ihm nichts von Daniel sagen, aber ihre Fähigkeiten musste sie erklären. Wie sonst könnte sie von ihrem Kampf gegen den Dämon berichten? Sie musste ja nicht gleich alles preisgeben und wollte sich auf jeden Fall bedeckt halten. Achim schaute sich inzwischen den Käfig genauer an.

„Der Käfig wirkt solide. Aber hast du auch bedacht, dass es Wesen wie Zarteus gibt, die aus reiner Energie bestehen?"

Ein Lächeln huschte über Dajana Gesicht und Zarteus meldete sich:

Wenn der wüsste!

Er wird es gleich wissen, antwortete sie ihm und stand auf.

„Komm mit, Achim. Ich möchte dir etwas zeigen, bevor ich es groß erklären muss."

Zusammen gingen sie auf die andere Seite des Käfigs. Sie kamen dabei an Marius vorbei, der Dajana einen warnenden Blick zuwarf. Doch sie war sich sicher.

„Siehst du den einzelnen Heuballen dort neben der Sitzgruppe?"

„Ja, sehe ich."

„Gut, dann pass mal auf! Und ihr auf Terranus auch! Könnt ihr genug sehen?"

Dajana sah in ihre Gesichter und sie nickten zustimmend. Sie schienen ihre Unterhaltung vollständig mit angehört zu haben und schauten gespannt auf den Heuballen.

Dajana freute sich auf die Demonstration ihrer Kräfte. Auf keinen Fall jedoch wollte sie Achim und seine Freunde verängstigen. Sie musste sehr vorsichtig vorgehen, ein ganz kleiner Feuerball sollte ausreichen. Sie bündelte die Luft über dem Heuballen und dachte an das Feuer. Wenig später bildete sich ein akkurater Feuerball und vertrieb das bläuliche Licht der Sternenkugel. Er leuchtete sehr hell und Dajana merkte, dass er zu stark war. Sofort korrigierte sie das und der Schein wurde schwächer.

„Wow! Machst du das?", rief Achim aus.

Dajana wollte sich nicht zu ihm drehen, konnte sich aber sein erstauntes Gesicht gut vorstellen. Außerdem sah sie die erstaunten Blicke seiner Freunde auf Terranus.

„Ja. Ich habe gewisse Fähigkeiten."

„Kannst du noch mehr?"

„Ja, aber nicht viel. Das Feuer hat mir gegen den Dämon nicht so richtig geholfen, aber das hier."

Sie wartete bewusst noch ein wenig, bis sie den kleinen Feuerball mit einer eisigen Kugel umschloss.

„Stark! Kannst du auch den Wind kontrollieren, oder das ganze durch die Luft bewegen?"

Achim war ganz aus dem Häuschen und ging ein paar Schritte auf den eingefrorenen Feuerball zu, scheinbar wollte er ihn näher beobachten. Dann blieb er unverzüglich stehen und schaute sie verwirrt an.

„Darf ich noch ein Stück näher heran? Ist es gefährlich?"

„Ich weiß es nicht. Aber Feuer und Eis sollten euch bekannt sein. Feuer kann wehtun, wenn du es berührst. Unsere Haut ist da sehr empfindlich. Und Eis? Nun ja, auch Eis kann die Haut schädigen."

„Ja, das ist bei uns auch so."

„Dachte ich mir schon. Mehr ist das nicht, was da in der Luft schwebt. Einfach nur ein Feuer, das in einer Eiskugel gefangen ist."

„Gefangen? Sicher?"

Jetzt sah auch Dajana, dass ihre Eiskugel tropfte. Das Feuer in ihr bahnte sich seinen Weg.

„Oh! So sollte das nicht sein. Ich habe wohl einen kurzen Moment nicht aufgepasst. Das Hantieren mit den Elementen ist anstrengend."

Sie hatte es absichtlich so gemacht, damit die Terraner nicht genau wussten, wie stark sie wirklich war.

Ein guter Trick! Zarteus hatte sie also durchschaut.

Achim stand inzwischen direkt vor der Kugel und gab ihr einen kleinen Schups. Dajana gab der Bewegung nach und ließ die Kugel anschließend bis direkt vor seinen Kopf schweben. Achim lachte.

„Du hast es mir erlaubt, sie zu bewegen. Richtig?"

„Ja, genau. Versuch es jetzt noch einmal."

Achim stupste die Kugel nochmals an und jetzt bewegte sie sich keinen Millimeter von ihm weg. Er versuchte es mit mehreren Fingern, doch auch so konnte er die Kugel nicht bewegen.

„Das ist wirklich gut. Ich habe so etwas noch nie gesehen."

Dajana umschloss die Kugel mit einer weiteren Schicht aus Eis, so schloss sie auch das kleine Loch, wodurch die Flamme bisher ihren Sauerstoff bezog. Langsam starb die Flamme ab und es schwebte eine scheinbar perfekt gerundete Eiskugel in der Luft. Achim ging ein paar Schritte zurück, aber er konnte seinen Blick nicht von der Kugel lösen. Sie schien ihn zu faszinieren.

„Und jetzt?", fragte er neugierig.

„Jetzt? Ganz einfach."

Dajana freute sich schon auf das, was jetzt kam.

„Ich werde das Eis blitzartig erhitzen, sodass es verdampft."

Achim starrte auf die Kugel. Er schien das auf keinen Fall verpassen zu wollen. Dajana konnte das sehr gut nachvollziehen.

Ich war genauso erstaunt, als ich meine Fähigkeiten herausfand.

Dajana schaute noch einmal durch das Portal zu Achims Freunden. Ja, auch sie starrten fast schon hypnotisiert auf die Eiskugel. Ihr letzter Blick galt Marius, der ihre neuen Freunde scheinbar gut zu beobachten schien. Dann ließ sie die Eiskugel blitzartig erhitzen. So schnell konnte man gar nicht gucken, wie die Eiskugel ihre Form veränderte. Binnen einer Sekunde erinnerte nur noch eine aufsteigende Dampfwolke an sie.

Achim betrachtete sich den feuchten Fleck am Boden.

„Das nenne ich mal eine gute Vorstellung! Beantwortest du mir jetzt meine Fragen?"

„Ja, mache ich. Eins nach dem anderen. Jetzt weißt du, dass ich über gewisse Fähigkeiten verfüge. Ich fand es besser, sie dir und deinen Freunden zu zeigen, als sie umständlich erklären zu müssen."

„Okay, das war schon beeindruckend."

Sie gingen zu den Heuballen zurück und setzten sich. Achim schaute noch einmal hinter die einzelnen Heuballen, er wollte wohl sichergehen, dass Dajana nicht doch einen Trick auf Lager hatte.

„Das war kein Trick!", sagte Dajana und freute sich.

„Ja, hab ich verstanden. Ich habe schon viel gesehen auf anderen Planeten, aber so etwas konnte noch keine Spezies. Können das alle von euch?"

Entschieden schüttelte Dajana den Kopf und antwortete schnell:

„Nein! Ich bin die Einzige."

Merkt er etwas?

Dajanas Herz schlug schnell vor Aufregung und ihr Gesicht wurde heiß. Sie suchte Marius' Blick. Er würde sie wieder beruhigen können. So war es auch und wenig später konnte sie mit ihrem Teil der Geschichte anfangen:

„Es kam also so, dass wir zu dritt in das verlassene Dorf gingen, um gegen die Kreaturen, die sich dort niedergelassen hatten, zu kämpfen. Ich wusste nicht, was uns dort erwartete und über den abschließenden Kampf möchte ich auch nicht so gerne erzählen. Nur, dass es sehr eng war. Ich konnte diesen Dämon und seine Gehilfen nur mit viel Glück besiegen. Du musst wissen, dass das für mich alles komplett neu und ungewohnt war. Ich hatte gerade erst herausgefunden, dass ich anders bin und Fähigkeiten besitze und schon war ich mitten in diesem Abenteuer.

So hatte ich mir mein Leben nicht vorgestellt. Doch ich wusste auch, dass wir dieses Portal zu der anderen Welt schließen mussten, da sonst immer mehr gefährliche Kreaturen zu uns kommen würden. Ich hatte schon einmal gegen so eine entflohene Kreatur gekämpft und das war eine schreckliche Erfahrung.

Wir mussten damals alles verschleiern. Zum Glück konnte Paul uns dabei helfen. Er war es auch, der mit der früheren Besitzerin der Raststätte gut befreundet war. Er war schon immer eingeweiht in das, was hier vor sich ging. Auch er war froh darüber, dass wir dieses Portal für immer schließen wollten."

Ihr Blick wanderte zu Achim, ihm gefiel ihre Geschichte. Es war die Art von Abenteuer, die Achim gerne erleben würde, das sah sie in seinen Augen.

„Jedenfalls schafften wir das nur zu dritt und auch nur ganz knapp. Als der Dämon besiegt war, half mir Marius in die Kirche. Dort sah ich das erste Mal ein Portal. Auf der anderen Seite war so viel Leid und Gefahr. Doch die Sternenkugel hielt mich in einer Art Bann gefangen. Ich konnte sie nur anstarren und nichts weiter machen. Dann hatte ich auf einmal Informationen in meinem Kopf und ich wusste, wie ich das Portal wieder schließen konnte."

Sie nahm einen Schluck Kaffee aus ihrer Thermoskanne und verzog das Gesicht.

„Kalt schmeckt das Getränk nicht und jetzt ist es kalt."

„Wie lange hält das Behältnis denn das Getränk heiß?"

Enttäuscht erwiderte Dajana:

„Leider nicht so lange, wie ich es gerne hätte."

„Kann der Behälter den Inhalt nicht automatisch warm halten?"

Die Idee ist gut, dass da noch keiner drauf gekommen ist!

„Nein, so etwas hat bislang noch keiner erfunden. Aber ich behalte mir selber mal das Recht vor, es zu erfinden und vielleicht zu vermarkten."

„Kein Problem. Bei uns auf Terranus ist dieses System in fast jedem Getränkebehälter enthalten. Es geht auch in die andere Richtung. Also so, dass das Getränk gekühlt wird. Doch die Technik verrate ich nicht."

„Das kann ich verstehen. Also weiter... als das Portal dann endlich geschlossen war, fragte ich mich natürlich, wie ich verhindern kann, dass sich ein neues öffnet. Ich hatte da noch nicht begriffen, was wir eigentlich vor uns hatten. Die Sternenkugel selber vertraute mir offensichtlich auch noch nicht, denn ich hatte noch keinen Einblick auf die im Netzwerk der Sternenkugeln abgespeicherten Daten. Ich konnte nicht wirklich klar denken und vielleicht hat die Sternenkugel sich darum auch selber deaktiviert. Ich weiß es nicht mehr so genau. Meine Erinnerungen daran sind immer noch leicht verschwommen."

Dajana schloss ihre Augen und dachte an den Moment, als sie das erste Mal die Sternenkugel berührte.

Wie wenig ich damals über sie wusste! Und jetzt? Langsam begreife ich, was wir für ein Glück gehabt haben. Es ist eine Ehre, die Sternenkugel behüten zu dürfen.

Ihr wurde klar, was alles hätte passieren können.

„Als sie dann nur noch so groß war wie eine Glasmurmel, steckte ich sie einfach ein. Ich wusste, dass die Gefahr vorüber war und so schnell würde keine fremdartige Kreatur mehr auf die Erde kommen. Wir entschieden, sie sicher aufzubewahren und nie wieder zu aktivieren. Ich konnte ja nicht ahnen, dass es auch schöne Planeten mit friedliebenden Lebensformen gibt."

„So wie wir! Ich glaube, wir werden uns gut verstehen."

Achim lächelte Dajana freundlich an und auch Marius schien zu lächeln.

„Ja, das glaube ich auch."

„Marius und ich widmeten uns der Raststätte und unseren Restaurants. Es kehrte Ruhe ein und ich begann, Geschichten zu schreiben. Ich hatte vorher schon Reiseberichte geschrieben, die sehr beliebt waren. Jetzt träume ich nachts Geschichten und am nächsten Tag schreibe ich sie auf. Es sind schöne Geschichten, mit fantastischen Wesen auf fremdartigen Planeten."

„Aha! Woher die wohl kamen?"

„Ja, inzwischen weiß ich es besser. Die Sternenkugel rief mich. Die ganze Zeit. Anfangs habe ich es nicht gehört, wahrscheinlich war ihr Ruf noch nicht laut genug. Doch mit der Zeit wurde er stärker. Eines Morgens wachte ich auf, setzte mich auf den Fenstersims und hatte die kleine Glasmurmel in meiner Hand. Sie spendet Wärme, wusstest du das?"

„Ja, das wusste ich. Es ist ein sehr angenehmes Gefühl."

„Allerdings. Ich saß damals mit geschlossenen Augen auf meiner Fensterbank, ließ mich von der Wärme leiten und träumte von meinen Geschichten und anderen Planeten. Als ich meine Augen wieder öffnete, schwebte diese Kugel in voller Größe vor mir. Sofort bekam ich es mit der Angst zu tun, dass sich erneut ein Portal zu diesen gefährlichen Kreaturen öffnen könnte. Aber ich war einfach noch nicht in der Lage, die Kugel wieder zu deaktivieren."

Dajana erinnerte sich noch genau an diesen Morgen, an dem sie völlig ungeplant und unerwartet die Sternenkugel aktiviert hatte. Ihre Datenflut hatte sie im ersten Moment erschlagen. Marius war derjenige, der sie davon abhielt, gleich ein Portal zum erstbesten Planeten zu öffnen. Das wollte sie Achim allerdings nicht erzählen.

„Und dann?"

„Marius wachte von ihrem Licht auf und holte mich aus dieser Art Trance. Ich war total erschrocken und deaktivierte die Sternenkugel sofort. Aber der Drang nach ihr und der Galaxie waren stärker als je zuvor."

„Das kenne ich auch. Als alle unsere Erinnerungen damals wieder da waren und wir auch wieder wussten, dass es eine Sternenkugel gibt, mussten wir ständig an sie denken."

„Genau wie bei mir! Nachdem ich sie das erste Mal aktiviert hatte und ihre Flut an Daten sah, wollte ich unbedingt alles erfahren. Marius mahnte mich zur Vorsicht und das war auch gut so."

Sie musste an ihre erste geplante Aktivierung der Sternenkugel denken. Hier in der Scheune und innerhalb des Käfigs.

„Damals arbeitete Paul noch bei der Polizei, er war auch mit dabei. Ich stand im Käfig und nachdem ich die Sternenkugel aktiviert hatte, suchte ich mir einen Planeten aus. Ich weiß nicht, wie ich auf Terranus kam. Es erschien mir logisch, anhand der zur Verfügung stehenden Daten. Ich öffnete also das Portal und schlüpfte aus dem Käfig, um ihn dann von außen zu verschließen. Inzwischen weiß ich um die Thematik von körperlosen Wesen. Immerhin lernte ich Zarteus kennen. Er war mir eine große Hilfe."

„Danke! Du bist aber auch eine gute Hüterin! Es ist schön, dass die Erde wieder an das Netz der Sternenkugeln angebunden ist. Auch wenn die Sternenkugel nicht dauerhaft aktiviert sein kann."

Zarteus hatte extra laut gesprochen, selbst Marius zuckte zusammen. Dajana fuhr fort:

„Ich glaube, wenn ich ein Portal zu einem anderen Planeten geöffnet hätte, wo mich zum Beispiel gefährliche Kreaturen angegriffen hätten, dann hätte ich die Sternenkugel komplett aufgegeben. Ich bin mir des Risikos mittlerweile bewusst und natürlich auch der Verantwortung."

Achim nippte an seinem Getränk. Dajana schaute neidisch auf den aufsteigenden Dampf. Sie wusste schon, was sie demnächst machen würde. Irgendwie musste sie es hinbekommen, dass ihre Thermoskanne den Kaffee auch länger warm hielt.

„Eine Frage habe ich noch. Wenn du weißt, dass die Gitterstäbe nicht ausreichend sind, weil es ja auch körperlose Lebensformen gibt, warum hast du sie nicht gegen Wände aus Metall oder so ausgetauscht?"

Dajana lächelte glücklich.

„Zarteus? Möchtest du es demonstrieren?"

„Muss ich wirklich?"

„Bitte!"

„Es kitzelt immer so!"

Dajana sah Achim schmunzeln.

Ahnt er schon etwas? Eigentlich müsste er es wissen. Schließlich haben sie Markies auf eine ähnliche Art getötet.

Dajana schwächte den Schutzschild des Käfigs etwas ab und spürte wenig später einen Lufthauch. Zarteus war komplett auf der Erde. Es war erstaunlich, dass sie das so genau fühlen konnte. Kurz darauf hörten sie seine Stimme:

„Ich bin jetzt eine Lebensform ohne Körper und versuche zwischen den Gitterstäben hindurch zu Marius zu kommen, denn ich habe die Absicht, ihm etwas anzutun."

Marius wich einen Schritt zurück.

„Nicht", flüsterte Dajana und verstärkte sofort den Schutzschild.

Zarteus kicherte und dieses Mal, war es nur für sie bestimmt. Dann gab es einen lauten Knall und es roch verbrannt. Funken stoben an der Stelle auf, wo Marius eben noch stand. Sicherheitshalber wich er schnell noch ein paar mehr Schritte zurück. Dajana konnte durch das Portal hindurch einen Aufschrei von Terranus hören.

Aua! So stark hast du den Schild noch nie gehabt! Zarteus klagte leise. Es war nur für sie bestimmt, das wusste sie.

Naja, du hättest mich halt nicht reizen sollen. Pass mal auf, was ich noch alles kann!

Jetzt habe ich aber Angst vor dir, antwortete er unverzüglich.

Das solltest du auch! Ich bin die Hüterin des Portals zur Erde.

Achim schaute sie verwundert an. Jetzt fiel ihr auf, dass sie bis über beide Ohren grinste. Dafür gab es eigentlich gar keinen Grund, die anderen konnten Zarteus ja schließlich nicht hören. Sie begründete Achim gegenüber ihr Grinsen mit einem lustigen Gedanken, dann fuhr sie fort:

„Du siehst, unser Käfig ist weit mehr, als nur ein paar Gitterstäbe."

„Wie setzt du ihn unter Strom?"

„Mit meinen Fähigkeiten."

„Nein, das glaube ich nicht!"

„Soll ich es dir noch einmal zeigen?"

Bitte nicht! Ein leicht gequälter Zarteus meldete sich in ihrem Kopf. Sie hielt sich schnell die Hand vor den Mund, damit Achim ihr breites Grinsen nicht sehen konnte.

„Nein. Ich brauche keine weitere Demonstration. Trotzdem kann ich mir nur schwer vorstellen, dass du das alleine machst. Wie geht das? Kostet es Kraft?"

„Oh ja. Es kostet unter Umständen sogar ziemlich viel Kraft. Je nachdem was ich mache. Der Schutzschild ist schon sehr schwierig, ich kann ihn aber der Situation anpassen. Ich meine damit, dass ich ihn verstärken oder abschwächen kann."

„Würde ich das auch spüren?"

„Klar! Warte, ich schwäche ihn ein wenig, dann dürftest du nur ein leichtes Kribbeln verspüren. Aber steck deine Hand nicht zwischen die Gitterstäbe."

Dajana schwächte den Schild. Achim stand auf und ging vorsichtig zum Gitter. Er ging direkt auf Marius zu. Dieser war näher an das Gitter herangetreten und wartete geduldig ab. Er hielt Achim nicht seine Hand hin, er wusste ja, dass er nicht durch den Schutzschild kam. Achim aber hob vorsichtig seine Hand und kam den Gitterstäben näher.

Dajana war zu ihnen getreten und beobachtete genau, was passierte. Achim stand direkt vor den Gittern und schien sich nicht zu trauen, seine Hand weiter nach vorne zu bewegen.

„Es kann dir nichts passieren", ermutigte Dajana ihn.

„Ich glaube dir ja, aber ich will vorsichtig sein."

„Na klar, verstehe ich."

Achim führte seinen ausgestreckten Zeigefinger näher an den Schild heran und berührte ihn kurz. Sofort zuckte er erschrocken zurück.

„Das kitzelt ja", flüsterte er und berührte den Schild erneut. „Fühlt sich flexibel an, aber doch fest und undurchdringbar."

Er drückte leicht dagegen und Dajana konnte nicht anders, sie veränderte die Konsistenz des Schutzschilds und Achims Hand schoss förmlich in Marius' Richtung. Der Schutzschild blieb aktiv, er umhüllte Achims Hand lediglich.

„Hey! Was ist das?"

Er zog seine Hand zurück. Dajana konnte nicht anders, sie prustete laut los.

„Sie war es", hörte sie Marius für sich sprechen.

„Das kam unerwartet. Dass so etwas überhaupt möglich ist. Lachst du mich etwa gerade aus?"

Dajana nickte und musste immer noch lachen, sie konnte nicht anders. Achim hatte so witzig ausgesehen, als seine Hand völlig unerwartet durch das Gitter stieß.

„Das ist nicht fair!"

Durch ihre vom Lachen schon tränenden Augen konnte sie sehen, wie Achim die Arme vor der Brust verschränkte und ein beleidigtes Gesicht aufsetzte.

Wir haben wirklich viel mit den Terranern gemeinsam, selbst solche Gesten.

Sie versuchte, sich zu wieder zu beruhigen. Marius schaute sie tadelnd an und schüttelte seinen Kopf.

„Entschuldige, Achim! Ich hätte das nicht machen sollen."

Sie konnte endlich wieder reden, ohne dass die nächste Lachsalve gleich wieder hochkam.

„Okay. Ich habe mich nur etwas erschrocken. Irgendwie ist es sehr schön und die Flexibilität ist wirklich erstaunlich. Ich bin dir nicht böse."

Er lächelte und trat zurück zu den Heuballen, langsam setzte er sich und goss sich einen Schluck seines heißen Getränks in den Becher. Genüsslich nippte er daran und schaute durch das Portal zu seinen Freunden.

„Dürfen sie jetzt auch die Erde betreten?"

„Gerne. Jetzt, wo wir unsere Geschichten kennen, bin ich neugierig darauf, auch die anderen kennenzulernen."

Achim grinste breit und winkte seinen Freunden zu.

„Kommt her! Es ist okay."

Bewegung kam auf der anderen Seite des Portals auf und schon sah Dajana, wie die ersten von ihnen über die Schwelle traten. Sie spürte wieder diesen Drang, das Portal zu schließen, doch dieses Mal hatte sie sich besser unter Kontrolle. Sie vertraute Achim und seinen Freunden.

Alle gingen zielstrebig auf Dajana zu.

Sie sind schon so oft durch ein Portal gegangen, es ist nichts Besonderes mehr für sie.

Dajana begrüßte sie etwas verhalten. Alle setzten sich und betretenes Schweigen trat ein. Dajana wusste nicht, was sie sagen sollte.

„So. Ihr seid jetzt alle bei uns auf der Erde. Für euch ist das nichts Besonderes. Für mich ist es, als wenn einer meiner größten Träume in Erfüllung gegangen ist. Es ist so schön, ich würde euch am liebsten tausend Fragen stellen, doch ich will es bei diesem ersten Besuch auch nicht übertreiben. Ich denke, wir werden uns bestimmt noch ein paar Mal treffen."

Sie erntete zustimmendes Kopfnicken.

„Das denke ich auch! Es wird sich hoffentlich eine gute Freundschaft entwickeln."

Achim hatte die Antwort übernommen. Man merkte ganz deutlich, dass er immer noch ihr Anführer war. Auch wenn sie ihn scheinbar nicht als solchen bezeichneten.

„Wie hast du das mit dem elektrisch geladenen Schutzschild gemacht?"

Kim schien diese Frage nicht zurückhalten zu können.

„Es braucht ein bisschen Übung, aber ich muss einfach nur daran denken. Leider bin ich auf der Erde allein mit meinen Fähigkeiten, deshalb werde ich wohl auch so schnell nicht durch das Portal reisen können."

Ihr Blick trübte sich und sie schaute wehmütig zu dem immer noch geöffneten Portal von Terranus.

„Kann nicht Zarteus solange auf die Erde aufpassen? Du könntest zu uns nach Terranus kommen und er hält das Portal solange offen."

Kim sprach Dajanas sehnlichsten Wunsch aus und ließ ihr Herz höher schlagen. Ein Blick zu Marius sagte ihr, dass er damit nicht einverstanden war. Es war noch zu früh, doch sie würde ihn schon noch dazu bringen, das wusste sie.

„Ich denke, dann wird mein erster Planet Terranus sein, aber ich sollte es wirklich langsam angehen lassen. Wenn es euch recht ist, würde ich gerne noch ein paar eurer Besuche abwarten und mir dann später Terranus anschauen."

„Interessiert dich unser Planet denn gar nicht?"

Es war immer noch Kim, die sprach. Dajana ertappte sich dabei, dass sie sich Kim als Freundin wünschte. Sie wirkte klug und schien sehr neugierig zu sein. Sie passte gut zu Achim, der ganz dicht neben ihr saß.

„Doch! Sogar sehr. Nur, Zarteus hat mir deutlich gemacht, dass ich für die Sternenkugel zuständig bin und als Hüterin für meinen Planeten. So wie er für Terranus. Wenn er dem zustimmt, für kurze Zeit auf beide Planeten aufzupassen, dann kann ich euch besuchen kommen. Vorher leider nicht."

Kim war mit der Antwort scheinbar zufrieden.

„Ich würde gerne auf die Erde wiederkommen und mehr von ihr sehen. Kannst du uns Bilder zeigen? Habt ihr auch eine Bildübertragung?"

Markus schien die Frage wichtig zu sein, doch Dajana verstand sie im ersten Moment nicht.

„Bilder haben wir. Wir nennen sie Fotos. Was meinst du mit der Übertragung von Bildern? Meinst du Fernsehen mit erfundenen Geschichten oder aktuelle Nachrichten mit Livebildern?"

„Ja, das meine ich. Wir haben das auch. Bestimmt sehen unsere Geräte anders aus als eure. Mich würden Bilder von eurem Planeten sehr interessieren. Kannst du uns davon etwas bei unserem nächsten Besuch mitgeben?"

„Ich werde darüber nachdenken. Ich glaube zwar, dass wir gute Freunde werden, doch der Gedanke, dass Bilder unseres schönen Planeten auf einem fremden Planeten herumgezeigt werden, behagt mir noch nicht. Ich muss erst noch darüber nachdenken, ob das eventuell Konsequenzen für die Erde haben könnte."

Markus senkte traurig den Kopf, doch dann hellte sich seine Miene auf.

„Wir können ja tauschen!" Er schien sich über seinen guten Einfall richtig zu freuen.

„Ja, das ist ein guter Gedanke. Aber ihr müsst mir versprechen, dass die Bücher mit den Fotos vorerst nicht die kleine Höhle verlassen."

Wortlos holte sich Markus die Zustimmung seiner Freunde. Zuletzt von Achim. Der nickte und sprach dann für sie alle:

„So machen wir es."

Sie redeten noch eine Weile weiter über die Erde und über Terranus. Zwischendurch öffnete Dajana den Käfig und deaktivierte kurz den Schutzschild, sodass Marius zu ihnen kommen konnte. Er kam etwas zögerlich zu ihnen heran, es war offensichtlich, dass er sich unwohl fühlte. Es war ein kleines Risiko, ihn in den Käfig zu holen. Doch sie vertraute den Terranern. Außerdem war Zarteus ja auch noch da und konnte zur Not helfen.

Der Abschied kam dann schneller als erwartet, die Zeit verging wie im Flug. Dajana sah auf ihre Uhr und stellte fest, dass es schon auf den späten Nachmittag zuging. Achim lächelte sie an.

„Ich habe auch gerade nach der Uhrzeit geschaut. Ich denke, wir sollten uns auf den Weg machen. Es war eine sehr schöne, interessante und spannende Begegnung. Ich hoffe, wir dürfen wiederkommen?"

„Aber natürlich! Sehr gerne. Ich werde in den nächsten Tagen bestimmt mit Zarteus sprechen und ihm dann unseren nächsten Termin mitteilen."

„So machen wir das."

Achim stand auf. Seine Freunde folgten ihm. Nachdem sie sich zum Abschied alle noch einmal die Hand gaben, schritt die kleine Gruppe auf das Portal nach Terranus zu.

„Auf Wiedersehen"

„Auf Wiedersehen. Bis bald."

Dajana winkte ihnen durch das offene Portal zu.

Zarteus? Ich schließe gleich das Portal, du solltest also zurück nach Terranus, und zwar komplett.

Muss ich wirklich? Deine Scheune ist so schön groß.

Zarteus! Was machst du außerhalb meines Schutzschilds? Wie bist du da hingekommen!

Dajana war entsetzt, den Figus hatte sie total vergessen!

Er muss durch den Schild geschlüpft sein, als ich Marius hereingeholt habe. Ist er etwa ganz draußen gewesen?

Ihr Herz raste, ihr wurde klar, dass sie schon wieder einen Fehler begangen hatte.

Ich bin ja wirklich eine tolle Hüterin.

Sie suchte mit den Augen die Scheune ab.

„Was ist?", fragte Marius.

„Zarteus ist irgendwo außerhalb des Käfigs", flüsterte sie und hoffte, dass die kleine Gruppe auf Terranus ihren Fehler nicht mitbekam.

„Dajana! Marius! Ist alles gut bei euch?"

Zu spät. Sie haben etwas bemerkt.

„Ja, Achim! Alles okay."

„Soll ich das Portal schließen?"

Dajana drehte sich um.

„Nein, brauchst du nicht. Hier ist noch jemand, der auch zurück nach Terranus möchte."

Entschlossen legte sie ihre Hände auf die Sternenkugel.

Letzte Chance, Zarteus!

Sie begann damit, das Portal zu schließen. Ganz langsam und mit extra viel Zeit.

Da kam er angerauscht und erzeugte dabei einen kleinen Sturm, der den Staub vom Boden aufwirbelte. Ein kleiner Halm aus den Strohballen wurde mitgerissen und sauste mitsamt des hoch gewirbelten Drecks auf das sich schließende Portal zu.

Aha! Da ist der Figus. Und wie schnell er zu seinem Planeten zurück möchte.

Zarteus antwortete prompt:

Ich hoffe, du lernst etwas aus dem Besuch heute. Du hättest Marius nicht in den Käfig lassen sollen. Ich weiß, dass du ihn gerne dabei haben möchtest, doch es war gefährlich, den Schutzschild für ihn zu öffnen. Hast du eine Idee, wie du das beim nächsten Mal besser machen kannst?

Dajana kam ein Gedanke:

Ich könnte den Schutzschild um Marius komplett schließen, sodass er wirklich nur Marius durchlässt und keine Lücke entsteht.

Sie konnte die verwirrten Gesichter ihrer neuen Freunde auf Terranus noch sehen. Das Portal war schon fast geschlossen, sodass sie ihnen nichts mehr erklären konnte.

Der Gedanke ist richtig. Du hast heute wieder etwas gelernt! Wir sehen uns, wenn du es für richtig hältst.

Dajana wollte ihm noch etwas antworten, doch das Portal war schon geschlossen. Marius sah sie fragend an.

„Dieser Wind. Das war Zarteus, richtig? War er wirklich außerhalb des Schutzschilds?"

Seine Augenbrauen waren nach oben gezogen und sie konnte die Angst in seinen Augen erkennen. Dajana nickte und Marius' Miene versteinerte sich.

„Du hättest mich nicht zu dir holen sollen. Da ist er durchgeschlüpft, richtig?"

„Ja. Aber bitte, Marius. Er will mich damit auf Fehler hinweisen und auf neue Ideen bringen. Beim nächsten Mal werde ich den Schutzschild nur um dich herum öffnen, sodass nichts anderes hindurch kommen kann. Verstehst du? Es ist seine Art, mir etwas beizubringen. Es hilft mir ungemein, meine Fähigkeiten zu erforschen."

Marius sah sie verärgert an.

„Trotzdem, du musst es nicht übertreiben! Ich verstehe auch nicht, wie du ihm und den Leuten von Terranus so schnell vertrauen kannst. Ich wäre dafür, dass du sehr vorsichtig bist. Der nächste Besuch sollte nicht ohne mich stattfinden."

„Na klar. Du bist immer mit dabei, denn nur dann fühle ich mich sicher. Ich werde in den nächsten Tagen über den Besuch und unser Gespräch nachdenken. Wenn ich daran denke, was sie alles erlebt haben…"

Ihr Blick wanderte zur Sternenkugel. Da schwebte sie. Majestätisch, eindrucksvoll und wunderschön. Und gleichzeitig so gefährlich.

Dajana vertraute ihren neuen Freunden natürlich noch nicht. Doch das würde sich ändern, wenn sie sich öfter trafen.

„Ich werde mindestens noch eine Woche oder länger warten, bis ich sie erneut einlade. Als Geschenk werde ich ihnen meine Reiseführer geben. Ich denke, da sind viele Informationen über unseren Planeten drin."

„Okay, damit bin ich einverstanden. Die Idee mit dem Reiseführer ist gut. Kannst du die Sternenkugel jetzt wieder deaktivieren? Irgendwie flößt sie mir Angst ein, wenn sie aktiviert ist und so schimmernd da schwebt."

„Warum? Findest du sie nicht wunderschön?"

Dajana ließ ihren Blick nicht von der Sternenkugel. Sie rief schon wieder nach ihr und wollte, dass sie das nächste Portal öffnete. Schließlich war das die Hauptaufgabe einer Sternenkugel.

„Sie ist gefährlich, weil sie einen in den Bann ziehen kann. Genau das macht sie gerade mit dir."

Dajana wurde von Marius sanft zur Seite gedreht, doch ihr Kopf blieb weiterhin zur Sternenkugel gerichtet. Seine Hände umfassten ihr Gesicht und drehten es weg. Ihre Augen konnte Marius zum Glück nicht beeinflussen. Doch dann drehte er auch ihren Kopf so weit, dass sie nicht mehr zu ihr schielen konnte. Als Hüterin dachte sie eine Sekunde lang daran, sich gewaltsam gegen den Druck von Marius' Händen zu wehren, doch ihr Herz obsiegte.

Sie spürte, wie der Einfluss der Sternenkugel langsam schwand und so hörte sie auch auf, ihre Augen nach ihr zu verdrehen. Dafür blickte sie in die wundervollsten Augen, die es im ganzen Universum gab. Sie lächelte Marius an und sah die Sternenkugel, die sich in seinen Augen spiegelte. Sofort vergrößerte sich das Verlangen wieder. Dann verschwand die Spiegelung und Dajanas Blick galt einzig und allein Marius.

„Sie fesselt dich, dagegen musst du ankämpfen! Ich bin für dich da, ich beschütze dich. Immer! Das verspreche ich dir. Und es wäre mir recht, wenn du erst einmal nicht nach Terranus gehen würdest. Würdest du jetzt bitte die Sternenkugel deaktivieren?"

Sie dachte an die Deaktivierung der Sternenkugel. Die befolgte ihren Wunsch und landete wenig später klickernd als kleine Glasmurmel auf dem Boden. Dajana hatte das Gefühl, als hätte sie der Sternenkugel geschadet.

Sie wird es überleben! Aber ich nicht, wenn ich nicht gleich einen Kuss von Marius bekomme.

Sie ergriff die Initiative und küsste ihren Freund.

Mein eigener Beschützer! Ich werde mir seinen Blick merken und immer dann daran denken, wenn die Sternenkugel mich wieder ihren Bann zieht.

„Wollen wir jetzt etwas essen?"

„Unbedingt. Doch vorher musst du mir bitte noch einmal versprechen, dass du vorerst nicht nach Terranus gehst."

„Ja. Versprochen. Ich habe vorhin noch etwas gespürt. Ich glaube, es hängt damit zusammen, dass ich jetzt die Hüterin der Erde bin. Ich fühle mich auf einmal viel stärker mit der Erde verbunden. Ich glaube, ich könnte durch das Portal treten und mich in der Höhle von Terranus umschauen, das Portal dürfte sich nicht schließen."

„Das ist gut."

„Ich bleibe ja nicht dauerhaft die Hüterin von der Erde."

„Na klasse", flüsterte Marius.

„Das habe ich gehört", antwortete Dajana und hob die Glasmurmel auf.

Da war sie wieder, die Wärme. Dieses unsagbar angenehme Gefühl. Die Murmel rollte durch ihre Hand und hinterließ an jeder Stelle diese Wärme. Dajana fing schon wieder an zu träumen, da packte sie eine kräftige Hand an ihrer Schulter.

„Pack sie ein! Wir sollten jetzt etwas essen und dann den Abend gemütlich vor dem Kamin ausklingen lassen. Ich glaube, wir haben noch einen kleinen Rest von diesem guten schottischen Whiskey, oder?"

„Ja, das machen wir."

Sie holte die kleine Schachtel aus ihrer Hosentasche und tat die Glasmurmel wehmütig hinein. Kaum war die Schachtel verschlossen, zeigte sie kaum noch Wirkung. Eng umschlungen verließen sie die Scheune. Marius sammelte die Handys ein und Dajanas quoll über vor Anrufen. Alle von Daniel.

„Ich glaube, das Essen muss noch warten, ich sollte Daniel zurückrufen."

Doch das war nicht notwendig, das Handy klingelte schon.

„Hallo, Daniel! Du kannst es wohl nicht abwarten, oder?"

„Nein! Ich will alles wissen. Wie sind sie? Was haben sie erzählt? Was ist passiert? Ich habe zwischendurch Zarteus gespürt, das machte mir ein bisschen Angst."

„Du hast ihn gespürt?"

„Ja."

„Hast du die Terraner auch gespürt?"

„Nur einmal. Ganz kurz. Hast du etwa den Schutzschild geöffnet?"

„Ja. Ich habe ihn geöffnet, um Marius durchzulassen. Dabei ist Zarteus hinausgeschlüpft. Ich habe das nicht gemerkt, so aufgeregt war ich."

Dajana machte eine betretene Miene, es passte ihr nicht, wie viel Daniel von dem Besuch mitbekommen hatte. Vor allem nicht, dass er scheinbar gemerkt hatte, dass der Schutzschild kurz offen war.

„Genau ab dem Zeitpunkt habe ich Zarteus gespürt!" Dajanas Herz begann etwas schneller zu schlagen, sie ärgerte sich über diesen dummen Fehler, doch ändern konnte sie es jetzt nicht mehr.

„Hat er etwas zu dir gesagt?" Krampfhaft presste Dajana ihr Handy ans Ohr und wartete auf Antwort.

Bitte lass die beiden nicht miteinander gesprochen haben! Zarteus soll nicht versuchen, Daniel zu beeinflussen.

„Nein."

Dieses Nein kam zu schnell. Sie haben miteinander gesprochen!

„Das heißt…" Daniel hielt inne, so, als wenn er erst nachdenken musste, ob er es ihr erzählen sollte.

Oh je, er hat ihm das Versprechen abgerungen, mir nichts zu erzählen. Was hat er Daniel gesagt?

„… also eigentlich darf ich nicht mit dir darüber reden, hat Zarteus gesagt."

„Ich dachte es mir schon. Willst du es mir trotzdem sagen?"

Hoffentlich ist er vernünftig und lässt sich nicht zu irgendeinem Schwachsinn hinreißen! Ich sperre Zarteus am besten komplett aus. Das ist alles meine Schuld.

„Also… ich weiß es nicht."

„Daniel, wenn du Zarteus das Versprechen gegeben hast, nicht darüber zu reden, ist das okay für mich."

Nein, ist es nicht!

Dajana hasste sich für diese Worte, doch sie wollte Daniel auch nicht zwingen, ein Geheimnis preiszugeben.

Zarteus kann was erleben, wenn ich das nächste Mal Terranus anwähle. Oder sollte ich ihn gleich zusammenstauchen? Die Sternenkugel ist nicht weit weg, ich muss nur in meine Hosentasche greifen, die Schachtel öffnen und sie aktivieren.

„Dajana! Nicht!", schrie Marius auf.

Sie hielt die kleine Schachtel mit der Sternenkugel bereits in der Hand und hatte den Verschluss schon geöffnet. Dort lag sie und zog sie sofort in ihren Bann.

Nein!

Entschieden schloss sie die Schachtel und übergab sie Marius, mit skeptischen Blick und sehr viel Anstrengung.

„Was ist?", rief Daniel aufgeregt durch den Lautsprecher ihres Handys. Im ersten Moment fühlte sie sich wie bei einer Straftat ertappt, dann erinnerte sie sich daran, dass sie ja mit Daniel telefonierte.

„Nichts. Ich war gerade etwas abgelenkt."

„Du wolltest die Sternenkugel aktivieren und Zarteus ausschimpfen."

Weiß dieser Junge eigentlich alles?

„Ja", antwortete sie geknickt. Demnächst musste sie Daniel gegenüber wohl noch vorsichtiger sein.

„Ich werde dir sagen, was Zarteus mir gesagt hat."

„Warum?"

„Weil ich finde, dass Zarteus uns nicht gegeneinander ausspielen darf. Wir sind für die Erde verantwortlich. Nicht er."

Dajana staunte nicht schlecht und ein Anflug des Lächelns umspielte ihre Mundwinkel.

„Das stimmt natürlich. Ich finde es gut, dass du es mir erzählen möchtest. Ich will dich aber auf keinen Fall dazu zwingen."

Er ist vernünftig. Gott sei Dank!

„Zarteus hat nicht lange mit mir gesprochen. Er hat mir nur gesagt, dass ich einmal stärker sein werde als du und ich der eigentliche Hüter der Sternenkugel sein soll. Doch ich müsste noch viel lernen. Er hat mir auch erzählt, dass ich ein langes Leben vor mir hätte. Er meinte, ich würde länger leben als alle anderen. Stimmt das? Können wir das?"

Jetzt zeichnete sich ein breites Lächeln in Dajanas Gesicht ab.

Zarteus hat ihm nichts Schlimmes erzählt. Gott sei Dank.

Dajana war unendlich erleichtert, ließ es sich aber nicht anmerken.

„Ich glaube, da hat er recht. Weißt du noch, wie wir uns damals deinen Familienstammbaum angeschaut haben?"

„Ja. Wir haben danach gesucht, woher unsere Fähigkeiten stammen!"

Daniel wirkte immer noch aufgekratzt, doch Dajana hörte an seiner Stimme, dass er erleichtert war, ihr von dem Gespräch mit Zarteus berichtet zu haben.

„Ich glaube, es gibt noch mehr, die so sind wie wir. Nicht so stark, aber dennoch mit gewissem Potenzial. Ich war leider nicht sehr erfolgreich damit, die direkte Herkunft unserer Fähigkeiten herauszufinden. Doch eines ist mir aufgefallen. Alle die, bei denen ich das Gefühl hatte, dass sie Fähigkeiten besaßen, haben länger gelebt."

Dajana verschwieg Daniel, dass die Fähigkeiten von einer außerirdischen Rasse stammten. Sie konnte sich noch gut daran erinnern, wie geschockt sie selber war, als sie das erfuhr. Das wollte sie Daniel für den Anfang ersparen.

„Dann hatte mein Urgroßopa Manfred vielleicht auch welche?"

„Ja, das ist gut möglich. Wie kommst du darauf? Ich habe bei seinem Namen nichts gespürt."

„Ich kann mich nicht gut an ihn erinnern, aber Mama hat mir erzählt, dass ich unbedingt immer mit ins Altersheim wollte und jedes Mal glücklich war und er auch."

„Ach ja? Das klingt ja spannend. Ich vermute, dass du irgendeine Verbundenheit gespürt hast. Es ist sehr gut möglich, dass du von ihm die Fähigkeiten geerbt hast. Er wird bei deinen Besuchen sicher auch etwas gemerkt haben, aber ich denke, dass er nicht wusste, was es war."

Es wurde still auf der anderen Seite des Telefons.

„Dajana? Ich will noch nicht auf die Sternenkugel aufpassen. Dann könnte ich nämlich nicht mehr zur Schule gehen und müsste bei dir wohnen."

Dajana lachte leise auf, innerlich feierte sie ihren Triumph.

Und ich mache mir Sorgen, wie ich ihn davon abhalten kann, mir die Stellung als Hüterin streitig zu machen? Da merkt man, dass er noch ein kleines Kind ist. Er soll seine Kindheit genießen.

„Das musst du auch nicht, Daniel. Ich bin ja da. Ich passe auf die Sternenkugel und auf die Erde auf."

„Zarteus hat noch gesagt, dass du durch die Sternenkugel reisen wirst und er dich nicht aufhalten kann. Er meinte, dass dieser Wunsch bei dir so groß ist, dass du womöglich einfach irgendwann hindurchgehst und mich hier alleine lässt."

Seine Stimme klang ängstlich.

Zarteus hat recht, ich werde durch die Galaxie reisen. Wenn es nach mir gehen würde, lieber jetzt als später. Doch es geht noch nicht. Ich darf die Erde und Daniel noch nicht alleine lassen.

„Ich werde nicht gehen. Das verspreche ich. Erst musst du bereit sein, als Hüter auf die Sternenkugel aufzupassen.

Und ich muss sie dir überlassen können.

„Das ist gut. Ich hatte schon Angst, dass ich auf einmal alleine bin."

„Du wirst nicht alleine sein. Zarteus wird da sein und uns helfen. Doch du darfst ihm nicht blind vertrauen. Er ist noch dabei, mich zu testen, und lässt sich immer neue Dinge einfallen. Doch dadurch lerne ich auch viel."

„Du musst mir unbedingt alles zeigen, wenn ich im Sommer da bin. Und ich möchte die Terraner kennenlernen."

„Ja, ich werde dir alles zeigen. Aber die Terraner darfst du im Moment noch nicht kennenlernen. Sie dürfen von dir noch nichts wissen, ich vertraue ihnen noch nicht ganz. Es kann gut sein, dass sie nur hinter unserer Technik her sind. Sie haben mir erzählt, dass einer von ihnen auf einem seiner Planetenbesuche ein wichtiges Buch hat mitgehen lassen und dadurch der Zivilisation des Planeten großen Schaden zugefügt hat. Sie konnten es zwar wieder zurückbringen, aber so etwas darf nicht noch einmal passieren."

„Oh."

Daniel schwieg und Dajana wollte jetzt auch nicht weiter über das Thema sprechen. Sie musste erst selber noch einmal über den Besuch nachdenken und hatte sich noch kein abschließendes Bild über die Terraner gemacht. Es waren zu viele Eindrücke, die in den letzten Stunden auf sie niedergeprasselt waren. Sie sah in den Himmel, in die aufkommende Dunkelheit, schloss ihre Augen und seufzte leise.

„Daniel?"

„Ja?"

„Können wir morgen weiterreden? Ich würde jetzt gerne etwas essen und ich bin ziemlich müde. Es war sehr anstrengend für mich, den Schutzschild so lange aufrecht zu erhalten, aber das war ein gutes Training."

„Okay, aber ich will dann später alles ganz genau wissen!"

„Na klar doch. Grüß deine Eltern und Claire von mir."

Gefährliche Fahrt

„Marius, ich muss durchgehen. Es ist wichtig."

Dajana schaute Marius verzweifelt an, verstand er sie denn nicht?

„Du weißt doch nicht, was auf der anderen Seite ist. Was ist, wenn dir etwas passiert? Wenn du nicht zurückkommst? Ich will das nicht."

Dajana ging einen Schritt auf Marius zu. Ihr Herz schmerzte, als sie seine Tränen aufblitzen sah.

Musste es so weit gehen, dass sie sich wegen der Sternenkugel mit ihrem geliebten Marius stritt? Dass sie ihn hier alleine zurückließ? Ja, musste es. Der Drang war noch stärker geworden, nachdem sie mehrere Male mit Achim gesprochen hatte. Sie wollte Terranus und alle Gemeinsamkeiten unbedingt sehen. Die kleine Forschergruppe von Terranus war jetzt schon ein paar Mal zu Besuch in der Scheune gewesen. Gemeinsam hatten sie sich Fotos von Wales und dem Rest der Erde angeschaut. Jetzt war es an Dajana, die kleine Höhle auf Terranus zu betreten. Am liebsten hätte sie Marius mitgenommen. Doch er wollte nicht.

„Es war doch aber klar, dass ich irgendwann einmal durch das Portal gehen werde, um die anderen Planeten zu sehen. Kannst du das nicht verstehen? Hast du das die letzten zwei Jahre ignoriert? Ich kann den Drang nicht länger unterdrücken. Ich muss wissen, was es dort draußen noch alles gibt."

„Aber was wird dann aus der Sternenkugel hier? Wer passt auf sie auf? Was wird aus mir? Du kannst nie mehr zurück, wenn sich die Sternenkugel von alleine deaktivieren sollte! Ich will dich nicht verlieren!"

Die Tränen in Marius' Augen waren Tränen der Trauer, Wut und Angst. Das wusste Dajana.

„Ich habe es ignoriert, habe mir immer wieder eingeredet, dass du so vernünftig bist, nicht durch das Portal zu gehen. Warum muss das unbedingt sein? Du bist ja schon verrückt nach dieser Sternenkugel und der Galaxie! Als wenn wir hier auf der Erde nicht genug schöne Plätze hätten."

„Marius, ich komme wieder! Das verspreche ich."

Auch Dajanas Augen füllten sich mit Tränen. Sie konnte nicht mit ansehen, wie Marius sich von ihr abwandte.

„Man kann nicht mehr vernünftig reden mit dir!", sagte er wütend. Dann drehte er sich um und ging hinaus. Dajana zuckte zusammen, als die Tür krachend ins Schloss fiel. Sogar die Gläser in den Regalen klirrten.

Dann hörte sie einen Motor aufheulen, der viel zu schnell auf Touren gebracht wurde. Fein klickernd flog der Kies hoch und schlug gegen den Lack. Es tat ihr in der Seele weh, dass sogar ihre geliebte Honda so unter ihrem Streit leiden musste.

Marius flog mit der Honda regelrecht über den Parkplatz und bog auf die Straße ein. Er wollte nur weg und einen klaren Kopf bekommen. Eigentlich hatte er nur ganz normal mit Dajana reden wollen, über seine Pläne, über eine gemeinsame Zukunft. Eine Familie. Doch Dajana wollte unbedingt durch dieses Portal gehen, unbedingt zu anderen Planeten reisen, andere Völker kennenlernen. Und er?

Er wollte doch nur mit ihr zusammen sein, an diesem herrlichen Ort. Mit ihr und gemeinsamen Kindern. Doch so weit hatte Dajana offensichtlich noch nie gedacht. Sie schwärmte von Terranus. Von Ähnlichkeiten und dass man sich ja fast identisch entwickelt hatte. Sie hatte dieses Leuchten in den Augen. Aber sie hatte es nur, wenn es um die Sternenkugel ging.

Sternenkugel! Marius konnte das nicht mehr hören. Sie hatten in den letzten zwei Jahren keinen gemeinsamen Urlaub gemacht, weil Dajana Daniel unterrichten wollte. Fast alle Ferien war er für zwei oder sogar drei Wochen bei ihnen und die beiden hatten sich tagsüber in der Scheune eingeschlossen. Wie oft hatte Marius versucht, etwas von dem zu erfahren, was sich dort abspielte, doch er wurde ausgeschlossen. Er war das dritte Rad am Wagen.

Er und Dajana hatten in diesen Zeiten viel gestritten. Es lag nicht immer an Dajana, sondern auch viel an ihm. Er konnte einfach nicht akzeptieren, dass sich Dajana mit dieser Sternenkugel auseinandersetzte. Für ihn war es eine Gefahr. Fremdartige Kreaturen konnten von anderen Planeten zur Erde gelangen und sie angreifen. Er hatte es selber miterlebt. Nur wenn er wusste, dass die Sternenkugel deaktiviert war, konnte er ruhig schlafen. Andernfalls lebte er mit der ständigen Angst um Dajana. Er hatte immer und überall das Gefühl, sie beschützen zu müssen.

Jetzt heizte er viel zu schnell über die kurvige Straße, achtete weder auf den Verkehr noch auf die vorbeiziehende Landschaft. Scheinbar ohne Ziel fuhr er weiter, bretterte durch die nächste Stadt und machte die Polizei auf sich aufmerksam. Schon bald verfolgten sie ihn mit Martinshorn, doch es drang nicht zu ihm durch. In seinen Gedanken ging Dajana durch das Portal und er verlor sie für immer. Das durfte er nicht zulassen. Vielleicht sollte er die Sternenkugel verstecken? Er hatte schon öfter daran gedacht, aber den Gedanken nie umgesetzt. Er wusste, dass es nichts bringen würde. Die Sternenkugel war auf Dajana fixiert. Früher oder später würden sie sich wiederfinden.

Er hörte die Sirenen hinter sich und jetzt bemerkte er, dass er viel zu schnell war. Außerdem hatte er weder einen Helm auf, noch entsprechende Motorradkleidung an. Er erschrak über sich selber und die Honda schlingerte leicht.

Gut, dass wir neue Bremsen und Stoßdämpfer haben.

Er brachte die Honda wieder auf Spur und gab erneut Gas. Auch die Polizei sollte ihn nicht aufhalten können, egal wie viele Autos hinter ihm her waren.

Ich muss so weit wie möglich weg von Dajana. Ich kann es nicht ertragen, in ihrer Nähe zu sein und zu erleben, wie sie nach Terranus geht.

Er schaltete einen Gang herunter und spürte die Kraft des aufheulenden Sportmotors unter sich. Dann setzte er zum Überholen des vor ihm fahrenden Autos an und sauste an ihm vorbei. Wildes Hupen schlug ihm entgegen.

Dajana war wütend. Auf Marius, auf die Sternenkugel, auf sich selbst. Eigentlich auf alles. Sie schleuderte ihren Lappen in die Spüle, erntete entrüstete Blicke ihrer Thekenkraft und floh nach draußen zur Scheune. Sie sah die Reifenspur, die Marius im Kies hinterlassen hatte und hoffte inständig, dass ihm nichts passiert war. Das würde sie sich nie verzeihen können.

Dann betrat sie voller Wut die dunkle Scheune und rief zornig:

„Licht!"

Rechts und links wuchsen kleine Flammen aus dem Boden und loderten bedrohlich. Sie ebneten ihr den Weg zum Käfig.

In den letzten zwei Jahren hatte sie immer noch an diesem Käfig festgehalten, obwohl sie inzwischen wusste, wie man den internen Schutzschild der Sternenkugel aktivierte. Doch der Käfig gab ihr eine gewisse Art der Trennung und Sicherheit.

Beim Betreten der Scheune hielt sie die Sternenkugel schon in der Hand. Sie spürte ihre Wärme, die ihr so viel gab!

„Schatten!"

Die Flammen hinter ihr erloschen. Sie stand im Käfig und auf ihren Befehl hin, schloss sich die Tür. Jetzt konnte sie niemand mehr aufhalten.

Es war stockduster. Nur die kleine Glasmurmel schimmerte in einem schwachen Blau. Sie spendete ihr Trost und gab ihr Wärme. Aber konnte sie auch ihr gebrochenes Herz kitten? Sie war der Grund dafür. Sie und diese Gabe, die sie gar nicht hatte haben wollen.

Dajana kam langsam zur Ruhe. Sie hatte das eigenartige Bedürfnis, einfach von hier zu verschwinden. Für immer abzuhauen, einfach alle Probleme zu vergessen. Doch war das der richtige Weg? Hatte sie nicht genau das schon mal gemacht? Eigentlich lief sie nicht vor Problemen weg, sie wollte nicht feige sein. Doch dieses hier riss sie innerlich entzwei.

Sie wollte durch die Sternenkugel, wollte auf die andere Seite. Sie spürte, wie sie von der Sternenkugel gerufen wurde. Doch sie wollte auch bei Marius sein, mit ihm alt werden und eine Familie gründen.

Halt! Moment mal! Denke ich gerade wirklich über ein gemeinsames Kind nach? Kann ich das verantworten? Wäre das nicht wegen meiner Gabe und der Verantwortung der Sternenkugel gegenüber ein zu hohes Risiko?

Sie schob den Gedanken entschieden beiseite.

Nicht jetzt!

Jetzt wollte sie durch die Sternenkugel. Sie wollte nach Terranus. Immerhin hatte sie das Zarteus und dem kleinen Team versprochen. Sie öffnete die Augen und wusste, dass die Sternenkugel schon vor ihr schweben würde. Sie hatte es gespürt, sie rief nach ihr, sehnte sich danach, ihren Dienst zu tun. Portale zu fremden Planeten zu öffnen, Reisende hindurch zu lassen und mit den anderen Sternenkugeln vernetzt zu sein.

Dajana seufzte und legte ihre Hände auf die Sternenkugel. Sie konzentrierte sich wie schon so oft zuvor, sah die einzelnen Planeten vorbeiziehen und rief sich ihre Kurzbeschreibungen in Erinnerung. Sie hatte inzwischen schon oft Portale zu anderen Planeten geöffnet und einfach nur hindurchgeschaut, sie beobachtet und die Eigenheiten der Planeten auf sich wirken lassen. Es beruhigte sie ungemein. Jetzt aber war sie aufgeregt, nervös und verärgert.

Terranus war schneller angewählt als gewollt und das Portal öffnete sich wie selbstverständlich. Warum zögerte sie? Es war doch abgesprochen und sie hatte sich so darauf gefreut. Sie musste nur noch hindurchgehen. Zarteus wartete auf der anderen Seite. Sie sah ihn nicht, aber sie spürte ihn.

Worauf warte ich also? Ist es wegen Marius?

Ihr lag viel an ihm und an einer gemeinsamen Zukunft. Sie dachte an den Streit und heiße Tränen füllten ihre Augen.

Terranus! Wie viel könnte ich dort erleben! Aber hier auf der Erde ist meine Heimat. Hier auf der Erde habe ich doch mein Glück gefunden. Oder? Was treibt mich also weg von hier? Warum tue ich Marius das an?

Zarteus kam durch das Portal und umhüllte Dajana. Sie ließ es zu. Bisher hatte sie immer einen gewissen Abstand gewahrt, doch heute war ihr nicht danach, darauf zu achten. Ihre Neugier auf Terranus verschwand gerade komplett. Sie dachte nur noch an Marius und ihren Streit und fühlte sich unendlich traurig. Sie liebte ihn und wollte ihn nicht verletzen. Er musste schon so viel ertragen.

Hoffentlich ist ihm bei seiner unbedachten Flucht nichts passiert. Hat er wenigstens den Helm aufgesetzt?

Dass er die Motorradkleidung nicht anhatte, wusste sie.

„Du bist sehr verwirrt heute. Was ist passiert?", fragte Zarteus.

Er kam noch etwas näher zu ihr, klammerte sich fast an sie und schien ihr die Luft zum Atmen zu nehmen. Das, was Dajana eben noch als tröstlich empfand, machte ihr jetzt Angst.

„Noch ein Stück weiter und ich jage Energie auf dich los!"

Zarteus schien ihre Wut und ihren Ärger zu spüren und zog sich schnell ein Stück zurück.

„Okay. Aber sag mir, was los ist. Du wolltest doch heute zu uns kommen, dir die Höhle anschauen und den Wald riechen. Was ist aus diesem Wunsch geworden? Warum zögerst du jetzt? Du wirkst durcheinander und verletzt. Was ist passiert?"

Dajana atmete etwas befreiter und drehte sich in Zarteus' Richtung.

„Ich habe mich mit Marius gestritten. Er möchte nicht, dass ich nach Terranus gehe. Er hat Angst, dass ich nicht wiederkomme, dass die Sternenkugel sich deaktiviert und wir uns nie wiedersehen. Ich will ihn nicht verlieren. Ich liebe ihn."

Die Tränen flossen nur so aus ihren Augen und sie wischte sie mit ihrem Arm weg. Es gefiel ihr nicht, dass Zarteus sie weinen sah, aber ändern konnte sie das nicht mehr. Sie war nicht mehr Herr über ihre Gefühle. Zarteus' Energie füllte den kleinen Raum, den sie ihm gegeben hatte, vollständig aus.

„Marius. Der junge Mensch, der manchmal bei dir ist? Der, ohne Fähigkeiten?"

Dajanas Augen verengten sich zu Schlitzen.

„Ja. Der junge Mensch, den ich liebe. Er hat Fähigkeiten. Wenn auch nur schwache, aber er ist mein Beschützer. Du weißt, was er mir bedeutet."

Sie spürte, Zarteus' Versuche, ihren Schutzschild zu durchdringen. Das tat er jedes Mal, wenn er sie besuchte. Es war ein Spiel zwischen ihnen geworden. Dajana hatte dadurch einige sehr nützliche Tricks gelernt. Jedes Mal fand Zarteus einen anderen Weg, um den Schutzschild zu überwinden. Manchmal versuchte er es mit List und Tücke, manchmal mit brachialer Gewalt. Heute allerdings hielt er sich zurück. Wahrscheinlich merkte er, dass er wenig Erfolg haben würde. Dajanas Schutzschild war gestärkt durch Wut. Und Wut war ein mächtiger Energielieferant.

„Dass er dein Beschützer ist, weiß ich natürlich. Ich glaube, es ist an der Zeit, dass er von seiner Fähigkeit erfährt. Dann wird er dein Verhalten besser verstehen und er wird wissen, warum er fast ständig Angst um dich hat. Du liebst ihn also wirklich…"

„Ja! Er bedeutet mir alles, ich will ihn nicht verlieren."

„Du würdest auf einen Besuch von Terranus verzichten? Wegen ihm? Fremde Welten aufgeben und alles Gelernte vergessen?"

„Nein. Nicht ganz. Ich muss einen Kompromiss finden. Bis dahin gehe ich nicht durch das Portal. Ich kann nicht ohne Marius leben. Noch nicht einmal mit dem Gedanken, dass er hier auf der Erde auf mich wartet. Er würde nicht schlafen können, wenn ich auf einem fremden Planeten bin. Ich weiß, dass er nur wegen seiner Fähigkeit so reagiert, doch noch würde er es nicht wahrhaben wollen. Trotzdem, ich muss es ihm sagen."

Zarteus zog sich nach Terranus zurück.

„Das ist sehr schade. Aber es ist eine gute Entscheidung. Du wirst länger leben als er und du wirst eine Zeit erreichen, in der du glücklich und aufgeregt das erste Mal durch ein Portal schreiten wirst. Es wird das Portal nach Terranus sein, soviel weiß ich. Mehr verrate ich nicht."

Dajana schaute ihn verwirrt an.

„Das weißt du?"

„Ja. Ich kann die Zukunft vorherahnen. Zwar nur eine gewisse Anzahl an Möglichkeiten, aber die Chancen stehen gut."

Dajana lächelte ein wenig, sie war zufrieden.

„Bis zum nächsten Mal."

„Wir sehen uns wieder."

Sie schloss das Portal nach Terranus und war unendlich froh, nicht hindurchgegangen zu sein.

Sie starrte die schimmernde Sternenkugel an und deaktivierte sie. Sofort wurde es dunkel und ein kalter Schauer lief ihr über den Rücken.

Ist Zarteus wirklich zurück nach Terranus gegangen? Habe ich ihn nicht gerade gespürt? Hat er mich wieder überlistet?

Ihre Sinne waren bis aufs Äußerste angespannt. Jedes noch so kleine Geräusch und jede Luftzirkulation nahm sie war.

Ist da wirklich nichts? Ich kann es nicht ausschließen.

„Licht!", rief sie laut.

Mehrere kleine Flammen entstanden. Sie brachten einen gelblich-roten flackernden Schein, aber keine Gewissheit darüber, ob Zarteus noch da war.

„Zarteus?", fragte sie zitternd. Eine Antwort war wohl zu viel verlangt.

„Na, pass mal auf!"

Schon tobten Blitze von der Decke herunter. Mit einem lauten Knall entluden sie sich, jagten durch die gesamte Scheune und trafen den Boden. Erde stob auf, es rauchte und roch nach verbrannter Erde. Ein mittleres Chaos entstand.

Draußen auf dem Parkplatz drehte sich ein Fahrer, der gerade anhielt, zur Scheune um. Er meinte, Blitze gesehen zu haben und für einen kurzen

Augenblick roch es nach Feuer. Als er aber seine Augen zusammenkniff und genauer hinsah, gab es nur eine alte, verwitterte Scheune.

„Muss wohl eine Spiegelung der Sonne gewesen sein", murmelte er und stapfte auf die Raststätte zu. Er brauchte dringend einen Kaffee, um den Rest seiner Fahrt wach zu schaffen.

Dajana hatte noch rechtzeitig ihren Schutzschild um die Scheune erweitert. Sie war sich inzwischen sicher, dass Zarteus wieder auf Terranus war und ihr Gewitter verzog sich so schnell, wie es gekommen war. Zurück blieben die kleinen Feuer, die ihr Licht spendeten. Sie rümpfte die Nase und holte sich frische Luft durch ein schnell geöffnetes Fenster. So konnte niemand den Rauch sehen.

Sie hatte das auch bei den Übungen mit Daniel so gemacht. Das Schloss des Käfigs war schnell geöffnet und der Weg zum Scheunentor nicht weit. Dort angekommen löschte sie die Feuer mit kaltem Wasser. Es war eine interessante Übung für Daniel, fiel ihr dabei ein. Er hatte schon viel von ihr gelernt. Allerdings scheute er sich immer noch davor, mehrere Fähigkeiten gleichzeitig und in mehrfacher Form einzusetzen. Sie wollte sich das merken für ihr nächstes Treffen.

Jetzt ging sie mit einem flauen Gefühl im Magen zur Raststätte zurück, Marius war noch nicht zurück, das hätte sie gehört.

Hoffentlich ist ihm nichts passiert.

Irgendwie beschlich sie ein unruhiges Gefühl. Irgendetwas stimmte nicht. Sie bestellte bei ihrer Thekenkraft eine große Cola. Megan nickte.

„Bekommst du gleich. Geht es dir gut?"

Dajanas Gedanken waren bei Marius. Megan brachte die Cola und wenig später setzte sich jemand neben sie.

Noch bevor die Person etwas sagen konnte, wusste sie, wer es war. Jeffrey. Der Nachfolger von Inspektor Paul.

„Hallo Dajana. Meine Kollegen verfolgen gerade jemanden auf einer schwarzen Honda, ohne Helm und Montur. Ich dachte mir, ich schaue mal bei dir vorbei, damit ich weiß, wer von euch beiden so verrückt ist."

„Marius."

Jeffrey nickte zustimmend.

„Darf ich erfahren, was passiert ist?"

Dajana schüttelte den Kopf, sie wollte jetzt nicht darüber sprechen. Außerdem war Jeffrey nicht eingeweiht. Sie wollten ihn auch nicht einweihen, jedenfalls jetzt noch nicht. Erst wollten sie ihn näher kennenlernen.

„Hattet ihr Streit?"

Dajana verdrehte die Augen. Konnte er nicht einfach gehen? Sie kämpfte schon wieder mit den Tränen und nahm einen großen Schluck von ihrer Cola. Mit geschlossenen Augen. Langsam setzte sie das Glas wieder ab und atmete laut aus. In der Hoffnung, dass der Polizist in Jeffrey nicht weiter nachhaken würde, sagte sie knapp:

„Ja."

„Aha! Soll ich mal nachfragen, ob sie ihn inzwischen gestoppt haben, oder ob sie das erst beim nächsten Planeten tun?"

Jeffrey meint das bestimmt nur als Scherz. Er kann davon nichts wissen. Oder ahnt er etwas?

Sie sagte lieber nichts.

„Soll ich nun nachfragen?"

Er ist entschieden zu neugierig.

Dajanas Wut kam wieder hoch. Sie wollte jetzt mit niemandem darüber reden, außer vielleicht mit Marius. Sie riss sich zusammen, damit sie nicht die Zeit anhielt oder etwas in die Luft jagte. Entschieden schwieg sie weiter und blickte starr auf ihr halb leeres Glas.

„Okay. Ich habe verstanden. Ich halt mich da raus. Ich wollte nur helfen. Vielleicht können meine Kollegen ihn ja stoppen. Ich hoffe nur, dass es dann nicht zu spät ist."

Jeffrey stand auf, verweilte noch eine Sekunde und setzte sich dann in Bewegung. Wahrscheinlich warf er Megan noch einen besorgten Blick zu, doch darüber wollte sie jetzt nicht nachdenken.

Dajana ging nach oben und blickte auf das Tal. Plötzlich verdunkelte sich ihr Blickwinkel und das Tal wurde von einem Bild überlagert. Sie sah eine schwarze Honda auf einer lang gezogenen Landstraße. Es war ihre Honda und der Fahrer war Marius. Er war viel zu schnell und ohne Helm.

Angst nahm von ihr Besitz. Ihr wurde bewusst, dass sie gerade eine ihrer Visionen hatte. Sie wusste, was jetzt kommen würde und wollte die Bilder nicht sehen. Sie hörte die Sirenen, die ihn verfolgten und bedrängten.

Marius ließ den Motor aufheulen und legte sich tief in die Kurve, er war auf der Gegenseite und überholte gerade einen kleinen PKW. Schnell war er vorbei und wieder auf seiner Fahrspur. Ein entgegenkommender PKW hupte ihn trotzdem an, es musste ein ziemlich gewagtes Manöver gewesen sein.

Dajanas Herz raste, sie musste etwas unternehmen. Noch war nichts geschehen. Es war eine Vision, sie konnte es noch ändern. Doch ihr blieb nicht mehr viel Zeit. Wenn sie sich doch nur bewegen könnte, doch offenbar sollte sie noch mehr sehen.

Muss das wirklich sein?

Sie wusste, wie ihre Visionen fast immer endeten.

Wie gelähmt sah sie, wie Marius sich in die nächste Kurve legte. Sie hörte, wie die Sirenen hinter ihm lauter wurden. Sie kamen näher an ihn heran und drängten ihn dadurch zu noch höherer Geschwindigkeit. Schon war das nächste Auto dicht vor ihm und ohne abzubremsen wechselte Marius auf die Gegenfahrbahn. Sekunden später war er neben dem Auto.

Dajana schrie! Sie sah den LKW hinter der Kurve, er hielt direkt auf Marius zu! Der befand sich immer noch auf der Gegenfahrbahn.

„Marius!", kreischte sie, doch er konnte sie nicht hören.

Ihr Freund würde gleich frontal gegen einen LKW knallen und sie musste etwas unternehmen! Sie schrie noch einmal, dann erst bemerkte sie Megan, die sie heftig schüttelte.

„Dajana! Was ist? Sag doch etwas, du hast so laut geschrien."

Dajana stand wie erstarrt vor dem Fenster und presste ihre Fäuste zusammen.

Wieso sind Megan und Jeffrey hier?

Sie konnte Jeffrey nicht sehen, spürte aber seine Anwesenheit.

„Marius", flüsterte sie und war froh, dass sie überhaupt etwas sagen konnte.

Sie hatte die letzten Bilder ihrer Vision vor den Augen und sie waren nicht schön.

„Was ist mit Marius? Ich habe eben mit meinen Kollegen gesprochen, sie verfolgen ihn immer noch. Er fährt ziemlich riskant. Hast du eine Idee, wie wir ihn aufhalten können? Seine letzten Überholmanöver waren sehr gewagt."

Bei diesen direkten Worten wurden die Bilder wieder deutlicher und sie sah noch einmal, wie Marius dem Lastwagen entgegenfuhr und mit ihm zusammenstieß.

„Wir haben nicht viel Zeit."

Sie blickte Jeffrey ernst an und versuchte möglichst vernünftig zu klingen. Ihre Stimme zitterte. Sie hoffte inständig, dass Jeffrey genau das machen würde, was sie ihm sagte. Marius' Leben hing davon ab.

„Du musst deine Kollegen zurückpfeifen. Sie dürfen ihn nicht weiter verfolgen."

Jeffrey reagierte nicht sofort. Dajana packte ihn am Arm und zerrte ihn aus dem Zimmer.

„Schnell! Es ist noch nicht zu spät. Du musst sie aufhalten. Sie dürfen ihn nicht weiter bedrängen!"

Dajana musste Jeffrey noch kräftiger ziehen, damit er ihr folgte. Wenig später rannte er zu seinem Dienstwagen.

„Halt sie auf!", forderte Dajana und zeigte auf das Funkgerät.

„Ich kann ihnen nicht einfach sagen, dass sie ihn nicht verfolgen sollen. Er muss bestraft werden"

„HALT SIE EINFACH AUF! SOFORT!"

Dajanas Stimme überschlug sich.

Ist es noch rechtzeitig? Lebt Marius noch? Kann ich ihn überhaupt retten? Was kann ich tun?

Jeffrey reagierte nicht auf sie.

„Mach schon! Es geht um Leben und Tod."

„So wie du aussiehst, muss ich das wohl glauben. Ich verstehe immer noch nicht, was hier los ist. Aber bitte. Wir wissen ja jetzt, wer der Temposünder ist. Beweise werden meine Kollegen inzwischen genug haben."

„Beeil dich, sonst passiert ihm noch etwas!"

Dajana war sich bewusst, dass sie nur noch wenige Sekunden hatten, und Jeffrey schien immer noch zu zögern.

In ihren Fingern zuckte es. Es wäre nur ein Gedanke, ein Wimpernschlag.

Niemand würde es mitbekommen. Ich alleine kann innerhalb einer Sekunde Marius' Leben retten. Ich müsste nur die Zeit anhalten. Keiner würde etwas merken. Ich muss nur schnell genug sein, damit ich ihn retten kann. Ich kann es!

Es war der falsche Weg, das fühlte sie. Noch konnte Jeffrey seine Kollegen zurückpfeifen und Marius würde automatisch langsamer werden.

Vielleicht hält er dann sogar an und stellt sich.

Plötzlich bemerkte sie Daniels Präsenz. Er versuchte sie daran zu hindern, die Zeit anzuhalten. Ja, er war ein guter Schüler. Innerlich musste sie lächeln. Jeffrey hatte das Mikrofon in der Hand und sprach mit seinen Kollegen.

„Ja, verdammt! Sie haben mich richtig verstanden! Sie sollen die Verfolgungsjagd abbrechen. Wir wissen, wer der Fahrer ist. Er soll nicht weiter in Bedrängnis gebracht werden. Die Kameras sind doch mitgelaufen, oder?"

„Ja."

„Gut, das reicht uns. Schalten Sie mich jetzt auf alle Fahrzeuge."

„Ist erledigt! Sie können sprechen."

„An alle Einsatzwagen! Hier spricht Inspektor Coggins. Brechen Sie unverzüglich die Verfolgung des Motorradfahrers ab. Ich wiederhole, brechen Sie die Verfolgung ab. Sofort!"

Nach und nach hörten sie durch die Lautsprecher die Bestätigungen der beteiligten Einsatzwagen und in Dajana löste sich der Knoten in ihrem Bauch. Die schrecklichen Bilder ihrer Vision wurden blasser, aber sie lösten sich nicht gänzlich auf. Jetzt konnte sie nur noch hoffen und beten, dass Marius rechtzeitig den Fuß vom Gaspedal nahm und nicht weiter sein Leben gefährdete. Auch Daniel entspannte sich, war aber dennoch bereit, sich jederzeit einzuschalten.

„Ich werde nachher mit ihm reden und ihm danken", flüsterte sie leise.

„Wem?", fragte Jeffrey, der inzwischen aus seinem Polizeiwagen ausgestiegen war.

„Ach nichts!"

Sie hoffte, dass Jeffrey nicht weiter nachbohren würde.

„Ihr beide seid schon sehr komisch. Ich möchte mich ja nicht einmischen, aber euer Streit muss wirklich heftig gewesen sein."

Dajana sah in seinen Augen, dass er es ernst meinte. Sie könnten in Jeffrey einen guten Freund finden. Doch er musste erst einmal in alles eingeweiht werden. Sie nahm sich vor, mit Marius darüber zu sprechen, sofern er wieder heil zurückkam.

Gedankenverloren lehnte sie sich an Jeffreys Wagen und schaute auf die inzwischen stark befahrene Landstraße. Sie schloss die Augen und versuchte herauszufinden, wo sich Marius befand. Doch dafür reichten ihre Fähigkeiten nicht aus.

„Als ich hierher versetzt wurde, fühlte ich mich sofort gut aufgehoben."

Jeffrey hatte sich neben sie gelehnt und taxierte sie freundlich. Sie erinnerte sich an ihre erste Begegnung, als Paul ihn damals in ihre kleine Raststätte mitbrachte.

„Warum?"

„Ich sah die Raststätte und fand sie sofort gemütlich. Ich habe mich gefreut, als Paul mir erzählte, dass zwei sehr nette Auswanderer aus Deutschland dort leben würden. Mein erstes Mittagessen nahm ich bei euch ein und ihr ward mir von Anfang an sympathisch."

Er zögerte und sein Blick wanderte zur Straße, auf der gerade ein paar seiner Kollegen zurück in Richtung Innenstadt fuhren.

„Ich meine, wir sind in einem Alter und ich möchte sagen, dass wir gut miteinander befreundet sind. Ich möchte euch helfen und fände es sehr schade, wenn es euch und diese kleine Raststätte hier nicht mehr geben würde. Es ist wie ein kleiner Lichtblick in dieser sonst so einheitlichen Gegend."

„Vermisst du London etwa immer noch?"

„Oh ja. London und seine typische Schnelligkeit. Hier ist alles so ruhig und einheitlich. Fast schon langweilig."

„Na, komm. Das kannst du jetzt aber wirklich nicht sagen!"

Dajana drehte sich entrüstet zu ihm und setzte absichtlich eine leicht beleidigte Miene auf.

„So habe ich das auch nicht gemeint. Ich will nur verdeutlichen, dass die Zeit hier anders läuft. Wenn es eure Raststätte nicht geben würde, oder euch… ich glaube, ich würde hier nicht bleiben wollen."

Schweigend fixierte Dajana Jeffrey. Er war in Ordnung. Vielleicht brauchten sie mal jemanden, der ihnen behilflich wäre, gewisse Dinge zu vertuschen. Es wäre praktisch, bei der Polizei einen Eingeweihten zu haben. Doch sie wollte das mit Marius besprechen, sie wollte ihn nicht übergehen.

Dazu musste sie allerdings erst einmal wieder überhaupt mit Marius sprechen.

Will er das überhaupt?

Sie hoffte es und wartete gebannt darauf, dass sie eine Meldung von einem der Polizeiwagen erhielten. Irgendetwas musste kommen und sie hoffte, dass es eine gute Meldung war. Würde Marius vernünftig werden? Konnte sie mit ihm in aller Ruhe über ihre Aufgabe sprechen?

„Der Polizist in mir will immer alles genau herausfinden und ich spüre, dass Marius und dich ein Geheimnis umgibt. Ein Geheimnis, in das mein Vorgänger Paul eingeweiht war. Ich habe mir erlaubt, etwas zu forschen. Und ich habe herausgefunden, was hier passierte, bevor ihr die Raststätte geerbt habt. Um die ehemalige Besitzerin, Martha, ranken sich für mein Empfinden zu viele Geheimnisse. Ich möchte, dass ihr wisst, dass ich über all das mit niemandem sprechen werde."

Dajana versuchte herauszufinden, ob sie ihm trauen konnte. Warum dachte sie überhaupt darüber nach? Er hatte ihr doch vorhin bewiesen, dass er ihr traute. Er hatte auf ihre Worte hin seine Kollegen zurückgepfiffen!

„Okay. Es gibt ein Geheimnis. Bitte frag jetzt nicht weiter, ich möchte erst Marius wieder sicher hier haben. Dann überlegen wir, ob wir dich einweihen können. Einverstanden?"

Dajana beobachtete Jeffrey genau und sie sah, dass er einverstanden war. Doch sie sah auch Zweifel in seinem Gesicht und wusste, er würde nicht so schnell aufgeben.

„Inspektor Coggins! Bitte kommen!", hörten sie das Funkgerät aus dem Wageninneren.

Dajana und Jeffrey erschraken sich und zuckten zusammen. Gespannt sah Dajana zu, wie Jeffrey sich auf dem Fahrersitz niederließ und das Funkgerät in die Hand nahm.

„Hier Coggins"

„Inspektor Coggins, der Flüchtige wurde auf einem Parkplatz gestellt."

Dajanas Anspannung verwandelte sich in große Erleichterung.

„Gott sei Dank!"

Langsam sank sie zu Boden und schloss ihre Augen.

„Marius lebt", hauchte sie. Dann strömten ihr die Tränen aus den Augen und sie konnte nicht mehr sprechen.

„Gut! Bringen Sie ihn zur Wache, ich werde persönlich mit ihm sprechen. Haben Sie ihm schon das Videomaterial gezeigt?"

„Ja."

„Gut, ich werde später trotzdem mit ihm sprechen."

Dajana konnte immer noch nichts sagen, hatte aber jedes Wort von Jeffrey verstanden.

„Willst du mitfahren?"

Jeffreys Stimme war ganz nah, er musste direkt vor ihr hocken. Dajana öffnete die Augen und sah Jeffrey wie durch einen Schleicher vor sich.

„Es ist alles gut. Ihm ist nichts passiert. Komm her, es ist alles gut."

Jeffrey nahm sie in die Arme. Tröstend fuhr er ihr mit seinen Händen über den Rücken und ihre Anspannung fiel langsam ab. Für ein paar Minuten gestand sie sich diese Schwäche ein.

Dann wand sie sich aus seinen Armen und sagte entschieden:

„Wir können."

„Gut. Dann lass uns fahren. Wir wollen ihn nicht warten lassen. Du verstehst, dass ich erst einmal mit ihm alleine reden muss?"

„Ja. Ich rufe derweil unseren Anwalt an. Er soll nichts ohne unseren Anwalt sagen."

„Das werde ich ihm ausrichten. Aber meine Kollegen haben schon gesagt, dass er die Vergehen zugegeben hat."

„Ich weiß. Das habe ich gehört. Leugnen kann er sie ja auch schlecht."

Jeffrey öffnete die Tür zum Verhörraum und Dajana versuchte, einen Blick auf Marius zu ergattern. Sie wollte sich bestätigen, dass er wirklich dort saß. Unversehrt. Sie brauchte diese Bestätigung einfach, denn noch immer nagten Zweifel an ihr. Leider konnte sie außer einem leeren Stuhl und einer Tischkante nichts erkennen.

Er wird auf der anderen Seite sitzen.

Sie wählte die Rufnummer ihres Anwalts und hatte Glück, dass sie ihn trotz seines freien Nachmittags erreichte.

„Hallo, Herr Narrot. Gut, dass ich Sie erreiche. Marius wird gerade von der Polizei verhört. Wir haben uns gestritten und er ist daraufhin mit dem

Motorrad gefahren wie ein Wilder. Das Ganze ohne Helm und Montur. Es folgte eine wilde Verfolgungsjagd mit der Polizei. Ich habe sie dann schließlich überzeugt davon, dass es besser wäre, ihn nicht weiter zu hetzen."

Ich hatte eine Vision, in der er gegen einen Lastwagen fuhr.

Sie musste sich auf die Zunge beißen, damit sie ihre Gedanken nicht laut aussprach.

„Danach haben sie ihn mit Abstand und auch langsamer verfolgt. Jedenfalls kam dann wenig später die Meldung, dass sie ihn gefasst haben. Er hat wohl auch gleich alle Vergehen, die sie ihm auf dem Videomaterial gezeigt haben, zugegeben."

Mit einem leisen Stöhnen am Ende der Leitung wurde sie unterbrochen und schwieg.

„Das ist nicht gut. Dann können wir das Videomaterial nicht mehr anzweifeln. Hat er seine Aussage schon unterschrieben? Wenn nicht, könnten wir noch sagen, dass er unter Schock stand und deshalb nicht wusste, was ihm alles vorgeworfen wurde."

„Hä?"

„Egal. Ich kümmere mich darum, dass wir Ihren Marius wieder heil dort herausbekommen. Haben Sie schon mit ihm gesprochen?"

„Nein. Ich habe ihn noch nicht gesehen."

„Was? Ach, ich verstehe. Die Polizei möchte nicht, dass Sie sich irgendwie absprechen. Gut möglich, dass Sie auch noch verhört werden. Sagen Sie auf keinen Fall etwas, solange ich nicht anwesend bin."

„Ja, ist klar. Aber woher weiß Marius das? Ich habe Jeffrey, äh, ich meine Inspektor Coggins, schon gesagt, dass Marius keine Fragen ohne seinen Anwalt beantwortet. Ob Marius trotzdem etwas sagt, weiß ich nicht, ich kann das leider nicht beeinflussen."

„Hm, das kriegen wir schon hin. Ich bin schon auf dem Weg, dann klärt sich alles."

„Okay, bis gleich."

Dajana fing an, nervös auf dem Flur hin- und herzulaufen. Sie wollte zu Marius. Es stand so viel zwischen ihnen. Sie hatten so viel zu bereden. Doch in erster Linie ging es Dajana darum, dass es ihrem Beschützer gut ging und sie sich wieder verstanden. Sie wusste immer noch, ob er mit ihr sprechen würde. Oder war das etwa das Ende ihrer Beziehung?

Sollte ich Paul anrufen? Kann er uns helfen?

Die Tür des Verhörraums öffnete sich und Inspektor Coggins kam heraus. Die Tür schloss sich so schnell, dass Dajana keinen Blick hineinwerfen konnte. Marius war da drin. Am liebsten hätte Dajana ihn in den Arm genommen. Glücklich darüber, dass er noch am Leben war.

„Dajana! Können wir uns kurz unterhalten?"

Jeffrey führte sie in sein Büro. In diesem Moment sah sie Herrn Narrot, wie er den Flur betrat und ihr zuwinkte.

„Einen Moment noch Jeffrey, da kommt unser Anwalt."

„Ah, kein Problem. Eigentlich ist es auch gar nicht notwendig."

Dajana schaute ihn verwirrt an.

„Warum?"

„Deswegen."

Jeffrey wedelte mit einem Stück Papier herum. Doch bevor sie es sich schnappen konnte, griff es sich der Anwalt.

„Aha. Soso. Oha. Das ist aber nicht so ganz legal."

Er rümpfte die Nase und zog die Augenbrauen hoch.

„Darf ich kurz mit meinem Klienten sprechen? Ich will nur sicher sein, dass er sich über die Konsequenzen bewusst ist."

„Natürlich! Warten Sie, ich bringe Sie zum Verhörraum."

„Darf ich auch?", fragte Dajana, doch Jeffrey schüttelte den Kopf.

„Ich weiß, dass du ihn sehen willst, aber ich möchte erst noch deine Seite der Geschichte hören…"

Herr Narrot ging in den Verhörraum und die Tür schloss sich.

„… als Freund", sagte Jeffrey leise, sodass nur Dajana es hören konnte.

„Okay. Aber ich sage nichts zu dem, was Marius gemacht haben soll."

„Das musst du auch nicht."

Neue Verbündete

„Also, was ist los bei euch? Kann ich euch vielleicht helfen? Ihr seid mir beide wichtig, schon weil ich die erste Zeit bei euch wohnen durfte und das Mittagessen bei euch immer so gut war."

Dajana hörte seinen Worten zu, wollte aber nichts sagen. Sie merkte, dass Jeffrey noch nicht fertig war und wartete auf seine nächsten Worte.

„Ich wäre sehr traurig, wenn ihr nicht mehr hier wohnen würdet oder euch sogar trennt. Also, wie kann ich helfen?"

Ein leises Lächeln huschte über Dajanas Gesicht.

„Wie schon gesagt, es gibt da etwas, was wir dir womöglich anvertrauen werden. Doch ich will erst mit Marius reden und es nicht über seinen Kopf hinweg entscheiden. Wir haben uns gestritten, mehr kann ich dazu nicht sagen. Kann ich zu ihm?"

Jeffrey zuckte mit den Schultern und schüttelte den Kopf. Dajanas Miene versteinerte sich.

„Noch nicht. Du weißt, dass er ziemlich gefährlich gefahren ist. Er hat mehrfach die Geschwindigkeitsbegrenzung überschritten und sehr riskant überholt. Es hätte nicht viel gefehlt und er wäre mit dem nächsten PKW zusammengestoßen. Meine Kollegen haben seine Fahrt auf Video und er hat es zugegeben. Er wird sich dafür verantworten müssen, das solltest du wissen. Was ich nicht so ganz verstehe… warum hast du so panisch reagiert?"

„Erst muss ich mit Marius sprechen."

„Gut. Aber es schien mir so, als hättest du gewusst, wie gefährlich Marius gefahren ist. Hattet ihr Kontakt? Ich meine, hat er mit dir telefoniert?"

„Nein! Ich war doch fast die gesamte Zeit im Gastraum. Du warst doch auch da!"

Jeffreys Augen verengten sich und sie wusste, dass sie ihm die gesamte Wahrheit auftischen musste.

„Ja. Aber danach warst du oben in deinem Zimmer. Irgendetwas muss dort passiert sein, denn danach warst du total panisch. Ich würde gerne wissen, was da genau passiert ist."

Dajana blieb stur.

„Nein! Erst muss ich mit Marius sprechen."

„Dajana! Bitte, versteh mich doch. Ich möchte euch helfen. Aber das kann ich nur, wenn ich die Wahrheit weiß. Ich könnte dich hier auch mit dem Verdacht der Verdeckung einer Straftat festhalten."

Würde Jeffrey so weit gehen? Er ist doch unser Freund!?

„Bitte nicht", flüsterte sie und versuchte flehend zu gucken.

Er würde die Wahrheit verstehen. Doch ich kann sie ihm nicht sagen, solange Marius nicht zugestimmt hat. Was soll ich nur tun?

Es klopfte und der Anwalt, Herr Narrot, steckte seinen Kopf durch die Tür.

„Frau Federleisen? Ich rate Ihnen, nichts zu sagen. Ich habe mit Marius gesprochen und er hat leider schon alles zugegeben. Das Videomaterial können wir also nicht mehr anzweifeln."

Dajana schaute Herrn Narrot erleichtert an. Anschließend wandte sie sich Jeffrey zu und konnte ein Lächeln nicht unterdrücken.

„Du hast gehört, was mein Anwalt mir rät."

„Ja. Wobei es immer noch ungeklärte Fragen gibt. Du kannst jetzt zu Marius, aber ich werde dabei sein."

Dajana sprang regelrecht vom Stuhl und ihr Herz raste.

„Ja! Wo ist er?"

Sie wäre fast mit Herrn Narrot zusammengestoßen.

„Ruhig, Frau Federleisen."

Seine Hand lag auf ihrer Schulter und er versuchte sie zu beruhigen.

Was würde Marius sagen? Gibt er mir die Schuld? Ich hätte nicht so sehr darauf drängen dürfen, durch das Portal zu gehen. So sehr es mich auch reizt. Ich muss auch an Marius denken.

„Herr Narrot, Sie wollen doch bestimmt auch mit dabei sein, oder?"

Dajana wurde von Jeffrey langsam aus dem Büro geschoben. Ihr Herz raste immer noch vor Aufregung und sie wusste nicht, wie sie Marius gegenüber treten sollte. Erleichtert? Verärgert? Oder so, als wäre nichts passiert?

Nein. Ich kann nicht einfach so tun, als wäre nichts passiert.

Sie folgte den beiden Männern über den kurzen Flur und betrat nach ihnen den Verhörraum. Marius saß vor einem leeren Tisch. In einer Ecke saß ein Beamter zur Beobachtung.

Sie gehen davon aus, dass er flüchten will!

Dajana schob den Gedanken beiseite und schaute Marius tief in die Augen.

Ist er mir noch böse?

Seine Augen wirkten kalt und für den Bruchteil einer Sekunde hörte Dajanas Herz auf zu schlagen.

„Dajana!"

Seine Stimme war leise und er schien sich beherrschen zu müssen.

Er ist noch sauer auf mich! Irgendwie kann ich ihn verstehen.

Sie schluckte.

„Marius! Gott sei Dank ist dir nichts passiert!"

Sie ging ein paar Schritte auf ihn zu und stand unschlüssig vor ihm.

Marius stand auf und sie blickte in seine Augen. Sie spürte sofort, dass er sie nicht verlassen würde. Ihr Unterbewusstsein wusste das schon vorher, aber ihr Verstand hatte es nicht wahrhaben wollen. Marius gehörte zu ihr. Für immer. Er war ihr Beschützer und jetzt hatte sie ihn gerettet.

Ich muss es ihm sagen. Sofort.

„Danke", flüsterte er.

Er weiß es! Sie haben ihm gesagt, dass sie auf mein Bitten hin die Verfolgung abgebrochen haben und er hat daraus geschlossen, dass ich seinen Tod gesehen habe.

In ihren Augen bildeten sich Tränen. Tränen der Erleichterung. Dennoch konnte und wollte sie ihren Blick nicht von Marius abwenden. Sie sah, dass auch er Tränen in den Augen hatte.

Sekundenlang standen sie so da und Dajana spürte, wie verliebt sie war. Seine Augen bestätigten ihr, dass auch er sie über alles liebte. Sie würden miteinander reden. Später, nicht hier. Marius machte einen Schritt auf sie zu und legte seine Arme um sie.

„Ich liebe dich", flüsterte er und sie ließ sich erleichtert in seine Arme sinken.

Wenig später saßen sie Hand in Hand am Tisch, Jeffrey saß ihnen gegenüber. Herr Narrot stand etwas im Hintergrund und beobachtete sie skeptisch.

Er sollte auch wissen, was hier vor sich geht. Wir können ihm vertrauen.

Dajana wischte sich die restlichen Tränen aus dem Gesicht.

„Sie sollten die Wahrheit erfahren."

Dajana sah, dass auch Marius die Notwendigkeit verstand. Sie wendete sich Jeffrey zu und schaute anschließend kurz zu dem immer noch in der Ecke sitzenden Beamten.

„Können wir alleine mit dir und Herrn Narrot sprechen?"

„Okay."

Jeffrey schickte seinen Kollegen mit einer Handbewegung aus dem Raum.

„Jetzt können wir uns ungestört unterhalten. Es muss ja etwas wirklich Wichtiges und Geheimes sein, was du uns zu erzählen hast. Bringt das wenigstens etwas Klarheit in die Sache?"

„Ja. Aber für deinen Bericht musst du dir etwas überlegen. Was ich dir und Herrn Narrot jetzt erzähle, darf diesen Raum nicht verlassen. Ihr müsst mir versprechen, mit niemandem darüber zu reden. Nicht einmal beichten dürft ihr es."

Sie wartete kurz und blickte den beiden nacheinander fest in die Augen.

„Das ist sehr wichtig! Ich möchte, dass ihr uns das versprecht! Es geht unter Umständen um das Fortbestehen unserer Rasse und um unseren Planeten."

Herr Narrot holte sich den freigewordenen Stuhl und setzte sich zu ihnen an den Tisch. Sichtlich verwirrt schaute er zuerst Dajana, dann Marius und zuletzt Jeffrey an.

„Schwört ihr das?"

Sie versuchte in den Augen zu lesen, ob sie ihnen trauen konnte. Doch sie sah nur Verwirrung. Marius drückte ihre Hand, das bedeutete, sie konnten ihnen vertrauen. Und wenn nicht, Marius war da, um sie zu beschützen. Stärker als je zuvor spürte sie seine Fähigkeiten und wusste, dass sie bald mit ihm darüber sprechen musste.

Wahrscheinlich weiß er es schon. Oder er hat es heute herausgefunden.

„Ja! Ich schwöre es!"

Jeffrey klang andächtig, aber bestimmt.

„Ich schwöre es auch! Unter einer Bedingung!"

Dajana setzte einen fragenden Blick auf.

„Welche?"

„Wir duzen uns ab sofort. Ich bin Anton."

Erleichtert ließ Dajana die angestaute Luft entweichen.

„Gut."

Sie lächelte. Alle Blicke waren auf sie gerichtet. Sie musste ihre Geschichte erzählen und zwei Personen in den Kreis der Eingeweihten aufnehmen. In Gedanken vibrierte ihr Handy schon, sie war sich sicher, dass Daniel die Aufregung und die Angst der letzten Stunden mitbekommen hatte. Doch es blieb ruhig.

„Dann fange ich am besten damit an, dass ich euch meine Geschichte erzähle. Bitte, hört erst einmal zu und bildet euch dann ein Urteil. Ich kann euch versprechen, es wird durchaus spannend und nicht ungefährlich. Du, Jeffrey, wirst danach sicherlich ein paar Dinge anders sehen. Dein Vorgänger Paul war übrigens eingeweiht. Er wusste noch vor mir, was vor sich geht und hat mich sehr unterstützt. Er und Marius haben mir geholfen, meine Rolle zu akzeptieren. Ich bin zur Zeit die Hüterin des Portals und muss auf die Sternenkugel aufpassen. Es ist die Technologie einer uralten Rasse, die schon längst ausgestorben ist und hier in unserer Galaxie vor Jahrtausenden zu Besuch war. Eine Sternenkugel ist in der Lage, ein Portal zu einem anderen Planeten zu öffnen, sofern es auf ihm ebenfalls eine aktive Sternenkugel gibt."

Anton schüttelte abwehrend den Kopf.

„Nein! So eine Technologie gibt es nicht. Du willst uns auf den Arm nehmen!"

„Doch. Es gibt so eine Technologie. Sie ist außerirdisch und stammt noch nicht einmal aus unserer Galaxie. Diese alte Rasse, die Chepertas, ist längst ausgestorben. Neben der Erde gibt es in unserer Galaxie noch mehrere andere Planeten, auf denen so eine Sternenkugel aktiv ist."

Sie ließ ihre Worte auf die beiden wirken und beobachtete sie ganz genau.

Sie glauben mir nicht.

„Vielleicht solltest du es ihnen zeigen", warf Marius zuversichtlich ein.

„Sicher?"

„Ja. Ich bin zwar von der Idee nicht begeistert, aber der pure Anblick einer aktivierten Sternenkugel erklärt einiges. Du weißt, wie Daniels Eltern darauf reagiert haben."

Daniels Eltern konnten am Anfang auch nicht begreifen, dass ihr Sohn etwas Besonderes war und über Fähigkeiten verfügte. Noch heute waren sie eher skeptisch und begriffen nicht den gesamten Umfang. Immerhin sollte ihr Sohn irgendwann einmal alleine für die Sicherheit der Erde verantwortlich sein. Das wollten sie einfach nicht verstehen.

„Stellen wir einfach mal fest, es gibt diese Sternenkugel und ich bin ihre Hüterin. Ich werde sie euch heute nicht zeigen, aber wir können uns morgen bei uns in der Scheune treffen. Dazu müsst ihr noch einiges mehr wissen. Diese Sternenkugel kann nicht von jedem aktiviert werden und nur eine ganz geringe Anzahl von Personen kann ein Portal zu einem anderen Planeten öffnen. Ich gehöre dazu, Marius kann es nicht."

Erneut erntete sie fragende Blicke und sie sprach leise weiter.

„Ich habe gewisse Fähigkeiten, die andere nicht haben."

Nach diesem Satz ließ sie ganz bewusst eine längere Pause. Sie wollte, dass die beiden über ihre Worte nachdachten. In ihren Augen sah sie Verwunderung und Unverständnis.

„Ich kann eine Kugel aus Feuer oder Eis erschaffen. Oder ich kann Dinge bewegen, nur mithilfe meiner Fähigkeiten."

Marius schob seine Brieftasche in die Mitte des Tisches und Sekunden später schwebte sie über dem Tisch. Jeffrey und Anton rissen ihre Augen auf, sie starrten wie gebannt auf die vor ihnen schwebende Geldbörse. Dajana ließ sie leicht in der Luft rotieren. Anton rückte ein Stück näher heran und untersuchte den Tisch.

„Das ist kein Trick. Kein Faden, kein Geheimnis und auch kein Magnet oder so.", erklärte Dajana und Anton lehnte sich mit verschränkten Armen zurück.

„Das wird schwierig", erwiderte Anton und blickte fragend zu Jeffrey.

„Puh", stieß der hervor und schüttelte seinen Kopf. „Wie machst du das?"

„Ich erzeuge ein Luftkissen um die Brieftasche herum und kann sie dadurch so bewegen, wie ich möchte. Ich verstehe, wie es euch jetzt geht. Ich habe es damals auch nicht verstanden. Jeffrey, es gibt mehrere Akten von Paul, die er ein wenig abgewandelt hat. Die frühere Besitzerin der Raststätte hatte auch solche Fähigkeiten wie ich. Nur waren ihre nicht so stark ausgeprägt wie meine."

„Mir war schon aufgefallen, dass es hier früher viele ungeklärte Fälle von Wilderei und getöteten Schafen gab. Ich habe mir mal einen Bericht durchgelesen, indem auch du erwähnt wirst. Das klang alles sehr komisch und hat mich stutzig gemacht. Was ist dort genau passiert?"

Dajana war froh, in Jeffreys Augen ein kleines bisschen Verständnis erkennen zu können.

„Das ist eine andere Geschichte. Nur so viel, die Sternenkugel hatte ein offenes Portal zu einem Planeten, auf dem unvorstellbar schreckliche Kreaturen hausten. Sie wollten die Erde für sich einnehmen, da ihr eigener Planet nicht mehr genug Platz für sie bot. Martha, die frühere Besitzerin der Raststätte, hat diese fremdartigen Wesen bekämpft, getötet oder zurückgeschickt. Aber sie konnte dieses Portal nicht wieder schließen.

Als ich es dann versuchte, hatte ich mehr Glück als Verstand. Es klappte, das Portal war geschlossen. So bin ich zur Hüterin des Portals geworden. Doch ich möchte euch noch etwas erzählen. Etwas Wichtiges zu meiner Person."

Dajana zögerte, sie wusste, wie merkwürdig und verwirrt ihre Geschichte klang. Sie hatte selbst ja auch lange gebraucht, um ihr Schicksal zu glauben und zu akzeptieren.

„Außer meinen Fähigkeiten habe ich noch eine weitere Gabe. Ich habe Visionen aus der nahen Zukunft."

Wieder ließ sie ihre Worte wirken. In Marius' Augen konnte sie Tränen aufblitzen sehen.

Jetzt begreift er, wie haarscharf er dem Tod entronnen ist.

Es fiel ihr schwer, die nächsten Sätze auszusprechen.

„Als Marius mit der Honda unterwegs war, und ich oben in meinem Zimmer stand, hatte ich so eine Vision."

Sie bemerkte, wie Jeffrey die Augenbrauen hochzog und sich zusammenreißen musste, etwas zu sagen. Sie wusste, dass Marius nicht richtig gehandelt hatte, doch ändern konnten sie daran nichts mehr.

„Ich musste mit ansehen, wie er ein Auto überholte und mit einem entgegenkommenden LKW zusammenstieß."

Sie drückte sich bewusst neutral aus und wollte auch nicht jede Einzelheit der Vision wiedergeben. Zu schlimm war sie und zu sehr hatte sie Angst um Marius gehabt.

„Deswegen", flüsterte Jeffrey.

Sie nickte und Marius griff nach einem Taschentuch. Sie konnte ihn jetzt nicht anschauen, sie hatte die Bilder ihrer Vision noch vor den Augen. Als sie weiter sprach, fiel es ihr schwer, das Zittern in ihrer Stimme zu unterdrücken.

„Ich wusste, dass diese Vision wahr werden würde. Deshalb war es mir so wichtig, dass die Polizei die Verfolgung abbricht."

Marius drückte sanft ihre Hand.

„Danke", wisperte er.

Mit Tränen in den Augen drehte sie sich zu ihm.

„Es war so schrecklich, das zu sehen. Ich brauche dich. Du bist doch mein Beschützer. Das ist deine Gabe."

„Du meinst, ich habe auch…?"

„Ja. Deine Gabe ist geringer, nicht so stark wie bei mir oder Daniel. Dafür ist sie konzentrierter. Wenn ich in deiner Nähe bin, fühle ich mich sicher. Nur du bist in der Lage mich zu beschützen."

„Moment mal! Wenn ihr beide diese Fähigkeiten habt… ", mischte Anton sich ein.

„Richtig. Es gibt noch mehr, die so sind wie wir. Sie haben unterschiedliche Fähigkeiten. Daniel, ein kleiner Junge, den das Schicksal zu mir geschickt hat, hat sogar noch mehr Potenzial als ich. Ihm ist es vorherbestimmt, als Hüter der Sternenkugel auf die Erde aufzupassen. Doch noch ist er zu jung und unerfahren für diese Rolle.

Darüber hinaus gibt es bestimmt noch andere. Ich habe in meiner und Marius' Vergangenheit geforscht und die heilende Fähigkeit meiner Mutter entdeckt. Ich weiß nicht, wie sich die Gaben entwickeln und weiter vererben, dazu habe ich zu wenig herausgefunden. Doch in unseren drei Stammbäumen gab es immer wieder Personen, die verhältnismäßig lange gelebt haben.

Ich habe dann in Marthas Unterlagen etwas gefunden, was darauf schließen lässt, dass diese Fähigkeiten nicht von hier stammen. Es gab vor Martha eine außerirdische Lebensform, die über die Sternenkugel gewacht hat. Sie hat eine Art Tagebuch geführt, welches Martha fortführte. Dieser Maxim schrieb, dass er einige seiner aussterbenden Rasse auf der Erde angetroffen hat und diese sich hier auch fortpflanzten. So wurden ein paar ihrer Gene gerettet und wir bekamen dadurch unsere Fähigkeiten. Leider ist das alles, was ich über die anderen weiß. Auch nicht, ob es immer noch welche von Maxims Rasse auf der Erde gibt."

„Wow! Das würde ja bedeuten, dass einer von uns auch solche Fähigkeiten haben könnte. Vielleicht leben ja immer noch Außerirdische auf der Erde!?"

Jeffrey zeigte auf sich und dann auf Anton. Dajana nickte, sie schloss die Augen und versuchte herauszufinden, ob sie Anzeichen einer Gabe bei den beiden spürte. Dann schüttelte sie den Kopf.

„Ich glaube nicht, dass einer von euch eine Gabe hat. Das heißt aber nicht, dass sie nicht in euren Genen schlummert und erst in der nächsten Generation zum Vorschein kommt."

„Aber ist das nicht gefährlich? Ich meine, könnte so eine Person nicht ziemlich großen Schaden anrichten?"

Das ist die Frage, auf die ich gewartet habe.

„Ja, das könnte die Person. Das ist auch der Grund, warum wir so wenige wie möglich einweihen möchten. Wenn das Wissen um die Sternenkugel und die Portale zu anderen Planeten bekannt wird, könnte es zu einer Massenpanik kommen. Wenn die Leute dann auch noch erfahren, dass es Menschen gibt, die anders sind und eventuell gefährlich werden könnten… das will ich mir lieber nicht vorstellen."

Sie schwieg und genoss die Stille. Es war alles gesagt, mehr erklären konnte sie für den Anfang nicht. Sie merkte, dass ihre Gegenüber ziemlich überfordert schienen. Das war verständlich, schließlich stellte sie gerade ihr bisheriges Weltbild infrage.

„Ich weiß, dass ihr das erst mal sacken lassen müsst. Jeffrey, das war der wichtige Grund, damit deine Leute die Verfolgung abbrechen. Ich hoffe, du kannst mich jetzt verstehen."

„Sie brauchen etwas Zeit", flüsterte Marius ihr zu.

„Denkt bitte über das, was ich euch erzählt habe, nach. Diese Sternenkugel ist von großem Vorteil für die Erde, sie birgt aber auch Gefahren. Ich weiß selber, wie unrealistisch das alles klingt, aber Marius kann euch bestätigten, dass es wahr ist. Ich hoffe, ihr glaubt uns und helft, das Geheimnis zu hüten."

„Also, ich kann mir das immer noch nicht vorstellen. Normalerweise kennt man das nur aus Büchern oder aus dem Fernsehen. Ein Portal zu einem anderen Planeten. Wie geht das? Es muss doch eine ziemlich weite Entfernung sein, die es zu überwinden gilt. Und wie sehen sie aus, diese anderen Planeten? Warst du schon auf einem?"

„Viele Fragen, das verstehe ich nur zu gut. Wie das alles funktioniert, weiß ich selber nicht. Ich weiß nur, dass diese Technologie sehr alt ist und nicht aus dieser Galaxie stammt. Es wird ein Wurmloch zu einer anderen Sternenkugel aufgebaut und durch dieses gelangt man dorthin. Auch sind die Sternenkugeln miteinander vernetzt, sodass man zu jedem Planeten mit aktivierter Sternenkugel viele nützliche Informationen erhält. Wie sie aussehen? Teilweise sehr anders, aber dann auch wieder sehr ähnlich zu unserer Erde. Terranus zum Beispiel hat sich sehr ähnlich entwickelt, auch die Rasse."

An dieser Stelle schaltete sich Anton dazwischen.

„Moment mal, heißt das etwa, dass du schon auf anderen Planeten warst? Wie fühlt sich das an? Hast du schon Kontakt mit ihnen aufgenommen? Das scheint mir alles sehr gefährlich zu sein. Ich hoffe, du lässt Außerirdische hier nicht einfach so herumlaufen."

„Auf gar keinen Fall! Keine außerirdische Lebensform darf derzeit unsere Scheune verlassen. Dafür lege ich meine Hand ins Feuer. Es wäre nicht zu verantworten, wenn ich eine fremde Rasse auf die Erde loslassen würde. Ich mag mir gar nicht ausdenken, was alles passieren könnte. Und nein, ich war leider noch nicht auf einem fremden Planeten. Wir hatten allerdings schon Besuch vom ähnlichen Planeten Terranus. Heute war eigentlich geplant, dass ich zu ihnen zu Besuch komme. Doch leider kam die kurze halsbrecherische Fahrt von Marius dazwischen."

Sie lachte auf und spürte den strafenden Blick von Jeffrey auf sich.

„Halsbrecherisch, ja. Aber kurz? Nana, das solltest du nicht so herunterspielen."

„Ich werde meine Strafe bekommen, auch wenn das heißt, dass mein Führerschein für ein paar Monate weg ist. Ich weiß selber, wie unvorsichtig ich gefahren bin."

Marius klang wehmütig. Dajana wusste, wie gerne er mit der Honda durch die ruhig gelegenen Täler und Berge fuhr. Jetzt würde er erst einmal darauf verzichten müssen.

„Es waren also schon außerirdische Lebensformen hier bei uns? Weißt du, was das für Konsequenzen haben könnte, wenn wir es wirklich niemandem erzählen? Wie kannst du alleine entscheiden, was für uns und unseren Planeten richtig ist?"

Anton hatte sich zu Wort gemeldet und Dajana seufzte.

„Genau diese Frage habe ich mir anfangs auch gestellt. Mehr als einmal. Doch selbst wenn wir nur einen kleinen Teil der Regierung einweihen würden, so wären es doch zu viele. Sie würden die Technologie erforschen wollen und zu den anderen Planeten reisen. Ich finde, das ist noch zu früh. Wir haben hier eigene Probleme, da müssen wir uns nicht noch neue schaffen, indem wir zu anderen Planeten reisen.

Außerdem kann diese Sternenkugel nur von mir und Daniel aktiviert werden. Auch können nur wir beide Portale öffnen zu anderen Planeten. Sollten wir eine Gruppe von Menschen zu einem Planeten schicken, so würden sie nicht alleine zurückkommen können. Es ist noch viel zu gefährlich. Die Rasse von Terranus hat selber ein paar Planeten besucht und war dabei sehr vorsichtig. Doch auch ihnen sind Fehler unterlaufen und sie haben in die Evolution von anderen Planeten eingegriffen.

Ich fühle einfach, dass es falsch wäre. Auch auf Terranus wissen nur wenige von der Sternenkugel. Obwohl sie dort schon viel länger bekannt ist, als hier. Ihr dürft nicht vergessen, es gibt wahrscheinlich ziemlich viele interessante Planeten, aber ebenso gibt es auch ziemlich viele gefährliche Planeten. Natürlich können sich auch auf den vermeintlich interessanten und friedlichen Planeten gefährliche Kreaturen verstecken."

Anton war unsicher.

„Ich weiß nicht, wir sollten trotzdem jemanden aus der Regierung einweihen. Wenn ich daran denke, dass eigentlich jederzeit etwas Gefährliches zu uns kommen kann. Ich glaube, ich werde die nächsten Wochen nicht ruhig schlafen. Nicht, dass ich dir nicht vertraue, Dajana. Doch allein das Wissen, dass etwas Fremdartiges zu uns kommen könnte, das macht mir richtig Angst."

„Das verstehe ich, Anton. Doch ihr müsst mir vertrauen, dass ich richtig handeln werde. Diese Sternenkugel ist immer deaktiviert. Solange das der Fall ist, kann von keinem anderen Planeten ein Portal geöffnet werden. Ich werde sie nur aktivieren, wenn ich sie euch zeige oder ein Portal nach

Terranus aufbaue. Oder wenn ich mehr über die Galaxie erfahren möchte. Bei Letzterem werde ich natürlich äußerst vorsichtig sein.

Vorerst werde ich nur Portale nach Terranus öffnen. Alles andere wäre zu gefährlich. Die Terraner sind sehr friedfertig, ich hoffe, diesen Kontakt weiter ausbauen zu können, damit sie uns mehr über die Galaxie und andere Planeten erzählen können. Deshalb ist mir dieser Kontakt auch sehr wichtig.

Zusätzlich kann ich einen Schutzschild um die Sternenkugel legen, sodass wirklich nichts hindurch kommen kann. Ihr müsst wissen, dass es Wesen gibt, die aus reiner Energie bestehen und deshalb für uns unsichtbar sind."

Antons Augenbrauen flogen hoch.

„Unsichtbar? Und wer garantiert mir, dass sie nicht schon längst unter uns leben?"

„Leider gar keiner. Die Sternenkugel war lange Zeit aktiv und es war ein Portal zu einem Planeten mit abscheulichen Kreaturen geöffnet. Ich weiß nicht, ob da was hindurchgekommen ist und sich eventuell vor Marthas wachsamen Augen verborgen hat.

Bedenke aber bitte, dass in dieser langen Zeit nie jemand etwas mitbekommen hat. Natürlich gab es unerklärliche Vorfälle, doch es ist nie etwas wirklich Gefährliches über die Erde hergefallen. Erst als ich gegen diesen Dämon kämpfen musste, bestand Gefahr. Doch Gott sei Dank lief alles gut und ich konnte das Portal verschließen. So gesehen ist die Erde jetzt geschützter als vorher."

„Gut, das verstehe ich. Dennoch begreife ich nicht, was du erzählst. Ich glaube, ich brauche erst einmal eine Weile und muss darüber nachdenken. Grundsätzlich werde ich zu meinem Wort stehen. Ich werde schweigen. Allerdings werde ich dich von Zeit zu Zeit daran erinnern, dass es auch noch andere Menschen gibt, die ein Recht darauf haben, zu erfahren, was hier passiert."

Jeffrey hatte Bedenken:

„Das würde eine Massenpanik auslösen und ich sage euch, dass ich dann ganz schnell meine Versetzung beantragen werde. Ich möchte nicht wissen, was dann hier los ist. Bedenkt mal bitte, dass unsere verehrten Wissenschaftler diese Kugel erst einmal gründlich untersuchen würden. Als nächstes ginge es dann auf die anderen Planeten und ich denke, dass sie nicht besonders vorsichtig mit der Heimat anderer Rassen umgehen würden."

„Genau! Anton, wir dürfen keinem etwas davon sagen. Es ist noch zu früh. Wir sollten erst einmal die Probleme auf der Erde lösen, bevor wir versuchen, die anderen Planeten zu erforschen."

Marius nahm Dajanas Hand und drückte sie.

„Das hast du schön gesagt. Genau deshalb finde ich es auch so bedenklich, dass du unbedingt hindurchgehen willst. Wir haben es hier so schön und es gibt noch so viel zu sehen auf der Erde."

„Ja, das stimmt. Trotzdem ist dieser Reiz da und das wäre auch bei anderen Menschen so."

Dajana spürte, dass Anton mit ihrer Entscheidung nicht einverstanden war.

„Okay, ich kann das verstehen. Aber ich werde euch ab und zu daran erinnern. Irgendwann wird der Zeitpunkt kommen, an dem du die Erde nicht mehr alleine verteidigen kannst."

„Danke. Ich kann dir versprechen, wenn ich es nicht mehr schaffe, dann ist die Erde verloren. Gegen die außerirdischen Lebensformen, die ich bislang kennengelernt habe, gibt es noch keine Waffe. Unser Militär würde kläglich versagen. Sollte mir etwas zustoßen, gibt es nur noch Daniel. Er ist in der Lage, ein offenes Portal zu schließen und die Sternenkugel zu deaktivieren. Eine Alternative dazu gibt es nicht und ich habe bisher auch noch keine Person gespürt, die ähnlich ausgeprägte Fähigkeiten hat."

„Euch beiden darf also auf keinen Fall etwas zustoßen, sonst ist die Erde verloren. Kannst du die Sternenkugel so einstellen, dass sie ein Portal von alleine schließt?"

„Das weiß ich nicht. Ich müsste Zarteus fragen, er wird es wissen. Bestimmt gibt es eine Möglichkeit, aber von alleine deaktivieren geht nicht."

„Zarteus? Ist das diese Lebensform ohne Körper? Von dem anderen Planeten?"

„Ja, genau! Er ist von Terranus. Seine Rasse ist schon sehr alt und weit verstreut in der Galaxie. Sie waren früher zahlreich vertreten und haben auf die Sternenkugeln und die Planeten aufgepasst. Deshalb haben sie großes

Wissen über die Sternenkugeln angesammelt. Dennoch möchte ich Zarteus noch nicht als Freund bezeichnen. Ich kann ihn nicht gut einschätzen."

„Das ist auch besser so! Die Rasse von Terranus war schon hier auf der Erde bei euch?", fragte Anton.

„Ja. Aber nur in der Scheune! Alles andere wäre zu gefährlich."

„Ich als Polizeioberhaupt vor Ort möchte auf jeden Fall darüber informiert werden, falls du jemanden von einem anderen Planeten außerhalb der Scheune herumspazieren lässt. Dann fällt es nämlich in meine Zuständigkeit, falls etwas passiert. Oh, ich mag gar nicht an den Papierkram denken."

Alle vier lachten herzlich.

„Na, ich werde auf jeden Fall vorher mit dir sprechen. Ich habe im Moment noch nicht vor, den Terranern mehr zu zeigen. Erst einmal steht mein Besuch auf Terranus an."

Ihre Stimme wurde leiser und sie schielte zu Marius.

„Eigentlich hätte ich heute schon zu ihnen kommen sollen, aber als Marius dann unterwegs war…"

Dajana spürte, dass der richtige Zeitpunkt für ein klärendes Gespräch noch nicht gekommen war.

Er hat mir doch noch nicht ganz verziehen. Aber er scheint zu verstehen, wie wichtig mir die Sternenkugel und die anderen Planeten sind.

„Du wirst Terranus besuchen und ich werde dabei sein! Ebenso Anton und Jeffrey zu unserer Sicherheit. Ja, ich weiß, dass sie uns nicht wirklich gegen Zarteus helfen könnten. Doch so ist die Warterei für mich nicht allzu langweilig."

Marius grinste schief und zwinkerte ihr zu. Dajana war erleichtert. Antons Stimme klang immer noch skeptisch, als er seine nächste Frage stellte:

„Du willst also wirklich auf diesen anderen Planeten gehen und die Außerirdischen kennenlernen?"

„Ja, um herauszufinden, ob sie uns gefährlich werden können, oder ob wir gute Freunde gefunden haben. Ich muss es machen. Es scheint meine Bestimmung zu sein. Daniel wird in der Zeit meine Aufgaben als Hüterin übernehmen. Er muss allerdings noch viel lernen und außerdem kann er die

Verantwortung noch nicht völlig übernehmen. Es ist zu früh und er ist noch zu jung."

Es wird Daniel zerreißen, wenn ich durch das Portal trete und meine Reise durch die Galaxie beginne. Zum Glück ist bis dahin noch eine ganze Weile Zeit. Noch ist Daniel nicht bereit für seine Aufgabe.

Dajanas Blick ruhte auf Jeffrey.

„Können wir jetzt wieder gehen? Ich meine, ist alles soweit geklärt? Ich würde gerne noch mit Marius alleine sprechen."

„Okay. Ich habe keine Fragen mehr. Marius, du müsstest dann nur noch deine Aussage unterschreiben. Natürlich nur, wenn alles richtig ist und dein Anwalt damit einverstanden ist."

Anton schmunzelte, als Jeffrey ihm Marius' Aussage zuschob. Anton las und Marius seufzte.

„Ja. Das stimmt leider alles. Ich würde es gerne rückgängig machen, aber das ist wohl nicht mehr möglich." Er nahm den Stift und unterzeichnete seine Aussage.

„Er wird doch keine Gefängnisstrafe bekommen, oder?"

„Das wollen wir nicht hoffen. Marius hat sein Fehlverhalten gestanden und es ist kein großer Schaden entstanden. Aber um ein Fahrverbot mit einer saftigen Geldstrafe wird er nicht herumkommen."

„Danke. Gut, dann gehen wir jetzt. Wenn nichts dagegen spricht, würde ich euch nächsten Donnerstagabend gerne die Sternenkugel zeigen. Ist das okay?"

Sie schaute fragend zu Jeffrey, Anton und zuletzt zu Marius. Alle drei nickten. Marius kannte die Sternenkugel zwar schon, aber sie wollte ihn nicht übergehen.

Ein klärendes Gespräch

Marius und Dajana verließen wenig später die Polizeistation und stellten erschrocken fest, dass die Nacht schon angebrochen war. Sie bestellten ein Taxi, da sie keine Lust hatten, mit der Honda zu fahren. Auch Marius schien die Lust am Motorradfahren fürs erste vergangen zu sein.

Zuhause angekommen setzten sie sich in den Gastraum vor den Kamin. Schweigend aßen sie und mieden den Blick des anderen.

Ich habe Angst vor dem Gespräch. War es richtig, die beiden einzuweihen? Wie denkt Marius darüber? Akzeptiert er seine Gabe?

Dajana nippte in Gedanken versunken an ihrem heißen Kakao. Sie wusste nicht, wie sie anfangen sollte.

Es dauerte lange, aber dann brach Marius endlich das Schweigen. Dajana war schon halbwegs im Dämmerschlaf, als sie seine Stimme wahrnahm.

„Es tut mir leid, was passiert ist. Ich wollte nicht mit dir streiten."

„Mir auch. Ich war so sehr auf meine Aufgabe als Hüterin fixiert, dass ich uns total vernachlässigt habe."

Marius rückte näher an sie heran und legte seinen Arm um sie.

„Ich weiß. Ich habe es dir oft gesagt, aber du hast es nicht hören wollen. Ich habe heute aber auch etwas begriffen."

„Was?"

Ich glaube, ich will es gar nicht wissen. Ihm ist bestimmt klar geworden, dass er mit mir nicht mehr weiterleben kann.

„Ich liebe dich!"

Es ist aus!

„Keine Angst, ich mache nicht Schluss."

Wie gut er mich doch kennt.

„Mir ist auf der Fahrt klar geworden, dass ich ohne dich nicht leben kann. Auf der Wache habe ich begriffen, dass du mich auch brauchst. Du hast gesagt, dass ich dich beschütze und das stimmt. Ich kann es jetzt auch endlich fühlen. Wie lange weißt du das schon?"

„Seit unserem Besuch bei Mama und Papa in Deutschland. Ich habe euch alle überprüft und dabei erst Mamas Fähigkeit entdeckt und dann deine. Bei dir war sie damals noch sehr schwach, jetzt ist sie stärker geworden."

„Warum hast du nichts gesagt?"

„Ich wollte dich nicht damit belasten und du wärst auch nicht begeistert gewesen. Womöglich hättest du es noch nicht einmal akzeptiert."

„Das stimmt. Heute auf der Honda habe ich es deutlich gespürt und wollte es nicht wahrhaben. Dass ich nicht auf dich aufgepasst habe und das was ich getan habe, war falsch. Ich fühlte mich auf einmal verantwortlich für dich und dafür, was dir vielleicht passieren könnte, falls du alleine durch das Portal gehst und... da fiel mir auf, dass mich die Polizei nicht mehr verfolgte und ich wurde langsamer. Aber dieser Gedanke an dich und meine Aufgabe als dein Beschützer war verschwunden. Erst als du es wieder angesprochen hast, habe ich endgültig verstanden, dass auch ich eine Gabe habe. Die Gabe des Beschützens. Des Beschützens der Hüterin. Das bist im Moment du und bald wird es Daniel sein."

„Du bist nicht der Beschützer der Hüterin, sondern mein Beschützer. Wenn Daniel die Position des Hüters einnimmt, wird er einen eigenen Beschützer oder eine Beschützerin haben. Du gehörst zu mir. Ich liebe dich und bin froh, dass du deine Gabe verstehst und sie akzeptierst."

Sie küsste ihn sanft.

„Danke. Müssen wir noch weiter über den heutigen Tag sprechen oder können wir ihn streichen? Du kannst doch die Zeit beeinflussen, oder?"

„Marius!"

Dajana zuckte gespielt entrüstet zusammen. Sie hatte das Blitzen in Marius' Augen gesehen und wusste, dass er diese Frage nicht ernst meinte. Sie fielen sich lachend in die Arme.

Ich habe meinen Marius wieder! Und er hat seine Gabe als Beschützer akzeptiert!

Dajana war überglücklich und Freudentränen suchten sich den Weg über ihre Wangen.

„Na, das ist ja schön, dass bei euch beiden wieder alles in Ordnung ist. Ich habe mir schon Sorgen gemacht."

Megans Stimme ließ Dajana zusammenzucken.

„Ja", sagte sie verwirrt.

Megan merkte, dass sie störte, sie stellte den beiden nur schnell einen Kakao und einen Tee auf den Tisch. Anschließend zog sie sich zurück. Dajana nahm ihren Kakao und versuchte in Marius' Augen zu lesen.

„Ist wirklich alles wieder gut?"

„Ja. Es ist alles so, wie es sich gehört. Wir gehören zusammen. Für immer. Und wenn das bedeutet, dass ich dir irgendwann durch ein Portal folgen muss…dann soll das so sein."

Er wird mich zu den Planeten begleiten. Wir werden gemeinsam die Galaxie erkunden und wir werden helfen, wo wir können.

Es schien so, als würde ihr größter Wunsch in Erfüllung gehen. Lediglich Daniel hielt sie noch davon ab, sofort durch das Portal zu reisen. Er war noch nicht so weit und sie konnte ihn nicht alleine auf die Sternenkugel aufpassen lassen.

„Das hört sich gut an!"

„Für dich würde ich alles tun, das weißt du."

„Ja."

„Dann lass uns jetzt noch oben gehen und zusehen, dass wir etwas Schlaf bekommen. Der Tag war anstrengend."

„Oh ja, das stimmt. Aber wir haben auch neue Freunde gefunden. Es ist gut, dass wir hier vor Ort jemanden haben, mit dem wir über die Sternenkugel sprechen können."

Sie tranken aus und gingen zu Bett.

Es warteten ein paar ruhige Tage auf sie. Dajana wollte die Sternenkugel erst wieder aktivieren, wenn sie sich mit Anton und Jeffrey trafen. Vorher wollte sie Zeit mit Marius verbringen und genießen. Ihr war klar geworden, wie schnell ihm etwas passieren konnte. Über ihre Gabe war sie unendlich froh und es freute sie, dass Marius endlich wusste, dass er auch eine Gabe hatte und diese inzwischen akzeptierte. Er hatte sogar gesagt, dass er trainieren wollte, um zu schauen, ob noch weitere Fähigkeiten in ihm schlummerten. Und so gingen die Jahre ins Land…

Der erste Schritt durchs Portal

Sie standen alle gemeinsam in der Scheune, die Sternenkugel war aktiviert und das Portal nach Terranus geöffnet. Alle konnten die Umrisse des kleinen Raumes auf der anderen Seite erkennen, doch keiner sah Zarteus. Bis auf Dajana. Sie spürte ihn, hörte ihn und inzwischen sah sie auch seine Umrisse.

„Zarteus, bist du dir sicher, dass es funktioniert?"

„Ja!"

„Ganz sicher?"

„Ja. Ganz sicher"

„Es kann keiner das offene Portal schließen und ein neues zur Erde öffnen?"

„Nein. Es ist sicher. Ich bin doch dabei und kann helfen."

Dajana zögerte. Sie sah den Zweifel in Marius' Augen aufblitzen. Doch er schenkte ihr Vertrauen und lächelte.

„Geh rüber! Es ist okay."

Dajana entspannte etwas. Seit Marius' rasanter Fahrt auf der Honda war Dajana vorsichtiger geworden und zweifelte daran, ob sie wirklich schon durch ein Portal treten sollte. Doch es war einer ihrer sehnlichsten Wünsche.

Sie drehte sich zu ihren neuen Verbündeten Jeffrey und Anton und sah ihre angespannten Muskeln. Es war das zweite Mal, dass sie eine aktivierte Sternenkugel sahen. Aber sie sahen das erste Mal ein geöffnetes Portal.

Wahrscheinlich begreifen sie erst jetzt, was hier wirklich vor sich geht.

Dajana war zufrieden. Marius würde auf der Erde bleiben und sie würde endlich durch das Portal gehen. Es war nur ein kleiner Besuch. Sie wollte auf Terranus auf gar keinen Fall den Raum mit der Sternenkugel verlassen. Trotzdem war sie aufgeregt und hatte etwas Angst. Sie ging näher an das geöffnete Portal, spürte ein Ziehen in ihrem Bauch und zögerte.

Soll ich wirklich? Lasse ich die Erde nicht im Stich? Vernachlässige ich meine Aufgabe als Hüterin? Nein. Ich kann jederzeit zurück. Es ist doch nur ein Schritt, ich habe mich doch so darauf gefreut. Warum zögere ich jetzt?

„Dajana?" Sie hörte Zarteus Stimme und hob ihren Blick.

Er ist auf der anderen Seite und wartet geduldig auf mich.

„Ja? Zarteus?"

„Warum zögerst du?"

„Ich weiß es nicht, es ist nur so ein Gefühl. Ich habe Angst, dass ich nicht mehr zurück kann. Ich will meine Aufgabe nicht vernachlässigen und ich will die Erde nicht gefährden."

„Das verstehe ich. Lass dir so viel Zeit, wie du brauchst. Es ist dein erster Schritt durch ein Portal. Tu ihn nur, wenn du dir ganz sicher bist."

„Ich bin mir sicher!"

„Du schaffst das", hörte sie Marius ganz nah bei sich.

Sofort fühlte sie sich beschützt. Er setzte seine Gabe bewusst ein, um sie zu beruhigen. Es klappte, das Ziehen in ihrem Magen hörte auf und sie atmete tief ein und wieder aus. „Ich warte hier auf dich! Es ist okay, geh ruhig", sprach er weiter.

„Ich komme!"

Das ist schön.

Dann streckte sie eine Hand durch das Portal und fühlte eine Kälte, die ihr eine Gänsehaut vermittelte.

„Zarteus?"

„Ja?"

„Welche Temperatur ist bei dir? Es fühlt sich so kalt an."

„Das ist normal. Im Portal selber ist es sehr kalt. Ich empfehle dir, schnell hindurchzutreten, dann spürst du die Kälte nur kurz. Die Temperatur bei mir ist in etwa identisch mit eurer. Vielleicht einen Tick kühler, aber nicht viel."

Dajana zog ihre Hand wieder zurück. Sie begutachtete sie genau, konnte aber keinerlei Veränderung erkennen. Dann machte sie zwei schnelle Schritte durch das Portal. Sie fühlte, wie eine unbeschreibliche Kälte sie ergriff, sie aber sofort wieder losließ. Ihr Atem ging schnell, als sie in dem kleinen Raum auf Terranus stand.

Ich bin auf einem anderen Planeten! Eine andere Welt, Millionen Kilometer von meiner Heimat entfernt. Weit weg von meinen Freunden und Verwandten. Vor allem aber von Marius, meinem Beschützer. Und auch von der Erde, für deren Sicherheit ich verantwortlich bin.

Ihr Herz schlug nicht mehr im Takt. Ihr erster Gedanke war, dass sie zurückmusste. Sie hatte einen Fehler gemacht, es fühlte sich falsch an. Sie versuchte sich zu beruhigen. Auf keinen Fall wollte sie jetzt in Panik verfallen.

„Dreh dich zu deinen Leuten, dann ist es einfacher. Sie sind noch da und winken dir zu." Zarteus' Stimme hatte eine andere Tonlage angenommen, beruhigend, fast schon einschläfernd.

Ist das ein Test?

Sofort zog sie einen Schutzschild um sich und verstärkte die Verbindung zur Erde. Auf keinen Fall durften Zarteus oder eine andere Kreatur diese Brücke jetzt zerstören. Dann wäre sie für immer verloren.

„Sehr gut! Die Hüterin in dir wird dir den Weg zeigen und dir helfen. Auch wenn du hier nichts zu befürchten hast. Du bist sehr stark und es kann dich hier niemand angreifen."

Dajana drehte sich zu Marius, Anton und Jeffrey. Sie hatten sich als kleine Gruppe außerhalb des Käfigs versammelt und starrten wie gebannt in das Portal. Dajana winkte ihnen zu und sie ernte einen Handkuss von Marius.

Es ist alles gut. Ich kann es noch nicht begreifen, dass ich jetzt auf Terranus stehe. Am liebsten würde ich mir sofort die Oberfläche anschauen. Es ist so aufregend und fühlt sich so anders an. Wenn ich doch bloß aus dieser Höhle treten könnte.

„Das geht leider nicht. Die Hüterin in dir würde es nicht zulassen. Außerdem würde ich es nicht genehmigen. Du solltest deine Gedanken besser verstecken, ich kann mal wieder in ihnen lesen, wie in einem offenen Buch."

„Zarteus?"

„Ja?"

„Wie mache ich das mit den Gedanken, ohne gleich einen kräftezehrenden Schutzschild zu benutzen?"

„Ich dachte, das kannst du schon. So eine einfache Aufgabe und du tust dich damit so schwer. Denk dir doch einfach einen geschützten Raum aus, und dahinein packst du alle deine Gedanken. Den Schlüssel dazu besitzt nur du."

„Danke. Das ist wirklich einfacher, als ein Schutzschild."

„Dafür bin ich ja da. Jetzt erzähl aber mal, wie hat es sich angefühlt?"

„Es ist unbeschreiblich, diese sekundenlang anhaltende Kälte. Wie in der Arktis. Und dann ist man durch und hat festen Boden unter den Füßen, weiß, dass man auf einem anderen Planeten ist. Wie kann man in so kurzer Zeit, eine so weite Distanz zurücklegen? Bin ich wirklich auf Terranus, oder ist das etwa nur eine Täuschung?"

„Fühlst du es denn nicht? Lausche auf alles, was dir der Planet sagt. Wenn ich richtig liege, müsste er dir einiges mitteilen. Es muss sich anders anfühlen, als auf der Erde."

Dajana schloss ihre Augen und lauschte auf das, was sie hören konnte. Sie streckte ihre mentalen Fühler aus und es fühlte sich anders an, als auf der Erde. Sie fühlte sich irgendwie schwerer. Auch schien sich der Planet langsamer zu drehen, als die Erde. Es waren nicht viele Hinweise, doch sie sagten ihr, dass sie wirklich auf einem der Menschheit fremden Planeten war.

„Ich fühle es, es ist atemberaubend schön. Es gibt so viele Gemeinsamkeiten mit der Erde und doch sind sie nicht identisch. Ich würde am liebsten hierbleiben und alles erkunden. Doch das ist zu früh, es gibt noch so viel auf der Erde zu erforschen. Das ist auch der Grund, warum wir die Regierung noch nicht über die Sternenkugel informiert haben. Es ist zu früh. Die Menschheit ist noch nicht bereit für die Galaxie und ihre teilweise gefährlichen Kreaturen."

„Was fühlst du noch?"

„Ich fühle die Erde und ihre Sternenkugel. Sie ruft nach mir und möchte, dass ich zurückkehre. Ich weiß, dass die Sternenkugel einen starken Einfluss auf mich haben kann. Ich kann inzwischen gut damit umgehen, doch das hier ist neu. Es zieht mich regelrecht zurück. Warum?"

„Da ist der eingebaute Schutzmechanismus in jeder Sternenkugel. Sie schließen das Portal automatisch, wenn längere Zeit niemand hindurch gegangen ist, oder es nicht mehr bewusst aufrecht gehalten wird. Du hast zwar einen Schutzschild darum gelegt, aber nicht daran gedacht, es aufrecht zu halten. Die Sternenkugel informiert dich jetzt gerade darüber, dass sie das Portal bald schließen wird."

„Nein! Ich muss zurück! Marius!"

Dajana sprang durch das Portal und landete Sekunden später auf der Erde. Ihr Herz raste, aber sie fühlte sich sofort besser. Marius nahm sie in den Arm. Sie zitterte und fühlte, wie Zarteus sich durch das Portal begab.

„Tut mir leid, dass es dich erschreckt hat. Besser so, als wenn ich es dir vorher gesagt hätte. Du solltest merken, dass es ein hohes Risiko ist, die Erde mit einer aktivierten Sternenkugel zu verlassen. Zumindest ohne vernünftig ausgebildeten Hüter."

„Das habe ich jetzt verstanden. Es war mir auch schon vorher klar. Aber ich wollte unbedingt wissen, wie es sich anfühlt, auf Terranus zu stehen, und wie es ist, durch ein Portal zu gehen."

„Jetzt weißt du es. Wie fühlt es sich an?"

„Ich kann es nicht beschreiben. Es fühlt sich kalt an zwischen den Planeten. So eine Kälte habe ich noch nie zuvor gespürt. Doch wenn man auf der anderen Seite ist, wird man von Gefühlen und Gedanken übermannt. Alleine das Wissen, dass man im Bruchteil einer Sekunde so eine Strecke zurückgelegt hat."

Dajana drückte sich tiefer in Marius' Arme und er beruhigte sie:

„Ich habe gespürt, dass es dir nicht gut ging. Ich hatte das Gefühl, dich beschützen zu müssen. Ich war kurz davor, ebenfalls durch das Portal zu gehen, um dich zurückzuholen."

Dajana hörte das Zittern in seiner Stimme.

„Danke! Ich weiß jetzt, was es heißt, durch ein Portal zu gehen. Ich weiß auch, dass es im Moment noch nicht geht. Ich kann die Erde nicht verlassen, solange Daniel noch nicht fertig ausgebildet und alt genug ist. Er ist noch nicht bereit, eine aktivierte Sternenkugel zu deaktivieren und sie wieder zu aktivieren, damit ich zurückkommen kann."

„Das geht nicht, Dajana! Gut, dass du das einsiehst, das macht es mir leichter."

„Ich weiß. Ich werde dich beim nächsten Mal mitnehmen."

„Gut, aber nicht heute."

„Nein, für heute schließe ich das Portal. Zarteus hält es gerade noch offen."

Dajana drehte sich zum Portal und sah, wie sich Zarteus nach Terranus zurückzog.

„Auf Wiedersehen! Sag Achims kleiner Gruppe, dass wir uns nächsten Samstag, also in einer Woche, wieder treffen können. Ich würde sie gerne meinen Freunden vorstellen und mit ihnen ein wenig reden."

„Ich werde es ausrichten! Vorsorglich rate ich dir schon mal, nicht zu viele Leute einzuweihen."

„Ja, ich weiß. Doch es war notwendig, hier vor Ort noch weitere Verbündete zu haben. Sie können uns helfen."

Dajana schloss das Portal. Sie spürte, wie die Anspannung von Marius abfiel und merkte das auch bei sich selber. Dann hörte sie Schritte. Ihre beiden neuen Verbündeten kamen in den Gitterkäfig.

„Dieser Zarteus, wo ist er? Siehst du ihn etwa?", fragte Jeffrey.

„Ja, ich kann ihn sehen. Das hängt mit meinen Fähigkeiten zusammen. Er ist ein Wesen aus reiner Energie. Jetzt ist er auf Terranus und passt dort auf die Sternenkugel auf."

Jeffrey und Anton schauten auf die noch aktive Sternenkugel.

„Deaktivierst du sie jetzt wieder?"

„Ja, gleich. Ich muss gerade noch über das nachdenken, was ich gefühlt habe."

„Und was passiert, wenn uns jetzt ein anderer Planet anwählt? Was, wenn sich ein Portal öffnet und eine bösartige Kreatur hindurch kommt?"

„Das wird jetzt nicht passieren. Ich habe einen unsichtbaren Schutzschild um die Sternenkugel gelegt, sodass keiner ein Portal zur Erde öffnen kann."

„Aber das könntest du doch immer machen, oder?"

„Nein, das wäre zu anstrengend. Ich bin nicht so wie Zarteus, ich habe nicht seine Kraft. Für ihn ist es leicht, die Sternenkugel zu bewachen. Seine Rasse hat keine Heimat in dieser Galaxie. Ihre Aufgabe bestand einzig und allein darin, auf die aktivierten Sternenkugeln aufzupassen und für das Gleichgewicht zwischen Gut und Böse zu sorgen. Doch ihre Zeit geht langsam zu Ende und was dann aus der Galaxie wird, kann ich nicht sagen. Nur, dass womöglich das Netzwerk der Sternenkugeln auch aufhört, zu existieren."

„Das klingt nicht gut. Hoffentlich gibt es irgendwo eine weitere Rasse, die aufpasst."

„Das Ganze wird noch ein paar Jahrhunderte dauern, also kein Grund zur Sorge. Vielleicht werden es Menschen von der Erde sein. Maxims hinterlassene Gene, und die seiner Verwandten, sind ideal dafür und wir können die Sternenkugeln besser befehligen als alle anderen Rassen der Galaxie."

Nacheinander blickte sie alle drei an und ließ ihren Blick am Ende auf Marius ruhen.

„Ihr werdet es wohl nicht mehr erleben. Daniel und ich aber schon."

Es benötigte keine weiteren Worte, um ihre scheinbare Unsterblichkeit zu verdeutlichen.

Dajana wusste selber nicht, wie lange Daniel und sie leben würden. Sie schloss aus den Daten, dass sie eine längere Lebensspanne vor sich hatten, als alle anderen. Bei ihnen waren die Fähigkeiten so ausgeprägt, wie noch nie zuvor. Selbst Martha, die ja auch sehr lange lebte, hatte nicht so umfangreiche Fähigkeiten. Und sie hätte noch länger gelebt, wenn sie nicht von diesem Mörder überrascht worden wäre.

Dajana dachte kurz darüber nach, wie sich Daniels und ihre Gene in den nächsten Jahrhunderten entwickeln würden und sie war glücklich. Sie sah die Menschheit schon als neue Hüter über alle Sternenkugeln. Natürlich im Einklang mit dem jeweiligen Figus. Sie lächelte, als sie zusammen mit den anderen aus der Scheune ging. Der Gedanke an die Zukunft gefiel ihr und sie hoffte, dass es genau so eintreten würde.

Abschied von der Erde

Mit gepackten Rucksäcken standen Dajana und Marius vor der aktivierten Sternenkugel nach Terranus. Jeffrey und Anton standen etwas im Hintergrund, Daniel vor ihnen.

Es ist ein wirklich starker junger Mann aus ihm geworden. Er ist ein guter Hüter.

Dajana empfand Ehrfurcht vor Daniel und seinen Fähigkeiten. Er war stärker als sie, schlauer, schneller und hatte mehr Energie. Er hatte seine Fähigkeiten gut im Griff und wusste sie richtig einzusetzen. Er hatte viel von ihr gelernt.

„Also, Daniel. Du machst es so wie gestern. Marius und ich gehen durch das Portal und du schließt es hinter uns. Danach deaktivierst du die Sternenkugel. Bitte halte Kontakt zu Terranus und Zarteus. Wir werden jeden Sonntag zur verabredeten Zeit versuchen, ein Portal zur Erde aufzubauen, damit wir uns austauschen können. Sollte es Probleme geben, wovon ich nicht ausgehe, wird Zarteus dir helfen."

Auch wenn Daniel versuchte es vor ihr zu verstecken, sie sah trotzdem, wie er seine Augen verdrehte und hörte ihm an, dass er genervt war.

„Ja, ich weiß! Das haben wir doch alles schon besprochen. Ich passe solange auf die Raststätte und die Sternenkugel auf. Ihr braucht euch keine Sorgen zu machen."

„Ich weiß. Aber es fällt mir schwerer als erwartet, die Erde hinter mir zu lassen. Es beginnt ein neuer Abschnitt. Ich werde meine Reise durch die Galaxie beginnen und Marius wird mich dabei begleiten."

„...und beschützen", ergänzte Marius.

„Das habe ich gehört und ich bin froh, dass du nicht alleine reist."

Seine Fähigkeiten sind wirklich außerordentlich.

„Auch das habe ich vernommen! Danke für dein Lob und vor allem für dein Vertrauen. Ich weiß, dass es dir schwergefallen ist, deine Aufgabe als Hüterin an mich abzutreten. Ich kann das sehr gut verstehen. Wenn ich daran denke, dass ich die Sternenkugel jetzt in die Hände eines anderen geben müsste... ich könnte es nicht."

„Ja, ich weiß. Auch ich konnte das nur, weil ich dich selbst unterrichtet habe und so gut kenne. Ich habe deine Entwicklung verfolgt. Nicht zuletzt habe ich dir damals dein Leben gerettet. Ich hoffe, wir finden irgendwann noch mehr Menschen mit unseren Fähigkeiten. Wobei es dabei natürlich auch zu Problemen kommen kann."

„Ich werde deine Forschungen weiterführen, denn ich möchte auch irgendwann durch die Sternenkugel reisen."

„Ich verstehe. Die Galaxie ruft dich, so wie sie auch mich gerufen hat. Ich bin jetzt total aufgeregt, weil meine lang ersehnte Reise endlich beginnt. Du musst dich noch gedulden, bis du durch die Galaxie reisen kannst. Wenn du die Sternenkugel deaktiviert und die Raststätte verlässt, trage sie bei dir. Pass gut auf sie auf! Du weißt, dass es schon Gerüchte über die Sternenkugel gibt, es wird genug Menschen geben, die sie sehen und erforschen wollen. Es kommen gefährliche Zeiten auf dich zu und die Gefahr geht nicht allein von der Sternenkugel aus."

„Ich weiß. Ich bin sehr froh, dass ich Anton und Jeffrey an meiner Seite habe. Auch meine Eltern und Claire werden ihr Bestes geben und mich jederzeit unterstützen. Diese Gerüchte gefallen mir auch nicht. Ich werde versuchen, sie im Keim zu ersticken, das wird nicht einfach werden."

„Wir schaffen das schon", sagte Jeffrey und Anton stimmte zu.

„Richtig! Gemeinsam schaffen wir das. Diese kleine neugierige Reporterin weisen wir in die Schranken. Ich frage mich, wie sie überhaupt auf den Gedanken kam, das Innere der Scheune zu fotografieren. Dummerweise mit aktivierter Sternenkugel."

Dajana hatte den Artikel in der lokalen Klatschpresse gelesen und war schockiert gewesen:

„Seltsame Vorgänge in einer Scheune am Rand der Stadt!"

Das war die Schlagzeile auf der ersten Seite. Darunter ein Bild der aktivierten Sternenkugel innerhalb des Käfigs.

Allein das Bild weckte in Dajana das Verlangen, durch sie zu reisen. Doch der Artikel darunter veranlasste sie, die schon geplante Reise um zwei Wochen zu verschieben. Es standen viele wahre Worte in dem Artikel und Dajana musste zusammen mit Anton und Jeffrey Vorkehrungen treffen. Sie mussten herausfinden, was diese Reporterin noch alles wusste.

„Und du meinst, dass sich Regina Smith an die Vereinbarung halten wird?"

Anton nickte.

„Ja, ich glaube schon. Natürlich hat sie nachgefragt und wollte auch mehr über diese schwebende Kugel wissen. Aber für den Anfang scheint sie sich mit unserer kleinen Notlüge zufrieden zu geben."

„Zum Glück hat sie keine Ahnung von Technik und glaubt, dass wir die Kugel mithilfe eines Ventilators in der Luft hielten. Ich glaube aber, dass sie genau beobachten wird, ob ich es wirklich als neue Erfindung anmelde oder nicht."

„Natürlich. Sie wird nicht nur das beobachten. Für den Anfang hat sie das geschluckt, doch was in ein paar Wochen ist, kann ich nicht sagen. Auch werden bestimmt noch die einen oder anderen neugierigen Technikfreaks kommen und natürlich die, die an außerirdische Technologien glauben."

„Gut, dass ihr für unser vorübergehendes Verschwinden eine halbwegs einleuchtende Erklärung habt."

„Ja klar. Ihr seid ganz offiziell auf großer Weltreise und habt mir stellvertretend die Leitung der Restaurants in der Stadt übertragen."

„Genau. Ich bin der offizielle Leiter der Raststätte hier. Inoffiziell macht das natürlich auch Anton, aber so fällt es nicht auf, dass ich hier wohne. Hoffentlich stellt keiner dumme Fragen."

Dajana spürte genau, wie unsicher Daniel war.

„Du kannst dir die Position ruhig zutrauen. Es ist gar nicht so schwer, wie du denkst. Außerdem werden wir ja jede Woche mit dir Kontakt aufnehmen, um alle Neuigkeiten zu erfahren."

Daniel nickte scheinbar erleichtert.

„Das ist wirklich gut. Wenn allerdings etwas Ungeplantes passiert, haben wir keine Möglichkeit euch zu erreichen. Das gefällt mir gar nicht."

„Das gefällt uns allen nicht, aber leider können wir es nicht ändern. Falls du wirklich Hilfe benötigst, kannst du dich jederzeit an Zarteus wenden. Aber sei vorsichtig, wenn du ihn um einen Gefallen bittest."

„Ja, ich weiß. Ich habe bei ihm immer noch das Gefühl, dass er uns im nächsten Moment übers Ohr haut oder die Erde einnimmt."

„Richtig, das sehe ich auch so. Es ist alles geklärt. Dieser Zeitungsartikel wird hoffentlich nicht lange im Gedächtnis der Leute bleiben. Ich glaube nicht, dass er sich weit verbreitet. Hoffen wir einfach mal, dass er nicht von den richtigen Personen gelesen wird. Schlimm wäre es, wenn die

Regierung davon Wind bekäme und nachfragt. Ich glaube, die könnten wir nicht so einfach an der Nase herumführen."

Anton schüttelte entschieden den Kopf.

„Nein, sie würden uns nicht glauben oder unsere „Erfindung" sehen wollen. Das führt mich natürlich wieder zurück zu meinem Standpunkt. Wir müssen es irgendwann den Regierungen der Erde erzählen, und zwar die ganze Wahrheit. Lange können wir damit nicht mehr warten."

„Ich weiß", sagte Daniel. Ab heute war er für die Sternenkugel und alles, was damit zu tun hatte, zuständig. „Ich muss darüber noch nachdenken."

Dajana erklärte mit einem Nicken ihre Zustimmung.

„Es ist deine Entscheidung, du bist jetzt für die Sternenkugel verantwortlich. Das bedeutet natürlich auch, dass du die Konsequenzen deiner Entscheidungen alleine trägst. Ich möchte dir aber raten, die Regierungen erst einmal außen vor zu lassen."

„Ja, im Moment sehe ich das auch so. Reist ihr beiden durch die Galaxie und erfahrt mehr über sie. Schaut euch um und genießt es. Dann kommt wieder und wir sehen weiter."

„Oh ja, das werden wir."

Dajana schaute zu Marius und er lächelte sie an.

Wenigstens ist zwischen uns alles in Ordnung, oder? Es fühlt sich zumindest so an. Aber da ist immer noch dieses unausgesprochene Thema zwischen uns, ein gemeinsames Kind. Wir haben es stillschweigend verschoben. Mein Beschützer muss wegen mir und meiner Fähigkeiten ganz schön viel einstecken.

„Woran denkst du gerade?", flüsterte Marius und sie musste kichern.

„An uns und dass ich mir vorstellen kann, nach unserer Reise eine kleine Familie zu gründen."

„Hey, das gefällt mir."

„Mir auch."

„Dann lass uns schnell losziehen und die Galaxie erkunden."

„Ja, lass uns losziehen."

Dajana war aufgeregt und freute sich auf ihre Reise.

„So, dann wollen wir mal die Galaxie unsicher machen und ihr passt mir schön auf die Erde auf! Anton und Jeffrey, habt bitte ein Auge auf Daniel."

Daniel verdrehte seine Augen und lächelte Dajana gewinnbringend an.

„Dajana, ich werde schon gut auf die Sternenkugel aufpassen. Ich bin keine fünf mehr."

„Richtig. Aber du bist auch noch nicht ganz erwachsen, gerade mal 19 Jahre jung."

„Ach, ich fühle mich viel älter."

„Gut, ich vertraue dir ja auch. Sonst würde ich diese Reise jetzt nicht beginnen. Es zieht mich einfach hinaus in die Galaxie. Sei aber vorsichtig und lass dich bei Problemen von Anton beraten. Er kennt sich mit allem hier gut aus."

Anton legte beschützend eine Hand auf Daniels Schulter. Dajana sah, dass das Daniel nicht gefiel und sie wusste, dass er lieber alles alleine entscheiden wollte. Sie war froh, dass Anton und Jeffrey hier waren und ein Auge auf ihn hatten.

„Ich schaffe das schon. Außerdem kommen in vier Wochen meine Eltern mit Claire zu Besuch."

Er verzog das Gesicht und Dajana musste lachen. Daniel stimmte mit ein und wenig später folgten auch die anderen. Es war die richtige Stimmung für einen Abschied. Dajana umarmte schnell die drei zurückbleibenden Männer. Marius gab ihnen die Hand zum Abschied.

„Viel Glück, Erfolg und Gesundheit! Ihr müsst auf jeden Fall über alles genau berichten. Kommt bitte heil wieder, ich weiß nicht, was ich sonst in meinen Bericht schreiben soll."

„Ich weiß, dass es eine riskante Reise ist. Sollten wir uns mal eine Woche lang nicht sehen, so wisst ihr, was zu tun ist."

Jeffrey ergriff das Wort. War er bisher eher ruhig gewesen, so sprach er jetzt das an, woran Dajana lieber gar nicht denken wollte:

„Wir warten und geben euch maximal zwei Monate Zeit. Danach erklären wir euch offiziell für vermisst und ich gebe eine Suchmeldung heraus. Sie wird erfolglos bleiben, denn ihr werdet nicht zu finden sein. Niemand wird jemals die Wahrheit erfahren. Auch nicht eure Familien."

Dajana blickte zu Anton und dieser nickte zustimmend.

„Für diesen Fall habe ich eure Testamente bei Gericht hinterlegt."

„Also Marius, lass uns gehen, sonst ist es dunkel, wenn wir auf Terranus ankommen. Achim hat erzählt, dass man in der Nähe der Höhle einen wunderbaren Überblick über die Stadt hat und den möchte ich noch bei Tageslicht genießen."

Dajana drängelte, sie konnte ihre Aufregung nicht mehr länger verbergen.

Marius legte seinen Arm um ihre Hüfte und sagte übertrieben ernst:

„Darf ich bitten, meine Dame, öffnen Sie ein Portal nach Terranus."

„Aber gerne doch, der Herr. Ich hoffe auf eine angenehme Reise."

„Da gehe ich doch mal von aus." Sie lächelte ihn glücklich an. Dann legte sie ihre Hände auf die Sternenkugel und Sekunden später sah sie vereinzelte Planeten auf sich zufliegen.

„Terranus, da bist du!" Schon öffnete sich das Portal.

„Jetzt geht es los."

„Ja, noch kannst du einen Rückzieher machen, wenn du willst."

„Nein, ich reise mit dir. Ich bin doch schließlich dein Beschützer, du brauchst mich. Das ist meine Aufgabe, meine Fähigkeit, meine Rolle. Ich habe sie endlich akzeptiert und bin bereit, dich immer und überall zu beschützen."

„Ja, ich weiß. Komm, wir gehen gemeinsam durch."

Für Dajana war es schon Normalität geworden, durch das Portal nach Terranus zu gehen.

Wie oft war ich schon da drüben? Aber noch nie zuvor, hat sich hinter mir das Portal geschlossen. Wir hätten das testen müssen.

„Was ist? Warum zögerst du?"

„Es ist das erste Mal, dass sich hinter mir das Portal schließen wird, das ist neu und ungewohnt. Ich werde mich daran gewöhnen müssen."

„Oh ja! Es wird sich noch öfter hinter dir schließen."

„Stimmt. Also, los geht's jetzt."

Sie schloss ihre Augen, atmete tief durch und fasste Marius an der Hand. Sie konnte seine Entschlossenheit spüren. Dann schritten sie gemeinsam durch das Portal. Für den Bruchteil einer Sekunde fühlten sie die eisige Kälte zwischen den beiden Planeten und wenig später standen sie zum ersten Mal gemeinsam auf Terranus. Sie spürte Zarteus sofort und wusste, dass er sich bewusst im Hintergrund hielt.

„Na, wie fühlt sich das an?"

Marius' Augen waren weit aufgerissen. Er schien nichts sagen zu können. Das brauchte er auch nicht, sein Blick sprach Bände.

„Ich weiß, es ist fantastisch. Man erkennt erst, wie weit man weg ist, wenn man hier steht. Fühlt es sich anders an? Geh mal vorsichtig ein paar Schritte, du wirst es merken."

„Was meinst du?"

„Mach es einfach."

Marius machte einen kleinen Schritt und staunte.

„Was ist das?"

„Du hast hier eine höhere Anziehungskraft, daran müssen wir uns erst gewöhnen. Deswegen fühlst du dich jetzt schwerer. So wird es uns auf jedem Planeten ergehen."

„Aha, verstehe. Und das bekommst du alles von der Sternenkugel mitgeteilt?"

„Ja. Das und noch ein paar mehr Daten, über den Planeten und seine Bevölkerung."

„Irre. Hast du diese Kälte gespürt, als wir hindurch sind? Ich dachte, wir erfrieren und dann standen wir plötzlich hier. Es ging so schnell und wir sind so weit weg. Es macht mir Angst."

Dajana umarmte Marius und drückte ihn ganz fest.

„Es ist gut, Angst zu haben. Du wirst dich an den Gedanken gewöhnen müssen, dass wir jetzt so weit weg sind von zu Hause."

„Es scheint mir unmöglich. Aber wir stehen hier auf einem anderen Planeten."

„Ja. Unsere Reise durch die Galaxie kann beginnen."

„Dann lass Daniel das Portal schließen."

Dajana schluckte.

„Muss das wirklich schon sein?"

„Natürlich, oder wolltest wieder du zurück zur Erde?"

„Nein, unsere Reise kann beginnen. Hier und jetzt. Was danach kommt, sehen wir später." Sie drehte sich zum Portal und winkte Daniel zu. „Du kannst das Portal schließen."

Sekunden danach spürte Dajana ein leichtes Ziehen an ihren Gedanken, da wusste sie, dass die letzte Verbindung zur Sternenkugel gekappt war und Daniel übernommen hatte. Eine Welle der Erleichterung durchlief sie, sie fühlte sich auf einmal frei. Sie wusste auch, wie Daniel sich jetzt fühlen musste, dass die Sternenkugel viel von ihm verlangen würde. Sie allerdings war jetzt wie befreit von ihr. Frei und bereit, die Galaxie zu erforschen.

Das Portal schloss sich.

„Auf Wiedersehen, Erde", verabschiedete sich Marius.

„Das werden wir. Versprochen!"

„Ich werde dich bei Gelegenheit daran erinnern."

„Du starrst eine aktivierte Sternenkugel an, wie lange willst du das noch tun?", hörte Dajana eine Stimme hinter sich und duckte sich unweigerlich zusammen.

„Zarteus!"

„Natürlich! Wer sonst?"

„Du hättest dich auch vor uns stellen können."

„Das wäre nicht so effektiv gewesen. Spürst du die Sternenkugel der Erde noch?"

„Nein, die letzte Verbindung ist gekappt und zu Daniel übergegangen. Es fühlt sich seltsam leer an, fast so, als würde ein Stück von mir fehlen. Bin ich noch ich selbst?"

„Das musst du schon selber wissen!", sie hörte Zarteus' typisches Lachen.

„War das richtig, Marius? Ist Daniel schon bereit für das alles?"

„Es ist richtig! Ich bin bei dir. Ich beschütze dich."

„Ja, du bist mein Beschützer und ich bin sicher bei dir."

Sie drehte sich noch einmal zur aktivierten Sternenkugel um und blickte in die Galaxie.

„So viele Planeten, so viele Möglichkeiten. Wir werden sie uns nach und nach anschauen, sie kennenlernen und Kontakte knüpfen."

Dann stockte sie und spürte einen tiefen Schmerz in ihrem Herzen.

„Die Erde, sie ist nicht mehr erreichbar. Marius, es ist endgültig. Unsere Reise hat begonnen."

„Daniel hat die Sternenkugel deaktiviert, so wie er es versprochen hat. Es ist okay."

„Ja. Aber es fühlt sich falsch an. Als hätte ich meine Aufgabe nicht richtig erfüllt, als hätte ich sie im Stich gelassen."

„Das hast du nicht! Daniel ist da. Er schafft das."

„Ja, ich weiß."

„Genug über die Erde geredet! Ihr seid jetzt auf Terranus und wenn ihr die schöne Aussicht noch genießen wollt, dann solltet ihr aus der Höhle kommen. Vor dem Eingang wartet Achim schon mit seinen Freunden auf euch. Ich werde hier bleiben. Ich warte auf euch, bis ihr zum nächsten Planeten weiterziehen wollt."

„Danke, Zarteus. Falls sich Daniel bei dir meldet und Probleme hat, hilf ihm bitte."

„Klar doch."

„Zarteus, hintergehe ihn nicht, ich werde es herausfinden."

Zarteus' Lachen erfüllte den ganzen Raum und Dajana stimmte mit ein. Auch Marius lachte, allerdings verhalten, mit. Dann fasste Dajana ihn an der Hand und zog ihn aus dem Raum mit der Sternenkugel. Sie war neugierig auf das Abenteuer, das am Höhleneingang auf sie wartete.

Dajana und Marius kamen in die Eingangshöhle und konnten durch die herunterhängenden Ranken das noch helle Tageslicht sehen.

„Also das Licht sieht aus wie bei uns auf der Erde."

„Ja, das kann sein. Ach ja, Terranus dreht sich etwas langsamer als die Erde. Deshalb werden die Nächte und Tage sich hier länger anfühlen. Von der anderen Zeitrechnung mal ganz abgesehen."

„Wow! Ich glaube, ich sage am besten erst mal gar nichts."

„Ach komm, so schlimm ist es doch gar nicht. Achim wird uns gut einweisen und mit ihm gemeinsam werden wir den ersten Planeten anreisen. Übermorgen geht es los. Für heute und morgen können wir bei Achim und Kim übernachten."

Dajana schob den blühenden Vorhang zur Seite und trat hinaus in die untergehende Sonne. Etwas weiter unten am Hang sah sie Achim mit seinen Freunden stehen, sie winkte ihnen zu. Marius war dicht hinter ihr, sie konnte es fühlen, der leichte Anflug von Angst und Gefahr wich unverzüglich.

„Jetzt beginnt unsere Reise"

„Ja, jetzt beginnt sie."

„Wir finden Maxim irgendwo und wir werden auch herausfinden, wie wir uns vor diesen Kreaturen mit ihren Dämonen retten können."

„Irgendwo da draußen ist die Lösung", sinnierte Dajana und zeigte in den Himmel.

„Genau. Wir werden jeden erreichbaren Planeten besuchen, um Antworten zu finden. Komm, wir wollen Achim und seine Freunde nicht warten lassen, sie haben uns bestimmt schon ein Abendessen vorbereitet."

„Richtig, lass uns gehen."

Dajana nahm Marius' Hand und gemeinsam stiegen sie den kurzen Abhang bis zu der kleinen Gruppe hinunter. Ihre langersehnte Reise durch die Galaxie hatte begonnen.

Inhaltsverzeichnis